क्या आप अच्छी नौकरी पाना चाहते हैं?

क्या आप अच्छी नौकरी पाना चाहते हैं?

डॉ. प्रमोद कुमार अग्रवाल, IAS (Retd.)
पूर्व संयुक्त सचिव, विधि एवं न्याय मंत्रालय, भारत सरकार

प्रभात
प्रकाशन

प्रकाशक

प्रभात प्रकाशन प्रा. लि.

4/19 आसफ अली रोड, नई दिल्ली-110002

फोन: 23289777 • हेल्पलाइन/ 7827007777

इ-मेल: prabhatbooks@gmail.com

वेब ठिकाना: www.prabhatbooks.com

संस्करण

प्रथम, 2024

मूल्य

चार सौ रुपए

अ.मा.पु.स. 978-81-970387-1-6

मुद्रक

सीता फाइन आर्ट, दिल्ली

KYA AAP ACHCHHI NAUKRI PANA CHAHTE HAIN
by Dr. Pramod Kumar Agrawal, IAS (Retd.)

ISBN 978-81-970387-1-6

₹400.00

उन परीक्षकों को जिन्होंने ईमानदारी एवं निष्ठापूर्वक
भरती प्रक्रिया में अपना योगदान दिया।

प्रस्तावना

आजकल व्यक्ति अपनी समस्याओं का तुरंत समाधान खोज लेना चाहता है। ऐसे में, आज का युवा जब भी किसी पुस्तक-विक्रेता के पास जाता है तो वह ऐसी पुस्तक देखना चाहता है जिसके द्वारा उसकी नौकरी संबंधी समस्या का तुरंत समाधान हो जाए। यही कारण है कि वर्तमान कालखंड में गंभीर साहित्य की अपेक्षा उपयोगी ज्ञानकोश की अधिक खपत है। इसी उद्‌देश्य को सामने रखकर इस पुस्तक को लिखा गया है ताकि नौकरी-अन्वेषियों का सही-सही मार्गदर्शन किया जा सके। इस पुस्तक में संकलित कुछ लेख कलकत्ता से प्रकाशित हिंदी दैनिक 'जनसत्ता' में प्रकाशित हो चुके हैं। चूँकि इन लेखों को युवाओं द्वारा काफी पसंद किया गया, इसीलिए इन लेखों को अद्यतन जानकारी के साथ पुस्तकाकार रूप में प्रकाशित किया जा रहा है। इस अनुमति के लिए मैं 'जनसत्ता' के प्रबंधक एवं संपादक के प्रति कृतज्ञता ज्ञापित करता हूँ। जनसत्ता में प्रकाशित लेखों के साथ-साथ पुस्तक में अन्य कई नौकरी या रोजगार संबंधी लेख भी सम्मिलित किए गए हैं।

इन लेखों में मैंने अपने व्यक्तिगत अनुभवों का यथासंभव समावेश करने का प्रयत्न किया है, किंतु यदि विषय ही शुष्क हो तो उसे अत्यंत सरस बनाना कठिन होता है। इन लेखों में नौकरियों में आवश्यक रुचि एवं कर्तव्य-भावना की आवश्यकता पर विशेष बल दिया गया है एवं इस बात पर भी जोर दिया गया है कि नौकरियों के अतिरिक्त रोजगार का क्षेत्र भी विशाल है। वास्तव में,

सरकारी नौकरियाँ तो भारत के अर्थतंत्र में केवल बीस प्रतिशत तक ही सीमित हैं, अस्सी प्रतिशत अर्थतंत्र तो निजी एवं स्व-रोजगार क्षेत्र के नियंत्रण में है।

मैंने अपने विभिन्न लेखों में व्यवसाय अध्ययन केंद्र, केंद्रीय रोजगार अनुसंधान एवं प्रशिक्षण संस्थान, श्रम मंत्रालय, भारत सरकार द्वारा प्रकाशित विभिन्न पुस्तिकाओं में निहित सामग्री का उपयोग किया है, उसके लिए मैं श्रम-मंत्रालय के प्रति धन्यवाद ज्ञापन करता हूँ।

आजकल नौकरी भरती प्रक्रिया में बहुत तेजी से परिवर्तन हो रहे हैं, अत: कोई मार्गदर्शिका पूर्ण नहीं हो सकती। इसीलिए, पुस्तक के अंत में मैंने कुछ महत्त्वपूर्ण वेबसाइट्स भी दी हैं ताकि सूचना प्रौद्योगिकी में प्रवीण नौकरी तलाशते युवा संबंधित वेबसाइट का लाभ उठा सकें।

उर्वशी अग्रवाल के सहयोग से यह सभी लेख पुस्तकाकार रूप में आपके समक्ष प्रस्तुत हो सके। टंकण हेतु श्री प्रवीण बंसल के परिश्रम के लिए मैं उन्हें धन्यवाद देता हूँ।

आशा है कि नौकरी की यह पथ-प्रदर्शिका नौकरी के लिए भटकते बेरोजगार युवाओं के लिए कम खर्च में गीता सिद्ध होगी और वे रोजगार या नौकरी प्राप्त करके भारतमाता की सेवा कर सकेंगे।

–डॉ. प्रमोद कुमार अग्रवाल

विषय-सूची

1

कैसे बन सकते हैं आप आई.ए.एस.

भारतीयों की समस्याएँ समझने और अंग्रेज महाप्रभुओं के संदेश को उन तक पहुँचाने के लिए ब्रिटिश शासन ने आई.सी.एस. (Indian Civil Services/Imperial Civil Services) की स्थापना की। तत्कालीन भारत में यह सर्वोच्च सिविल सेवा थी। इंडियन सिविल सर्विस ने सुभाष चंद्र बोस, भारतीय राष्ट्रीय कांग्रेस के संस्थापक ए.ओ. ह्यूम, भूतपूर्व राज्यपाल धर्मवीर जैसे अनेक विख्यात व्यक्तियों की खोज की, जिन्होंने स्वतंत्रता संग्राम और भारत के निर्माण में अभूतपूर्व योगदान दिया। यहाँ तक कि यह नौकरी तत्कालीन भारत के हर युवक व प्रतिभाशाली भारतीय का मापदंड मानी जाने लगी। हालाँकि, स्वतंत्रता के बाद कुछ विद्वानों द्वारा इस सेवा के लोगों को अंग्रेजी शासन का मध्यस्थ मानकर आलोचना भी की गई। लेकिन, आजादी के बाद नवोदित राष्ट्र के सर्वतोन्मुखी विकास और भारत को एक सूत्र में बाँधने के लिए इस सेवा को एक उत्तराधिकारी सेवा के रूप में अपरिहार्य समझा गया, अत: अक्टूबर 1926 में स्थापित फेडरल सर्विस कमीशन का नाम 26 अक्टूबर, 1950 को यू.पी. एस.सी. (संघ लोक सेवा आयोग) कर दिया गया। इस प्रकार ब्रिटिश शासन तो चला गया, परंतु उनकी सामंतवादी मानसिकता छाई रही और स्वतंत्रता के

बाद भारतीय प्रशासनिक सेवा हर युवा भारतीय का स्वप्न हो गई। इस केंद्रीय परीक्षा के माध्यम से आई.ए.एस. अभ्यर्थियों के साथ-साथ अन्य सेवाओं के लिए भी अभ्यर्थी चयनित किए जाते हैं।

भारत के संविधान के अनुच्छेद 312 में स्थान पानेवाली आई.ए.एस. व आई.पी.एस. सेवाएँ अखिल भारतीय सेवाएँ मानी जाती हैं, जिनका गठन राष्ट्रीय हित में किया गया है। एक संविधान संशोधन के जरिए भारतीय न्यायिक सेवा भी इसमें जुड़ गई है। अखिल भारतीय सेवाओं का अर्थ है कि इन सेवाओं के अभ्यर्थी विभिन्न राज्यों में जाकर सेवा करेंगे और प्रतिनियुक्ति पर आकर केंद्र सरकार में भी सेवा प्रदान करेंगे। लेकिन इसके साथ-साथ भारतीय विदेश सेवा, भारतीय राजस्व सेवा (आयकर, केंद्रीय उत्पादन व सीमा शुल्क), भारतीय रेलवे यातायात सेवा, भारतीय ऑडिट व एकाउंट सेवा, भारतीय सूचना सेवा आदि अनेकों सेवाओं की प्रथम व द्वितीय श्रेणी के लिए और दिल्ली व अन्य केंद्रशासित प्रदेशों की सिविल सेवाओं के लिए भी चयन होता है। स्वतंत्रता प्राप्ति के प्रथम वर्षों में भारतीय विदेश सेवा सर्वोत्तम मानी जाती थी, परंतु आजकल आई.ए.एस. का बोलबाला है, क्योंकि चयनित अभ्यर्थी अकसर आई.ए.एस. को ही प्रथम प्राथमिकता में भरते हैं। केंद्रीय सेवाओं में तरक्की के हिसाब से 'इंडियन ऑडिट' व 'एकाउंट सेवा' की भी प्राथमिकता रही है। आजकल इनकम टैक्स, एक्साइज व कस्टम और रेलवे सेवा भी अभ्यर्थियों को लुभा रही हैं। लेकिन यह निर्णय काफी हद तक अभ्यर्थी की व्यक्तिगत रुचि, पारिवारिक परिवेश और उसकी शैक्षिक पृष्ठभूमि पर निर्भर करता है। इन सभी सेवाओं में अकसर आठ सौ के लगभग रिक्तियाँ होती हैं जिनमें आई.ए.एस. एक सौ या उससे अधिक, आई.पी.एस. अस्सी या कम, भारतीय विदेश सेवा में दस-पंद्रह, इनकम टैक्स में लगभग 80, एक्साइज या कस्टम में 20-25 और रेलवे में 20-25 स्थानों के लिए लाखों भारतीय युवा अपनी योग्यता और भाग्य की आजमाइश करते हैं।

आवेदन-पत्र भरते समय अभ्यर्थी को यह ध्यान रखना चाहिए कि इन सर्वभारतीय सेवाओं में राज्य या क्षेत्र को ऐच्छिक रूप में भरते हुए वही राज्य भरा जाए; जिसमें जाने की अभ्यर्थी व उसके परिवार की इच्छा है।

कभी-कभी अभ्यर्थीगण उत्तम प्रशासन देखते हुए महाराष्ट्र, गुजरात या कर्नाटक को प्राथमिकता दे बैठते हैं, लेकिन, बाद में वे प्रायश्चित्त करते देखे जाते हैं। अपने गृह-राज्य को प्राथमिकता देते समय भी यह ध्यान रखना चाहिए कि गृह-राज्य वह भी हो सकता है जहाँ अभ्यर्थी के पिता कई वर्षों से नौकरी कर रहे हैं। अकसर देखा जाता है कि दिल्ली, उत्तर प्रदेश, बिहार व ओडिशा राज्यों से अनेक अभ्यर्थी सिविल सेवाओं में सफल होते हैं। इसके अतिरिक्त अधिकांश अभ्यर्थियों की प्राथमिकता सूची में भी ये राज्य होते हैं। इसलिए, इन राज्यों में नियुक्ति पाना थोड़ा मुश्किल है। इन राज्यों को प्राथमिकता सूची में भरने वाले दो-तिहाई अभ्यर्थियों को दूसरे राज्यों में सेवा करनी पड़ती है। इसलिए प्रारंभ में ही अन्य राज्य भी प्राथमिकता में रहें तो उत्तम रहेगा। उदाहरण के तौर पर मध्य प्रदेश, गुजरात व राजस्थान के अभ्यर्थी इन नौकरियों में कम प्रवेश लेते हैं। अकसर देखा जाता है कि अभ्यर्थी बिना सोचे-समझे राज्यों या क्षेत्रों (जोन) का ऑप्शन भर देते हैं, जो कि बाद में किसी भी हालत में नहीं बदला जा सकता है। वक्त के साथ-साथ विभिन्न सेवाओं का महत्त्व भी घटता-बढ़ता रहता है। उदाहरण के लिए, एक समय उत्पादन व सीमा शुल्क विभाग उत्तम समझा जाता था, परंतु यदि सरकार आयात व निर्यात में छूट प्रदान कर दे तो इस विभाग की प्राथमिकता नीचे चली जाएगी; क्योंकि तब तरक्की के अवसर कम हो जाएँगे। इसी प्रकार, वर्तमान आर्थिक स्वतंत्रता के माहौल में भारतीय विदेश सेवा शायद फिर से सर्वप्रथम होने का गौरव प्राप्त कर ले। जैसे बढ़ते हुए अपराधों के कारण भारतीय पुलिस सेवा, जो कि पहले केंद्रीय सेवाओं से नीचे थी, लेकिन अब आई.ए.एस. के बाद दूसरे स्थान पर आ गई है। यदि सरकारी संस्थानों व बैंकों में प्रतिनियुक्ति का दरवाजा खुल जाए तो भारतीय प्रशासनिक सेवा फिर से शीर्ष पर पहुँच जाएगी। इस प्रकार, इन सेवाओं का महत्त्व घटता-बढ़ता रहता है। इस परीक्षा के माध्यम से प्राप्त सभी नौकरियों में वेतन लगभग एकसमान ही होता है और सुरक्षा व तरक्की की निश्चित गारंटी होती है। इसलिए, ये सभी नौकरियाँ व्यक्ति के सम्मानजनक व आर्थिक रूप से निश्चिंत जीवन व्यतीत करने का राजपथ हैं।

चूँकि विभिन्न श्रेणियों में आरक्षित पदों की संख्या घटती-बढ़ती रहती है, अतः अभ्यर्थियों को यह भी ध्यान से देख लेना चाहिए। आजकल ओबीसी (अन्य पिछड़ी जातियों) का जोर है। इसलिए उस जाति, उपजाति या वर्ग के विद्यार्थी अधिक-से-अधिक संख्या में अपने ज्ञान, योग्यता व भाग्य की परीक्षा कर सकते हैं। विकलांगों व भूतपूर्व सैनिकों के लिए आयु में विशेष छूट है और आरक्षण भी है। इसके अतिरिक्त, कुछ विषय भी बढ़ते रहते हैं; जैसे कि डॉक्टरी के विषय प्रवेश करने जा रहे हैं व मुख्य परीक्षा में निबंध एक विषय के रूप में लौट आया है।

आजकल देश में नौकरी का बाजार खरीददार का बाजार है यानी एक पद के लिए सैकड़ों व हजारों लोग उपलब्ध होते हैं यानी एक अनार सौ बीमार। हालाँकि, योग्यता एवं व्यय के हिसाब से आई.ए.एस. वगैरह ही सबसे सहज पहुँच वाली नौकरी है, जिसमें केवल किसी मान्यता-प्राप्त विश्वविद्यालय से स्नातक की डिग्री ही योग्यता/अर्हता है। ऑनर्स, इंजीनियरिंग व डॉक्टरी (एम.बी.बी.एस.) की डिग्रियाँ भी मान्य हैं। अभ्यर्थी की उम्र परीक्षा देनेवाले वर्ष में 1 अगस्त को 21 वर्ष होनी चाहिए। सामान्य अभ्यर्थियों के लिए अधिकतम आयु सीमा 32 वर्ष है जबकि अनुसूचित जाति, अनुसूचित जनजाति के लिए 5 वर्ष अतिरिक्त व पिछड़ी जातियों के लिए 3 वर्ष अतिरिक्त की छूट है। प्रारंभिक परीक्षा में बैठने के लिए फीस केवल 100 रुपए है, जो कि इस सेवा के शुरुआती वर्षों में पाँच या 10 रुपए हुआ करती थी। अतः बेझिझक परीक्षा दीजिए, सफलता सूची में नामांकित होने पर साक्षात्कार के लिए आने-जाने का खर्च संघ लोक सेवा आयोग देता है। इसका अर्थ यह है कि आप केवल 100 रुपए में ही आई.ए.एस. (प्रारंभिक) परीक्षा पास कर सकते हैं। अनुसूचित जाति व अनुसूचित जनजाति के लिए परीक्षा निःशुल्क है। आई.ए.एस. की प्रारंभिक परीक्षा के लिए ऑनलाइन आवेदन करते समय ऑनलाइन अपलोड करने के लिए आपको निम्न दस्तावेजों की आवश्यकता होती है—

1. अपनी एक स्कैन की हुई तस्वीर
2. स्वयं का स्कैन किया हुआ हस्ताक्षर

3. सरकार द्वारा जारी फोटो-आई.डी. कार्ड जैसे आधार कार्ड/वोटर कार्ड/पैन कार्ड/पासपोर्ट/ड्राइविंग लाइसेंस/राज्य/केंद्र सरकार द्वारा जारी कोई अन्य फोटो पहचान-पत्र।

ऑनलाइन आवेदन-पत्र भरते समय अभ्यर्थी को अपने अपलोड किए गए स्कैन फोटो आई.डी. कार्ड का विवरण भी प्रदान करना होता है, जिसका उपयोग भविष्य के सभी संदर्भों के लिए किया जाएगा। साथ ही, परीक्षा/व्यक्तित्व परीक्षण के लिए इस फोटो पहचान-पत्र को साथ ले जाने की सलाह दी जाती है।

लेकिन, क्या आई.ए.एस. बनने की कहानी इतनी ही सरल है? नहीं, आई.ए.एस. या अखिल भारतीय सिविल सेवा परीक्षा का पाठ्यक्रम अनेकों समितियों, कमीशनों आदि की रिपोर्ट्स के बाद, इस प्रकार व्यवस्थित किया गया है कि इसे वही अभ्यर्थी सफलतापूर्वक पार कर सकता है, जिसने वास्तव में सरस्वती की सेवा की है। आजकल कई विद्यार्थी समझते हैं कि हाँ/ना के रूप में उत्तर देना मात्र एक जुआ है, इसलिए परीक्षा में तुक्का लगाने से नैया पार हो सकती है, परंतु यह सत्य नहीं है। प्रारंभिक परीक्षा में, जिसे विद्यार्थी 'Prelims' या 'प्री' कहते हैं, विद्यार्थी की परख हो जाती है। ऐसे में आवश्यक है कि विद्यार्थी ठोस ज्ञान का अर्जन करें, सरस्वती की पूजा एकाग्रचित्त होकर करें, क्योंकि उनका संघर्ष काले अक्षरों के साथ है। यदि वे उन्हें अपने मस्तिष्क के पर्दे पर छाप सकें तो ही वे अमिट हैं और उनका उपयोग वे किसी परीक्षा में सफलता हेतु कर सकते हैं। यूँ तो आज के व्यावसायिक युग में यह परीक्षा देना सबसे सस्ता है, किंतु असंतोष के इस युग में विद्यार्थी के लिए धैर्यपूर्वक जमकर बैठना ही सबसे कठिन समस्या है। लेकिन, यदि आई.ए.एस. करना है तो अध्यवसायपूर्वक अध्ययन तो करना ही होगा। यदि एक बार सिविल सेवा परीक्षा के लिए ठीक तरह से तैयारी कर ली तो किसी-न-किसी प्रतियोगितात्मक परीक्षा में तो अवश्य ही सफलता प्राप्त कर लोगे। कहावत है न 'आसमान से गिरा खजूर में अटका'। अतः एक नौकरी हाथ में ले लो; जीविका का साधन जुटा लो; ताकि आई.ए.एस. के महासमर में उतरने पर मन में शांति व धैर्य बना रहे, जो कि बहुत आवश्यक है।

इस परीक्षा हेतु संघ लोक सेवा आयोग द्वारा आधिकारिक अधिसूचना आयोग की वेबसाइट पर दी जाती है। अत: परीक्षा के लिए आवदेन करने हेतु यू.पी.एस.सी. की आधिकारिक वेबसाइट upsc.gov.in या upsconline.nic.in पर जाएँ और पंजीकरण प्रक्रिया को पूरा करें। उसके बाद लॉग-इन कर आवेदन-पत्र भरें; दस्तावेज अपलोड करें और परीक्षा शुल्क का भुगतान करें। अपना फॉर्म सबमिट करें और कंफर्मेशन पेज का प्रिंट आउट ले लें।

सामान्य वर्ग के अभ्यर्थी छह बार परीक्षा में बैठ सकते हैं। अन्य पिछड़े वर्ग के अभ्यर्थी 9 बार प्रयास कर सकते हैं जबकि अनुसूचित जाति व जनजाति के अभ्यर्थियों के लिए कोई सीमा नहीं है।

प्रारंभिक परीक्षा

सिविल सेवा परीक्षा तीन चरणों में पूरी होती है, जिसका पहला चरण 'प्रारंभिक परीक्षा' कहलाता है। Prelims/प्रारंभिक परीक्षा में सभी प्रश्नों के कई उत्तर होते हैं; जैसे–चार या पाँच। उनमें से एक सही उत्तर का चुनाव करना होता है। प्रश्न-पत्र हिंदी व अंग्रेजी दोनों भाषाओं में होता है। प्रश्न स्नातक स्तर के होते हैं तथा प्रत्येक प्रश्न-पत्र की अवधि दो घंटे होती है।

प्रारंभिक परीक्षा में दो प्रश्न-पत्र होते हैं। पहला प्रश्न-पत्र 'सामान्य अध्ययन' जबकि दूसरा 'सिविल सेवा अभिवृत्ति परीक्षा' (Civil Services Aptitude Test) या 'सीसैट' कहा जाता है। यह क्वालीफाइंग पेपर है। दोनों प्रश्न-पत्र 200–200 अंकों के होते हैं। पहले प्रश्न-पत्र (सामान्य अध्ययन) में 2–2 अंकों के 100 प्रश्न होते हैं जबकि दूसरे प्रश्न-पत्र (सीसैट) में 2.5–2.5 अंकों के 80 प्रश्न। दोनों प्रश्न-पत्रों में 'नकारात्मक अंकन' (Negative Marking) की व्यवस्था भी है, जिसके अंतर्गत 3 उत्तर गलत होने पर 1 सही उत्तर के बराबर अंक काट लिये जाते हैं।

चूँकि सीसैट क्वालीफाइंग पेपर है; इसलिए प्रारंभिक परीक्षा पास करने के लिए किसी भी अभ्यर्थी को सीसैट पेपर में मात्र 33 प्रतिशत अंक (33 अंक)

प्राप्त करने आवश्यक होते हैं। कट-ऑफ का निर्धारण प्रथम प्रश्न-पत्र यानी सामान्य अध्ययन के आधार पर किया जाता है।

प्रारंभिक परीक्षा के पहले प्रश्न-पत्र का संबंध सामान्य अध्ययन से है। इसका पाठ्यक्रम इस प्रकार है–

- राष्ट्रीय और अंतरराष्ट्रीय महत्त्व की सामयिक घटनाएँ
- भारत का इतिहास और भारतीय राष्ट्रीय आंदोलन
- भारत एवं विश्व का भूगोल–भारत एवं विश्व का प्राकृतिक, सामाजिक, आर्थिक भूगोल
- भारतीय राजतंत्र और शासन–संविधान, राजनीतिक प्रणाली, पंचायती राज, लोकनीति, अधिकार संबंधी मुद्दे इत्यादि
- आर्थिक और सामाजिक विकास–सतत विकास, गरीबी, समावेशन, जनसांख्यिकी, सामाजिक क्षेत्र में की गई पहल आदि
- पर्यावरणीय पारिस्थितिकी, जैव-विविधता और जलवायु परिवर्तन संबंधी सामान्य मुद्दे, जिनके लिए विषयगत विशेषज्ञता आवश्यक नहीं
- सामान्य विज्ञान

विज्ञान के क्षेत्र में वे प्रश्न आते हैं, जो एक व्यक्ति को आधुनिक विज्ञान के युग में रहते हुए जानना आवश्यक है ताकि वह अनभिज्ञ घोषित न हो। इतिहास में, विशेषतः इतिहास के सामाजिक, आर्थिक व राजनीतिक आयामों से संबंधित प्रश्न आते हैं। भूगोल में विशेषतः विश्व व भारत से संबंधित प्रश्न आते हैं यानी भौतिक, सामाजिक, आर्थिक भूगोल, भारतीय कृषि और प्राकृतिक संसाधनों पर विशेष जोर रहता है। भारतीय शासन-व्यवस्था के अंतर्गत विशेषतः भारतीय राजनीतिक व्यवस्था, पंचायती राज, ग्रामीण विकास, भूमि-सुधार आदि से संबंधित प्रश्न होते हैं। भारतीय राष्ट्रीय आंदोलन के अंतर्गत विशेषतः 19वीं शताब्दी में पुनर्जागरण आंदोलन, राष्ट्रीयता का विकास व स्वतंत्रता प्राप्ति से संबंधित प्रश्न आते हैं।

प्रारंभिक परीक्षा के दूसरे प्रश्न-पत्र को 'सीसैट' (CSAT) या 'सिविल सेवा अभिवृत्ति परीक्षा' (Civil Services Aptitude Test) कहा जाता है, जिसे वर्ष 2011 से परीक्षा-प्रणाली में शामिल किया गया। 'सीसैट' की अवधारणा पहली बार वाई. के. अलघ समिति की रिपोर्ट में वर्ष 2001 में प्रस्तावित की गई।

सीसैट/सामान्य अध्ययन पेपर-II का पाठ्यक्रम

- बोधगम्यता
- संचार कौशल सहित अंतरवैयक्तिक कौशल
- तार्किक कौशल एवं विश्लेषणात्मक क्षमता
- निर्णय लेना और समस्या-समाधान
- सामान्य मानसिक योग्यता
- आधारभूत संख्यनन (संख्याएँ और उनके संबंध, विस्तार-क्रम आदि) (दसवीं कक्षा का स्तर); आँकड़ों का निर्वचन (चार्ट, ग्राफ, तालिका, आँकड़ों की पर्याप्तता आदि (दसवीं कक्षा का स्तर)

सीसैट काफी हद तक किसी भी अन्य अभिवृत्ति परीक्षा (Aptitude Test); जैसे कैट (CAT), मैट (MAT), जीमैट (GMAT) के समान है और अभ्यर्थी की बौद्धिक क्षमता (IQ-Intelligence Quotient) की जाँच करता है। इसमें सम्मिलित गणित और अंग्रेजी के प्रश्न कैट (CAT) जैसी परीक्षाओं के स्तर से आसान होते हैं; क्योंकि प्रशासन चलाने की प्रक्रिया में प्राय: उस स्तर पर गणित व अंग्रेजी की आवश्यकता नहीं पड़ती। इसके अतिरिक्त, इसमें प्रशासन की समस्याओं से जुड़े निर्णयन व समस्या-समाधान (Decision Making & Problem Solving) के भी कुछ प्रश्न होते हैं, जो प्रबंधन (Management) की समस्याओं से अलग होते हैं।

किसी भी अभ्यर्थी को प्रारंभिक परीक्षा पास करने के लिए सीसैट प्रश्न-पत्र में 33% अंक प्राप्त करने आवश्यक होते हैं। सीसैट में 80 प्रश्न पूछे जाते हैं; प्रत्येक प्रश्न के लिए 2.5 अंक निर्धारित होते हैं।

यदि कोई अभ्यर्थी सीसैट प्रश्न-पत्र में 33% अंक प्राप्त नहीं कर पाता है तो उसे फेल माना जाएगा; फिर चाहे उसने प्रथम प्रश्न-पत्र में कितना भी अच्छा प्रदर्शन क्यों न किया हो।

'सीसैट' में सबसे ज्यादा प्रश्न 'बोधगम्यता' से पूछे जाते हैं। दो घंटों में अभ्यर्थी को कुल 25–30 अनुच्छेद पढ़ने होते हैं, जो कि एक जटिल और थकाऊ काम है। विश्लेषणात्मक तर्कशक्ति से भी काफी प्रश्न पूछे जाते हैं; जैसे-पूर्वमान्यताओं को पहचानना, कथनों से निष्कर्ष निकालना इत्यादि। 'गणित' या 'आधारभूत संख्ययन' एवं 'आँकड़ों की व्याख्या तथा पर्याप्तता' के खंड के अंतर्गत गणित के दसवीं कक्षा के स्तर तक के प्रश्न पूछे जाते हैं। 'निर्णयन' तथा 'अंतरवैयक्तिक कौशल' के खंड से कुल मिलाकर 6–8 प्रश्नों की संभावना रहती है। हालाँकि, उपर्युक्त सभी जानकारी केवल उदाहरण के तौर पर है।

सिविल सेवा परीक्षा देश की सर्वश्रेष्ठ परीक्षा है व कई वर्षों से आयोजित हो रही है; इसलिए परीक्षकगणों के लिए प्रश्नों का निर्धारण भी मुश्किल होता है। चूँकि परीक्षा का उद्देश्य प्रतियोगितात्मक एवं सर्वश्रेष्ठ प्रतिभा को चयनित करना है; इसलिए प्रश्न उपर्युक्त विस्तृत पाठ्यक्रम में से कहीं से भी आ सकते हैं। यू.पी.एस.सी. के पाठ्यक्रम के बारे में कहा जाता है कि यह समुद्र जैसी गहराई, आकाश जैसा विस्तार व पृथ्वी जैसी जटिलता रखता है।

सामान्य अध्ययन की थाह लेना मुश्किल है। अभ्यर्थियों से यह आशा की जाती है कि उन्होंने दसवीं कक्षा तक सभी विषयों का सुचारू रूप से अध्ययन किया होगा व उन विषयों की सारवस्तु उन्हें याद होगी। लेकिन, जिन्होंने उस समय केवल परीक्षा के लिए यह सब याद या कंठस्थ किया था और फिर कभी उन विषयों को उलटकर भी नहीं देखा, वे इस क्षेत्र में सफलता हासिल नहीं कर पाएँगे; क्योंकि सिद्धांत के मुताबिक जिस इमारत की नींव ही कमजोर हो; वह सर्वदा कमजोर ही रहती है चाहे उसकी कितनी ही देख-रेख व मरम्मत करके उसे कामचलाऊ बनाया जाए। ऐसी इमारत कोई भी बड़ा झटका, भयंकर तूफान या भूकंप आने से ताश के पत्तों की भाँति ढह

जाती है। इसलिए, यदि यह कहा जाए कि आई.ए.एस. की तैयारी दरअसल नवीं व दसवीं कक्षाओं से आरंभ होती है तो अतिशयोक्ति नहीं होगी। सुनहरा सिद्धांत है कि नवीं कक्षा से निरंतर दस वर्षों तक सतत परिश्रम करो, नौकरी प्राप्त करो व जीवन के आगे आनेवाले चालीस वर्ष आराम से गुजारो। इस काम में कुल चार सौ प्रतिशत से अधिक लाभ है।

अभ्यर्थी से आशा की जाती है कि वह एक सचेत भारतीय नागरिक की भाँति भारत के संविधान, उसकी शासन-व्यवस्था और अर्थव्यवस्था से भली-भाँति परिचित हो तथा प्रतिदिन घटनेवाली घटनाओं के विषय में अपना स्वतंत्र विचार निर्माण करने की स्थिति में हो। एक विश्व नागरिक की हैसियत से उससे अपेक्षा की जाती है कि वह संसार में होनेवाली घटनाओं को संवेदनशील दृष्टि से देखे व उनको अपने मानसपटल यानी स्मृति में अंकित कर ले। आज का संसार जिस गति से गतिमान है व जिस प्रकार से अनेकों सूचना-साधन विद्यमान हैं, अभ्यर्थी से अपने आपको अद्यतन रखने की आशा की जाती है। आज, जब दुनिया वैश्विक गाँव में बदल गई है, किसी भी देश की स्थिति का आकलन उसकी अंतरराष्ट्रीय स्थिति के ठोस ज्ञान के बिना अधूरा ही रहेगा। इसलिए, प्रत्येक परीक्षार्थी को राष्ट्रीय स्तर के एक मानक समाचार-पत्र को पढ़कर अपने सामान्य ज्ञान को समृद्ध व अद्यतन करते रहना चाहिए।

हालाँकि, इस क्षेत्र में पहले की अपेक्षा परीक्षार्थी की मुश्किलें बढ़ गई हैं, क्योंकि पूर्व में प्रतियोगितात्मक परीक्षाओं में जो सामान्य ज्ञान पूछा जाता था वह रटंत विद्या व अभ्यास से हल किया जा सकता था; परंतु अब संपूर्ण ज्ञान को हृदयंगम करने की आवश्यकता है। इससे 'सामान्य अध्ययन' का प्रश्न-पत्र बहुआयामी हो गया है। इसके लिए आवश्यक है कि अभ्यर्थी या विद्यार्थीगण राष्ट्रीय शैक्षिक अनुसंधान और प्रशिक्षण परिषद् (एन.सी.ई.आर.टी.) की भारत का इतिहास, भारत का संविधान या नागरिक शास्त्र, भूगोल, अर्थशास्त्र, विज्ञान, भौतिकी, रसायन शास्त्र व जीव विज्ञान विषयों की कक्षा नवीं-बारहवीं तक की पुस्तकें अवश्य पढ़ें। चूँकि ये पुस्तकें सरकारी सहायता से प्रकाशित होती हैं, इसलिए इनका मूल्य अधिक नहीं होता है। वैसे तो बाजार में विभिन्न

प्रकार की उत्तम पुस्तकें उपलब्ध हैं, लेकिन राष्ट्रीय शैक्षिक अनुसंधान और प्रशिक्षण परिषद्, नई दिल्ली व इंदिरा गाँधी राष्ट्रीय मुक्त विश्वविद्यालय, नई दिल्ली ने विद्वानों के समूहों द्वारा विभिन्न विषयों पर जो पुस्तकें तैयार कराई हैं, वह विश्व के किसी भी पाठ्यक्रम की तुलना में श्रेष्ठ हैं। इनमें विषय को सजीव, लचीली व सरल शैली में प्रस्तुत किया गया है।

सम-सामयिकी अब परीक्षा में एक-दो महीने पूर्व तक की भी आने लगी है, इसलिए गंभीर अभ्यर्थियों को सचेत रहने की आवश्यकता है। विषय के अध्ययन के साथ-साथ समाचार-पत्रों व प्रतियोगितात्मक पत्रिकाओं और अन्य पत्रिकाओं का पढ़ना कभी भी बंद नहीं करना चाहिए। साथ-साथ वैज्ञानिक, राजनीतिक व सामाजिक पत्रिकाओं को भी देखते रहना चाहिए। सम-सामयिक प्रश्नों के लिए लोकप्रिय विषय हैं–प्रसिद्ध पुस्तकें व उनके लेखक, देश व उनकी राजधानियाँ, प्रमुख ऐतिहासिक घटनाएँ व उनके वर्ष, विज्ञान के क्षेत्र में महत्त्वपूर्ण आविष्कार, महत्त्वपूर्ण राष्ट्रीय व अंतरराष्ट्रीय व्यक्तित्व, प्रमुख खेलों के नियम, प्रमुख खिलाड़ी और उनकी उपलब्धियाँ, भारत की आर्थिक एवं विदेश-नीति, संयुक्त राष्ट्र संघ व उसके विभिन्न संगठन, भारत का परमाणु व अंतरिक्ष कार्यक्रम तथा पिछले वर्ष की प्रमुख घटनाएँ, आदि। परीक्षा से एक वर्ष के अंतर्गत जो घटनाएँ सारे देश के मन-मस्तिष्क पर छाई रहीं हों वे अवश्य ही प्रत्यक्ष या अप्रत्यक्ष रूप से परीक्षा में प्रतिबिंबित होंगी; क्योंकि परीक्षक भी परंपरागत प्रश्नों की अपेक्षा कुछ नवीन देना चाहते हैं। हो सकता है उन घटनाओं के विषय में सीधा न आकर कुछ घुमा-फिराकर आए। उदाहरण के लिए, आर्थिक सुधारों के मूल में हमारे समाज की वह पतनावस्था भी है जहाँ प्रत्येक व्यक्ति जीवन का उत्तम स्तर तो भोगना चाहता है, किंतु उस स्तर को प्राप्त करने के लिए उत्तम साधनों; जैसे सतत परिश्रम, लगन, त्याग व परस्पर सहयोग को नहीं अपनाना चाहता।

संघ लोक सेवा आयोग ने मानसिक योग्यता के विषय को वर्तमान सामान्य अध्ययन के प्रश्न-पत्र में रखकर देश की बड़ी सेवा की है। इससे विद्यार्थी अपने अध्ययन काल में गणित आदि विषयों की उपेक्षा नहीं कर सकते। हालाँकि, कला वर्ग के विद्यार्थियों को घबराने की

आवश्यकता नहीं है। किसी की भी बुद्धि दूसरे से कम नहीं होती है। सभी व्यक्ति 11 बिंदुओं में पाँच या छह बिंदु तक ही अपनी बुद्धि विकसित कर पाते हैं। मात्र आइंसटीन ही ऐसे व्यक्ति थे, जिन्होंने अपनी बुद्धि आठ बिंदु तक विकसित कर ली थी व उसका उपयोग किया था।

प्रत्येक व्यक्ति ईश्वर का अंश है व उसमें अनंत क्षमता और बुद्धि है। बात मात्र इतनी-सी है कि कौन अपनी बुद्धि को कितना विकसित करता है या अपने स्मृति-पटल पर कितना ज्ञान इकट्ठा करता है, यह व्यक्ति विशेष के परिश्रम पर निर्भर करता है। इसलिए, अभ्यर्थियों को परीक्षा में गणित या सांख्यिकी के खंड से निराश होकर इसका आलोचक नहीं होना चाहिए। इस अंश से परीक्षार्थी की विश्लेषण शक्ति, तर्कशक्ति व गणन शक्ति की परख होती है। आजकल सांख्यिकी का विशेष महत्त्व है; क्योंकि आज का व्यक्ति किसी अन्य व्यक्ति के निर्णय से संतुष्ट नहीं होता है। वह सर्वेक्षण व सांख्यिकी के निर्णय को स्वीकार करना चाहता है; क्योंकि पूर्व में कुछ बुद्धिमान व्यक्तियों द्वारा अपने निहित स्वार्थ भरे निर्णयों से लोगों का गलत पथ-प्रदर्शन करने के कई उदाहरण मौजूद हैं। परीक्षा में बड़ी संख्याएँ, चित्र, ग्राफ व तथ्य भी दिये होते हैं, लेकिन इनमें भी सामान्य निर्णय बुद्धि ही अधिक काम आती है। मनोवैज्ञानिक इसे व्यावहारिक बुद्धि (IQ) भी कहते हैं। कभी-कभी शब्दों के बीच अंतर करने की योग्यता को भी परखा जाता है। बुद्धि का अर्थ ही है कि व्यक्ति दूसरे के विचारों को ग्रहण कर सके; उन्हें सूक्ष्म कर सके; उन्हें अपने तर्क के तराजू पर तौल सके तथा हंस की भाँति नीर-क्षीर विवेक से विभिन्न पक्षों को अलग-अलग कर सके। इसलिए, नवीं-दसवीं कक्षा की अंकगणित की पुस्तकों को एक बार फिर से सरसरी दृष्टि से देखना आवश्यक है।

सामान्य विज्ञान के क्षेत्र में भौतिकी से पदार्थ के गुण, परमाणु संरचना, ऊष्मा, ध्वनि, चुंबक, प्रकाश, विद्युत आदि से संबंधित शीर्षक आते हैं जबकि प्राणि विज्ञान, वनस्पति शास्त्र व रसायन शास्त्र में व्यावहारिक जीवन से संबंधित प्रश्नों का बाहुल्य होता है; जैसे जीवन का विकास, जीव व

आनुवंशिकी, पेड़-पौधे और उनमें बीमारियाँ, पर्यावरण, पशु-पालन, प्रकृति चक्र, ऑक्सीजन, जल, नाइट्रोजन, कार्बन आदि। कृषि विज्ञान क्षेत्र से भारत में कृषि का विकास व सिंचाई साधन तथा ईंधन के क्षेत्र में पेट्रोल, कोयला एवं ऊर्जा के स्थान पर नए-नए साधनों का विकास इत्यादि पर आधारित प्रश्न होते हैं। भारत के खनिज तत्त्वों पर भी प्रश्न होते हैं। साथ ही, विज्ञान के नए क्षेत्रों; जैसे बायोटेक्नोलॉजी, अंतरिक्ष कार्यक्रम और कंप्यूटर विज्ञान से भी प्रश्न स्वाभाविक हैं। भूगोल में विशेषतः जलवायु, उपज, खाद्य-उत्पादन, खाद्य-उद्योग, जनसंख्या, यातायात और दूर-संचार व उद्योगों के विकास से संबंधित विषयों पर प्रश्न होते हैं। भारत का इतिहास विषय से प्राचीन काल यानी हड़प्पा, मोहनजोदड़ो सभ्यता, वैदिक युग, मौर्य काल, गुप्त काल, चोल एवं पल्लव आदि वंशों का इतिहास, विजयनगर और बहमनी राज्य, मुगल काल, मराठों का उदय, मुगलों का पतन व ईस्ट इंडिया कंपनी के भारत के क्षितिज पर उदय से लेकर ब्रिटिश काल में स्वतंत्रता के आंदोलनों पर आधारित प्रश्न आते हैं। इसके अतिरिक्त इस खंड में उन्नीसवीं शताब्दी में भारतीय नवजागरण, सन् 1857 का विद्रोह, कांग्रेस के गरम एवं नरम दल तथा क्रांतिकारियों का स्वाधीनता संग्राम में योगदान, विभिन्न अधिनियमों, चार्टरों, सुधारों एवं गोलमेज सम्मेलनों के बारे में विश्लेषण, स्वतंत्रता संग्राम के संदर्भ में सांप्रदायिकतावाद और मुसलिम लीग आदि की भूमिका भी सम्मिलित है। भारत छोड़ो आंदोलन, नमक सत्याग्रह, डांडी मार्च आदि को भी छोड़ा नहीं जा सकता है।

इसके पश्चात् भारतीय राजव्यवस्था में आता है—भारत के संविधान का निर्माण, उसकी मुख्य विशेषताएँ व अंश, भारत के शासन के मुख्य अंग, सर्वोच्च न्यायपालिका, राष्ट्रपति, संसद्, प्रधानमंत्री और मंत्रिपरिषद्, सर्वोच्च न्यायालय, राज्य कार्यपालिका, उच्च न्यायालय, केंद्र व राज्यों के बीच संबंध और संविधान में सिविल सेवाएँ, राजभाषा, संविधान संशोधन, आपातकालीन प्रावधान और इन सबसे भी अधिक महत्त्वपूर्ण हैं—मौलिक अधिकार, राज्य के नीति-निदेशक तत्त्व, भारतीय नागरिकों की अर्हताएँ व कर्तव्य। राज्य के

नीति-निदेशक तत्त्वों व मौलिक अधिकारों के विषय में सर्वोच्च न्यायालय के ऐतिहासिक निर्णयों; जैसे केशवानंद भारती आदि मामलों को भी उपेक्षित नहीं किया जा सकता है, क्योंकि कुछ मुकदमों ने भारतीय जीवन व शासन की गति और दिशा ही बदल दी; जैसे बैंक राष्ट्रीयकरण मुकदमा, प्रिवी पर्स मुकदमा, शाहबानो मुकदमा, कावेरी पीठ का निर्णय व राज्यों में राष्ट्रपति शासन लागू करने के संबंध में सर्वोच्च न्यायालय का निर्णय अयोध्या का मामला, निर्वाचन आयोग संबंधी मामले और पर्यावरण संबंधी मामलों में भी सर्वोच्च न्यायालय के निर्णय की प्रधानता रही है व संपूर्ण राष्ट्र उसके निर्णयों की प्रतीक्षा में रहता है।

UPSC प्रारंभिक परीक्षा के लिए सर्वश्रेष्ठ पुस्तकें

इतिहास	1. स्वतंत्रता के लिए भारत का संघर्ष – बिपिन चंद्र 2. नितिन सिंघानिया द्वारा भारतीय कला और संस्कृति 3. एन.सी.ई.आर.टी. XI (प्राचीन और मध्यकालीन) 4. एन.सी.ई.आर.टी. XII (आधुनिक भारतीय इतिहास)
भूगोल	1. एन.सी.ई.आर.टी. VI – X (पुराना पाठ्यक्रम) 2. एन.सी.ई.आर.टी. XI, XII (नया पाठ्यक्रम) 3. विश्व एटलस (ओरिएंट ब्लैक स्वान)
भारतीय राजव्यवस्था	1. भारतीय राजव्यवस्था–एम. लक्ष्मीकांत 2. एन.सी.ई.आर.टी. IX-XII
अर्थशास्त्र	1. भारत में आर्थिक विकास और नीतियाँ – जैन और ओहरी 2. एन.सी.ई.आर.टी. XI 3. एन.सी.ई.आर.टी. XII
अंतरराष्ट्रीय संबंध	1. एन.सी.ई.आर.टी. XII (समकालीन विश्व राजनीति) 2. सामयिकी

सीसैट	1. टाटा मैकग्रा हिल सीसैट मैनुअल 2. अरिहंत प्रकाशन द्वारा सीसैट पेपर-2 को क्रैक करना 3. तर्कशक्ति परीक्षण, आर.एस. अग्रवाल, एस. चंद पब्लिशर्स

नोटः दी गई पुस्तक तालिका उदाहरण मात्र है। अतः अभ्यर्थी पुस्तकों का चयन यू.पी.एस.सी. पाठ्यक्रम के गहन अध्ययन व स्व-विवेक के आधार पर करें।

सामान्य अध्ययन के प्रश्न-पत्र के लिए भी यदि अभ्यर्थी प्रत्येक विषय पर पृथक-पृथक पुस्तक देख लें तो ऑब्जेक्टिव प्रश्नों के उत्तर में भूल होने की संभावना कम रहती है, क्योंकि उन पुस्तकों में उस विषय से संबंधित सामान्य अध्ययन के प्रश्न ही होंगे। हालाँकि, यह कार्य अत्यंत कठिन है, क्योंकि प्रथमतः सभी को पुस्तकालयों से ये पुस्तकें उपलब्ध नहीं हो पाएँगी; द्वितीय उन्हें पढ़ने के लिए समय चाहिए। इसलिए, उचित होगा कि अभ्यर्थी बुक-स्टोर पर उपलब्ध पुस्तकों में से ही कोई एक खरीद लें; जैसे टाटा मैक्ग्राहिल या किसी अन्य प्रकाशन से प्रकाशित कोई भी पुस्तक तथा उनमें दिये गए प्रश्नों का अभ्यास करें, क्योंकि इस प्रकार की परीक्षा का सामना वे प्रथम बार कर रहे हैं।

प्रत्येक अभ्यर्थी को प्रयास करना चाहिए कि परीक्षा में उत्तर देते समय तथ्यों का उचित व बुद्धिमत्तापूर्ण विश्लेषण करके ही उत्तर दे। उसके द्वारा दिये गए उत्तर उसके व्यक्तिगत अनुभव, अन्य लोगों के अनुभव अथवा सर्वेक्षण के आधार पर प्राप्त जानकारियों पर आधारित हो सकते हैं। चूँकि परीक्षा में चयनित अभ्यर्थियों को भविष्य में कई चुनौतियों का सामना करना है, अतः किसी भी समस्या को देखकर उन्हें घबराना नहीं चाहिए। उनसे आशा की जाती है कि वे तथ्यों का भीतर तक विश्लेषण कर अपना उत्तर दें। इस परीक्षा द्वारा चयनित अभ्यर्थियों पर चूँकि प्रशासनिक जिम्मेदारियों का काफी बोझ होता है, अतः उन्हें इस बात के लिए विशेष रूप से तैयार किया जाता

है कि उनके निर्णय संविधान के खिलाफ न हों और उनका पूरी शक्ति से अनुपालन किया जाए। इसी विधि के प्रयोग की आशा अभ्यर्थियों से अपने अध्ययनकाल के दौरान की जाती है, अर्थात् वे किसी भी विषय के दोनों पक्षों का पक्षपातरहित विश्लेषण करें व समझें।

विभिन्न विषयों पर पुस्तकों का संदर्भ केवल उदाहरणार्थ दिया जा सकता है, क्योंकि प्रत्येक विषय पर कई लेखकों की मानक पुस्तकें बाजार में उपलब्ध हैं। अतः जिस पुस्तक को विद्यार्थी विश्वविद्यालय स्तर से पढ़ते आ रहे हैं, उन्हें उसे ही आई.ए.एस. परीक्षा के लिए भी आधार बनाना चाहिए; क्योंकि उस पुस्तक के प्रत्येक पृष्ठ व शीर्षक से वे परिचित हैं। इस परीक्षा में पुस्तकों के ढेर से मोती चुनना यानी मानक पुस्तक का चयन एक महत्त्वपूर्ण कार्य है। मानक पुस्तकों का चुनाव करते समय अभ्यर्थी परीक्षा में सफल अभ्यर्थियों से सलाह ले सकते हैं, यहाँ तक कि उनके प्राध्यापक एवं तैयारी कर रहे साथी भी सलाह दे सकते हैं। लक्ष्य है सफलता प्राप्त करना। यह आवश्यक नहीं है कि व्यक्ति किस पथ से सफलता के शिखर तक पहुँचता है; उदाहरण के लिए, कई प्रदेशों से निकलनेवाली नदियाँ अंत में समुद्र में ही गिरती हैं अथवा विभिन्न धर्मावलंबी विभिन्न पथों का अनुसरण कर एक ही ईश्वर, खुदा, अल्लाह या गॉड तक पहुँचते हैं। देखा गया है कि भारत के विभिन्न क्षेत्रों में रहनेवाले विद्यार्थी उस क्षेत्र में प्रचलित मानक लेखकों की पुस्तकों को पढ़ते हैं एवं समान रूप से अपने ज्ञान में वृद्धि करके केंद्रीय प्रतियोगितात्मक परीक्षाओं में सफलता प्राप्त करते हैं।

परीक्षा से जुड़े प्रमुख तथ्य

दोनों प्रश्न–पत्र हिंदी व अंग्रेजी दोनों भाषाओं में होते हैं।

परीक्षा के दिन आधे घंटे पूर्व परीक्षा केंद्र पर पहुँच जाएँ। साथ में काला या नीला बॉल पेन, कार्डबोर्ड व घड़ी ले जाएँ।

दिये गए उत्तर विकल्पों में से एक सही उत्तर विकल्प को काला करना पड़ता है।

उदाहरण के लिए

	(1)	(2)	(3)	●	(5)
अथवा	(a)	(b)	(c)	●	(e)

उत्तर-पुस्तिका में रोल नं. व विषय कोड भी लिखना पड़ता है, जाँच कंप्यूटर के जरिए होती है।

परीक्षा भवन में आपको एक उत्तर-पुस्तिका, एक प्रश्न-पुस्तिका व माँगने पर रफ काम के लिए कागज मिलेगा। 'योग्यता सक्षमता' परीक्षा में गणित के प्रश्नों को हल करने में रफ काम के लिए कागज की आवश्यकता पड़ेगी।

परीक्षा भवन में नियुक्त परीक्षक की घोषणा के पश्चात् प्रश्न-पुस्तिका व उत्तर-पुस्तिका सामने रखकर एक-एक करके प्रश्नों के उत्तर देना आरंभ कीजिए। परीक्षा के दौरान प्रश्न को अच्छी तरह पढ़कर तथा सोचकर सही उत्तर के गोले को काला करें। सभी प्रश्नों को पढ़ने में समय बरबाद न करें। उदाहरणार्थ–

- उच्चतम न्यायालय निम्न मामले सीधे नहीं ले सकता है–

(a) राज्यों में लागू राष्ट्रपति शासन

(b) दो राज्यों के बीच झगड़े

(c) राज्य एवं केंद्र के बीच मामले

(d) दो व्यक्तियों के बीच मामले

(e) प्रशासनिक अधिकारियों के निर्णय

इस प्रश्न में स्पष्ट है कि (a), (d) व (c) संभावित उत्तर हो सकते हैं। इसलिए, प्रथम बार की मानसिक प्रक्रिया में संभावित विकल्प ले लें व बेतुके उत्तरों की एकदम से छँटाई कर दें। फिर इसी प्रक्रिया से संभावित विकल्पों में से जो सर्वोत्तम विकल्प हो, उसको काला कर दें। यदि निश्चितता न हो तो उस प्रश्न को छोड़ दें व आगे बढ़ जाएँ। ये छोड़े हुए प्रश्न दूसरी बार में किए जा सकते हैं। यह भी ध्यान रहे कि प्रश्न को ध्यानपूर्वक पढ़ा जाए, क्योंकि परीक्षार्थियों की सचेतता को परखने के लिए उपर्युक्त प्रश्न की भाँति

नकारात्मक कथन भी दिये जा सकते हैं। इस प्रकार के प्रश्नों के जरिए अभ्यर्थियों के ज्ञान की गहराई का पता लगाया जाता है। उदाहरणार्थ–

- सन् 1857 के विद्रोह की असफलता के कारण थे–

(a) राजाओं के आपसी मतभेद एवं उनके निजी स्वार्थ।

(b) मंगल पांडे द्वारा विद्रोह को आगे प्रारंभ करना व तेज सूचना-प्रणाली का अभाव।

(c) अंग्रेजों की सेना का श्रेष्ठ होना व उनकी राजनीतिक चालें।

(d) (a) एवं (b)

(e) महारानी लक्ष्मीबाई को सैन्य-सहायता न पहुँचना एवं उनकी वीरगति।

उपर्युक्त प्रश्न के कई उत्तर हो सकते हैं। प्रथम पठन में अभ्यर्थी की दृष्टि (d) एवं (e) पर ठहर जाएगी। वैसे सभी उत्तर ठीक ही लगते हैं, परंतु अंत में पढ़ने पर शायद अभ्यर्थी को (d) अधिक उत्तम लगे; क्योंकि महारानी लक्ष्मीबाई तक पहुँचते-पहुँचते अंग्रेजों की शक्ति एकजुट हो चुकी थी और सभी राजाओं की हार के बाद महारानी लक्ष्मीबाई की पराजय अवश्यंभावी हो गई थी तथा अन्य देशी राजा या तो उन्हें सहायता नहीं भेज रहे थे या एकजुट नहीं हो पा रहे थे।

ऐसे प्रश्नों का उत्तर देते हुए अभ्यर्थियों को घबराना नहीं चाहिए, क्योंकि प्रशासक निर्णय लेते समय भावनाओं और विचारधाराओं को एक ओर रखकर तथ्यों पर ध्यान केंद्रित करता है; अतः जो उत्तर तथ्यों के अनुसार संगत हो, वही सही है।

समय प्रबंधन

प्रथम बार 10 सेकंड से अधिक यदि किसी प्रश्न में अटकें तो आगे बढ़ जाएँ। आपको ज्ञात सही उत्तरों के बजाय इन प्रश्नों के उत्तर देने में अपनी स्मृति व बुद्धि को न थकाएँ।

प्रश्नों को हल करने की गति तेज होनी चाहिए ताकि बाद में तार्किक व वैचारिक रूप से अंदाजा लगाए जानेवाले प्रश्नों के उत्तरों के लिए भी आवश्यक समय उपलब्ध हो सके।

गलत उत्तरों के लिए नकारात्मक अंक मिलते हैं। इसलिए, दूसरे दौर में अपने तर्क, विचार व स्मृति के आधार पर सत्य के आस-पास वाले उत्तरों को काला करते जाइए। तीसरे दौर में यदि प्रश्न का अर्थ ही समझ में न आ रहा हो तो अंदाजा लगाना व्यर्थ है। हाँ, यदि मस्तिष्क में थोड़ा-थोड़ा भी उत्तर बैठ रहा है तो अवश्य ही उसे चिह्नित करें। कई बार कुछ अभ्यर्थी तीसरे दौर में संभावना के आधार पर या तो सभी प्रश्नों का उत्तर (a) चिह्नित कर देते हैं या अन्य कोई विकल्प। लेकिन, ऐसा करना उचित नहीं है, क्योंकि ऐसा करने पर नकारात्मक अंकन की संभावना बढ़ जाती है।

सावधानियाँ

यदि किसी प्रश्न के विकल्पों में से सही उत्तर ठीक तरह से नहीं चिह्नित किया गया है तो आपको शून्य मिल सकता है। इसलिए, जहाँ तक हो दिमाग स्थिर करके ही उत्तर दें।

यदि उत्तर-पुस्तिका फट गई है या उसे मोड़ दिया गया है तो कंप्यूटर उस उत्तर-पुस्तिका की जाँच नहीं करेगा। इसलिए, आजकल की तकनीकी के हिसाब से सावधानियाँ रखनी चाहिए। समय से पूर्व उत्तर समाप्त हो जाएँ तो प्रत्येक उत्तर का प्रश्नों के साथ फिर से परीक्षण कर लिया जाना बेहतर होगा।

परीक्षा समाप्त होने के पाँच-दस मिनट पूर्व परीक्षा भवन में अन्य किसी अभ्यर्थी से बातचीत कर अपना समय बरबाद करने के बजाय उत्तरों की पुनः जाँच कर लें तथा समय समाप्त होते ही अपनी उत्तर-पुस्तिका परीक्षक को सौंप दें।

मुख्य परीक्षा

सिविल सेवा परीक्षा का दूसरा चरण 'मुख्य परीक्षा' कहलाता है। प्रारंभिक परीक्षा का उद्देश्य मात्र इतना है कि सभी अभ्यर्थियों में से कुछ गंभीर

व योग्य अभ्यर्थियों को चुन लिया जाए तथा वास्तविक परीक्षा उन चुने हुए अभ्यर्थियों के बीच आयोजित कराई जाए। प्रारंभिक परीक्षा में सफल होनेवाले अभ्यर्थियों को सामान्यत: सितंबर माह के दौरान मुख्य परीक्षा देने के लिए आमंत्रित किया जाता है। ध्यातव्य है कि जहाँ प्रारंभिक परीक्षा पूरी तरह वस्तुनिष्ठ होती है; वहीं मुख्य परीक्षा में अलग-अलग शब्द-सीमा वाले वर्णनात्मक प्रश्न पूछे जाते हैं। मुख्य परीक्षा में सफल होने के लिए अच्छी लेखन-शैली को महत्त्वपूर्ण योग्यता माना जाता है।

मुख्य परीक्षा कुल 1750 अंकों की होती है, जिसमें 1000 अंक सामान्य अध्ययन के लिए (250–250 अंकों के 4 प्रश्न-पत्र); 500 अंक वैकल्पिक विषय के लिए (250–250 अंकों के 2 प्रश्न-पत्र) तथा 250 अंक निबंध के लिए निर्धारित हैं। इसके अतिरिक्त 300–300 अंकों के दो अन्य प्रश्न-पत्र [अंग्रेजी तथा भारतीय भाषा (हिंदी या कोई अन्य भाषा)] होते हैं, जो क्वालीफाइंग प्रकृति के हैं। भारतीय भाषा में न्यूनतम अर्हता अंक 25% (75) तथा अंग्रेजी में भी न्यूनतम अर्हता अंक 25% (75) निर्धारित किए गए हैं।

मुख्य परीक्षा का परीक्षा पैटर्न

प्रश्न-पत्र-1	निबंध	250 अंक
प्रश्न-पत्र-2	सामान्य अध्ययन-1: (भारतीय विरासत और संस्कृति, विश्व का इतिहास एवं भूगोल तथा समाज)	250 अंक
प्रश्न-पत्र-3	सामान्य अध्ययन-2: (शासन-व्यवस्था, संविधान, राजव्यवस्था, सामाजिक न्याय तथा अंतरराष्ट्रीय संबंध)	250 अंक
प्रश्न-पत्र-4	सामान्य अध्ययन-3: (प्रौद्योगिकी, आर्थिक विकास, जैव-विविधता, पर्यावरण, सुरक्षा तथा आपदा-प्रबंधन)	250 अंक
प्रश्न-पत्र-5	सामान्य अध्ययन-4: (नीतिशास्त्र, सत्यनिष्ठा और अभिवृत्ति)	250 अंक

प्रश्न-पत्र-6	वैकल्पिक विषय- प्रश्न-पत्र-1	250 अंक
प्रश्न-पत्र-7	वैकल्पिक विषय- प्रश्न-पत्र-2	250 अंक
क्वालीफाइंग-1	अंग्रेजी	300 अंक
क्वालीफाइंग-2	हिंदी या संविधान की 8वीं अनुसूची में शामिल कोई भाषा	300 अंक
कुल अंक (Total Marks)		**1750 अंक**

क्वालीफाइंग प्रश्न-पत्र-2 के लिए संविधान की आठवीं अनुसूची में सम्मिलित भाषाओं में से किसी एक भाषा का चयन : असमिया, बंगाली, बोडो, डोगरी, गुजराती, हिंदी, कन्नड़, कश्मीरी, कोंकणी, मैथिली, मलयालम, मणिपुरी, मराठी, नेपाली, ओड़िया, पंजाबी, संस्कृत, संथाली, सिंधी, तमिल, तेलुगू, उर्दू और अंग्रेजी।

नोटः ध्यान दें कि दोनों क्वालीफाइंग प्रश्न-पत्रों के अंक योग्यता निर्धारण के लिए नहीं जोड़े जाते हैं।

मुख्य परीक्षा के लिए वैकल्पिक विषयों की सूची

• कृषि	• पशु-पालन एवं पशु-चिकित्सा विज्ञान
• नृविज्ञान	• प्राणि विज्ञान
• वनस्पति विज्ञान	
• रसायन विज्ञान	• सांख्यिकी
• सिविल इंजीनियरी	• समाज शास्त्र
• वाणिज्य शास्त्र तथा लेखा विधि	• लोक प्रशासन
• विद्युत इंजीनियरी	• अर्थशास्त्र
• दर्शन शास्त्र	• गणित
• भूगोल	• विधि
• भू-विज्ञान	• प्रबंधन
• इतिहास	• यांत्रिक इंजीनियरी
• मनोविज्ञान	• भौतिकी
• चिकित्सा विज्ञान	• राजनीति विज्ञान तथा अंतरराष्ट्रीय संबंध

मुख्य परीक्षा पाठ्यक्रम

सामान्य अध्ययन प्रश्न-पत्र 1 : भारतीय विरासत और संस्कृति, विश्व का इतिहास एवं भूगोल और समाज

1. भारतीय संस्कृति में प्राचीन काल से आधुनिक काल तक के कला के रूप, साहित्य और वास्तुकला के मुख्य पहलू शामिल होंगे।
2. 18वीं सदी के लगभग मध्य से लेकर वर्तमान समय तक का आधुनिक भारतीय इतिहास—महत्त्वपूर्ण घटनाएँ, व्यक्तित्व, विषय।
3. स्वतंत्रता संग्राम—इसके विभिन्न चरण और देश के विभिन्न भागों से इसमें योगदान देनेवाले महत्त्वपूर्ण व्यक्ति/उनका योगदान।
4. स्वतंत्रता के पश्चात् देश के अंदर एकीकरण और पुनर्गठन।
5. विश्व के इतिहास में 18वीं सदी तथा बाद की घटनाएँ; यथा औद्योगिक क्रांति, विश्व-युद्ध, राष्ट्रीय सीमाओं का पुनःसीमांकन, उपनिवेशवाद, उपनिवेशवाद की समाप्ति, राजनीतिक दर्शन; जैसे साम्यवाद, पूँजीवाद, समाजवाद आदि शामिल होंगे, उनके रूप और समाज पर उनका प्रभाव।
6. भारतीय समाज की मुख्य विशेषताएँ, भारत की विविधता।
7. महिलाओं की भूमिका और महिला संगठन, जनसंख्या एवं संबद्ध मुद्दे, गरीबी और विकासात्मक विषय, शहरीकरण, उनकी समस्याएँ तथा रक्षोपाय।
8. भारतीय समाज पर भूमंडलीकरण का प्रभाव।
9. सामाजिक सशक्तीकरण, संप्रदायवाद, क्षेत्रवाद और धर्मनिरपेक्षता।
10. विश्व के भौतिक भूगोल की मुख्य विशेषताएँ।
11. विश्वभर के मुख्य प्राकृतिक संसाधनों का वितरण (दक्षिण एशिया और भारतीय उपमहाद्वीप को शामिल करते हुए), विश्व (भारत सहित) के विभिन्न भागों में प्राथमिक, द्वितीयक और तृतीयक क्षेत्र के उद्योगों को स्थापित करने के लिए जिम्मेदार कारक।

12. भूकंप, सुनामी, ज्वालामुखीय हलचल, चक्रवात जैसी महत्त्वपूर्ण भू-भौतिकीय घटनाएँ, भौगोलिक विशेषताएँ और उनके स्थान–अति महत्त्वपूर्ण भौगोलिक विशेषताओं (जल–स्रोत और हिमावरण सहित) और वनस्पति एवं प्राणिजगत् में परिवर्तन तथा इस प्रकार के परिवर्तनों के प्रभाव।

सामान्य अध्ययन प्रश्न-पत्र 2 : शासन-व्यवस्था, संविधान, शासन-प्रणाली, सामाजिक न्याय तथा अंतरराष्ट्रीय संबंध

1. भारतीय संविधान–ऐतिहासिक आधार, विकास, विशेषताएँ, संशोधन, महत्त्वपूर्ण प्रावधान और बुनियादी संरचना।
2. संघ व राज्यों के कार्य तथा उत्तरदायित्व, संघीय ढाँचे से संबंधित विषय एवं चुनौतियाँ, स्थानीय स्तर पर शक्तियों एवं वित्त का हस्तांतरण और उसकी चुनौतियाँ।
3. विभिन्न घटकों के बीच शक्तियों का पृथक्करण, विवाद निवारण–तंत्र तथा संस्थान।
4. भारतीय संवैधानिक योजना की अन्य देशों के साथ तुलना।
5. संसद और राज्य विधायिका–संरचना, कार्य, कार्य-संचालन, शक्तियाँ एवं विशेषाधिकार और इनसे उत्पन्न होनेवाले विषय।
6. कार्यपालिका एवं न्यायपालिका की संरचना, संगठन और कार्य–सरकार के मंत्रालय एवं विभाग, प्रभावक समूह और औपचारिक/अनौपचारिक संघ तथा शासन–प्रणाली में उनकी भूमिका।
7. जन प्रतिनिधित्व अधिनियम की मुख्य विशेषताएँ।
8. विभिन्न संवैधानिक पदों पर नियुक्ति एवं विभिन्न संवैधानिक निकायों की शक्तियाँ, कार्य और उत्तरदायित्व।
9. सांविधिक, विनियामक और विभिन्न अर्द्ध–न्यायिक निकाय।
10. सरकारी नीतियों एवं विभिन्न क्षेत्रों में विकास के लिए हस्तक्षेप और उनके अभिकल्पन तथा कार्यान्वयन के कारण उत्पन्न विषय।

11. विकास प्रक्रिया तथा विकास उद्योग–गैर-सरकारी संगठनों, स्वयं सहायता समूहों, विभिन्न समूहों व संघों, दानकर्ताओं, लोकोपकारी संस्थाओं, संस्थागत एवं अन्य पक्षों की भूमिका।
12. केंद्र एवं राज्यों द्वारा जनसंख्या के अति संवेदनशील वर्गों के लिए कल्याणकारी योजनाएँ और उनका कार्य-निष्पादन; इन अति संवेदनशील वर्गों की रक्षा व बेहतरी के लिए गठित तंत्र, विधि, संस्थान एवं निकाय।
13. स्वास्थ्य, शिक्षा, मानव संसाधनों से संबंधित सामाजिक क्षेत्र/सेवाओं के विकास और प्रबंधन से संबंधित विषय।
14. गरीबी एवं भूख से संबंधित विषय।
15. शासन-व्यवस्था, पारदर्शिता और जवाबदेही के महत्त्वपूर्ण पक्ष, ई-गवर्नेंस अनुप्रयोग, मॉडल, सफलताएँ, सीमाएँ व संभावनाएँ, नागरिक चार्टर, पारदर्शिता एवं जवाबदेही और संस्थागत तथा अन्य उपाय।
16. लोकतंत्र में सिविल सेवाओं की भूमिका।
17. भारत एवं इसके पड़ोसी-संबंध।
18. द्विपक्षीय, क्षेत्रीय व वैश्विक समूह तथा भारत से संबंधित और/अथवा भारत के हितों को प्रभावित करनेवाले करार।
19. भारत के हितों पर विकसित तथा विकासशील देशों की नीतियों तथा राजनीति का प्रभाव, प्रवासी भारतीय।
20. महत्त्वपूर्ण अंतरराष्ट्रीय संस्थान, संस्थाएँ और मंच–उनकी संरचना, अधिदेश।

सामान्य अध्ययन प्रश्न-पत्र 3 : प्रौद्योगिकी, आर्थिक विकास, जैव-विविधता, पर्यावरण, सुरक्षा तथा आपदा-प्रबंधन

1. भारतीय अर्थव्यवस्था एवं योजना, संसाधनों को जुटाने, प्रगति, विकास तथा रोजगार से संबंधित विषय।
2. समावेशी विकास तथा इससे उत्पन्न विषय।

3. सरकारी बजट।

4. मुख्य फसलें–देश के विभिन्न भागों में फसलों का पैटर्न–सिंचाई के विभिन्न प्रकार एवं सिंचाई प्रणाली–कृषि उत्पाद का भंडारण, परिवहन तथा विपणन, संबंधित विषय और बाधाएँ किसानों की सहायता के लिए ई-प्रौद्योगिकी।

5. प्रत्यक्ष एवं अप्रत्यक्ष कृषि सहायता तथा न्यूनतम समर्थन मूल्य से संबंधित विषय, जन वितरण प्रणाली–उद्देश्य, कार्य, सीमाएँ, सुधार, बफर स्टॉक तथा खाद्य सुरक्षा संबंधी विषय, प्रौद्योगिकी मिशन, पशु-पालन संबंधी अर्थशास्त्र।

6. भारत में खाद्य-प्रसंस्करण एवं संबंधित उद्योग–कार्य-क्षेत्र एवं महत्त्व, स्थान, ऊपर और नीचे की अपेक्षाएँ, आपूर्ति श्रृंखला प्रबंधन।

7. भारत में भूमि सुधार।

8. उदारीकरण का अर्थव्यवस्था पर प्रभाव, औद्योगिक नीति में परिवर्तन तथा औद्योगिक विकास पर इनका प्रभाव।

9. बुनियादी ढाँचा–ऊर्जा, बंदरगाह, सड़क, विमानपत्तन, रेलवे आदि।

10. निवेश मॉडल।

11. विज्ञान एवं प्रौद्योगिकी–विकास एवं अनुप्रयोग और रोजमर्रा के जीवन पर इसका प्रभाव।

12. विज्ञान एवं प्रौद्योगिकी में भारतीयों की उपलब्धियाँ, देशज रूप से प्रौद्योगिकी का विकास और नई प्रौद्योगिकी का विकास।

13. सूचना प्रौद्योगिकी, अंतरिक्ष, कंप्यूटर, रोबोटिक्स, नैनो-टैक्नोलॉजी, बायो-टेक्नोलॉजी और बौद्धिक संपदा अधिकारों से संबंधित विषयों के संबंध में जागरूकता।

14. संरक्षण, पर्यावरण प्रदूषण व क्षरण, पर्यावरण प्रभाव का आकलन।

15. आपदा एवं आपदा-प्रबंधन।
16. विकास एवं फैलते उग्रवाद के बीच संबंध।
17. आंतरिक सुरक्षा के लिए चुनौती उत्पन्न करनेवाले शासन-विरोधी तत्त्वों की भूमिका।
18. संचार नेटवर्क के माध्यम से आंतरिक सुरक्षा को चुनौती, आंतरिक सुरक्षा चुनौतियों में मीडिया और सामाजिक नेटवर्किंग साइटों की भूमिका, साइबर सुरक्षा की बुनियादी बातें, धनशोधन और इसे रोकना।
19. सीमावर्ती क्षेत्रों में सुरक्षा चुनौतियाँ एवं उनका प्रबंधन—संगठित अपराध और आतंकवाद के बीच संबंध।
20. विभिन्न सुरक्षा बल और संस्थाएँ तथा उनके अधिदेश।

सामान्य अध्ययन प्रश्न-पत्र 4 : नीतिशास्त्र, सत्यनिष्ठा और अभिरुचि

1. नीतिशास्त्र तथा मानवीय सह-संबंध—मानवीय क्रिया-कलापों में नीतिशास्त्र का सार-तत्त्व, इसके निर्धारक और परिणाम, नीतिशास्त्र के आयाम, निजी और सार्वजनिक संबंधों में नीतिशास्त्र, मानवीय मूल्य—महान् नेताओं, सुधारकों और प्रशासकों के जीवन तथा उनके उपदेशों से शिक्षा, मूल्य विकसित करने में परिवार, समाज और शैक्षणिक संस्थाओं की भूमिका।
2. अभिवृत्ति—सारांश (कंटेंट), संरचना, वृत्ति, विचार तथा आचरण के परिप्रेक्ष्य में इसका प्रभाव एवं संबंध, नैतिक और राजनीतिक अभिरुचि, सामाजिक प्रभाव और धारणा।
3. सिविल सेवा के लिए अभिरुचि तथा बुनियादी मूल्य—सत्यनिष्ठा, भेदभावरहित तथा गैर-तरफदारी, निष्पक्षता, सार्वजनिक सेवा के प्रति समर्पण भाव, कमजोर वर्गों के प्रति सहानुभूति, सहिष्णुता तथा संवेदना।
4. भावनात्मक समझ—अवधारणाएँ तथा प्रशासन और शासन-व्यवस्था में उनके उपयोग और प्रयोग।
5. भारत तथा विश्व के नैतिक विचारकों तथा दार्शनिकों का योगदान।

6. लोक प्रशासन में लोक/सिविल सेवा मूल्य एवं नीतिशास्त्र–स्थिति तथा समस्याएँ, सरकारी तथा निजी संस्थानों में नैतिक चिंताएँ व दुविधाएँ, नैतिक मार्गदर्शन के स्रोतों के रूप में विधि-नियम-विनियम तथा अंतरात्मा, उत्तरदायित्व तथा नैतिक शासन, शासन-व्यवस्था में नीतिपरक तथा नैतिक मूल्यों का सुदृढ़ीकरण, अंतरराष्ट्रीय संबंधों तथा निधि व्यवस्था (फंडिंग) में नैतिक मुद्दे व कॉरपोरेट शासन-व्यवस्था।
7. शासन-व्यवस्था में ईमानदारी–लोक सेवा की अवधारणा, शासन-व्यवस्था और ईमानदारी का दार्शनिक आधार, सरकार में सूचना का आदान-प्रदान और पारदर्शिता, सूचना का अधिकार, नीतिपरक आचार संहिता, आचरण संहिता, नागरिक घोषणा-पत्र, कार्य-संस्कृति, सेवा प्रदान करने की गुणवत्ता, लोक निधि का उपयोग, भ्रष्टाचार की चुनौतियाँ।
8. उपर्युक्त विषयों पर मामला संबंधी अध्ययन (केस स्टडीज)।

अर्हक विषय (Qualifying Subject)

हिंदी या संविधान की 8वीं अनुसूची में शामिल कोई भाषा

इस प्रश्न-पत्र के लिए संविधान की आठवीं अनुसूची में शामिल भारतीय भाषाओं में से एक भाषा का अभ्यर्थी द्वारा चयन किया जाता है। यह प्रश्न-पत्र अरुणाचल प्रदेश, मणिपुर, मेघालय, मिजोरम, नागालैंड और सिक्किम के अभ्यर्थियों के लिए अनिवार्य नहीं है।

इस प्रश्न-पत्र का पूर्णांक 300 है, जिसमें क्वालीफाइंग अंक 75 (25%) निर्धारित किए गए हैं। प्रश्नों का पैटर्न अधिकांशतः निम्नानुसार होता है–

1. बोधगम्यता
2. संक्षिप्त लेखन
3. शब्द-प्रयोग व शब्द-भंडार
4. लघु निबंध
5. अंग्रेजी से भारतीय भाषा तथा भारतीय भाषा से अंग्रेजी में अनुवाद

अंग्रेजी भाषा

इस प्रश्न-पत्र का पूर्णांक 300 है, जिसमें क्वालीफाइंग अंक 75 (25%) निर्धारित किए गए हैं। प्रश्नों का पैटर्न अधिकांशतः निम्नानुसार होता है-

1. Comprehension of given passages (बोधगम्यता)
2. Précis Writing (संक्षिप्त लेखन)
3. Usage and Vocabulary (शब्द-प्रयोग व शब्द-भंडार)
4. Short Essay (लघु निबंध)

भारतीय भाषाओं और अंग्रेजी का प्रश्न-पत्र हाई स्कूल अथवा समकक्ष स्तर का होता है, जिसमें केवल अर्हता प्राप्त करनी होती है। इन प्रश्न-पत्रों में प्राप्त अंकों को योग्यता-क्रम निर्धारित करने में सम्मिलित नहीं किया जाता है।

अंग्रेजी एवं भारतीय भाषा के प्रश्न-पत्रों का उत्तर क्रमशः अंग्रेजी एवं संबंधित भारतीय भाषा में ही लिखना होता है (यदि किसी प्रश्न विशेष में अन्यथा निर्दिष्ट न हो)।

क्वालीफाइंग/अर्हक प्रश्न-पत्रों के लिए न्यूनतम निर्धारित अंक यानी भारतीय भाषा में 25% तथा अंग्रेजी में 25% अंक प्राप्त करने होते हैं। मेरिट तैयार करते समय अभ्यर्थी के निबंध, सामान्य अध्ययन तथा वैकल्पिक विषय के प्रश्न-पत्रों पर ही विचार किया जाता है।

हिंदी माध्यम के अभ्यर्थियों के सामने आनेवाली समस्याएँ

यदि आप हिंदी माध्यम से सिविल सेवा परीक्षा की तैयारी कर रहे हैं तो आपको उन समस्याओं की समझ रखनी होगी, जो आपके सामने आनेवाली हैं।

हिंदी माध्यम से परीक्षा देनेवाले अभ्यर्थी अंग्रेजी माध्यम की तुलना में कुछ नुकसान में रहते हैं। आप किसी भी वर्ष के परीक्षा परिणाम में अंग्रेजी और हिंदी माध्यम के अभ्यर्थियों के सामान्य अध्ययन के अंकों की तुलना करने पर देखेंगे कि हिंदी माध्यम के अभ्यर्थी औसतन 25–35 अंक पीछे रहते हैं। दोनों माध्यमों के टॉपर्स के अंकों के बीच भी यही स्थिति दिखाई देती है। हालाँकि, इसका कतई यह अर्थ नहीं है कि आयोग हिंदी माध्यम

के विरुद्ध कोई द्वेष-भाव रखता है। दरअसल, यह अंतर परीक्षा-प्रणाली की आंतरिक प्रकृति के कारण है। इस अंतर के कुछ विशेष कारण इस प्रकार हैं-

- **पहला कारण है पाठ्य-सामग्री।** हिंदी में पाठ्य-सामग्री की अनुपलब्धता वाले खंडों में विज्ञान व तकनीक, अंतरराष्ट्रीय मुद्दे तथा अर्थव्यवस्था प्रमुख हैं। गौरतलब है कि हिंदी माध्यम के अभ्यर्थियों के लिए किताबों, पत्रिकाओं और 'जर्नल्स' की तो कमी है ही, इंटरनेट पर भी हिंदी में अंग्रेजी स्तर की पाठ्य-सामग्री नहीं मिल पाती।
- **दूसरा कारण है अधिकांश परीक्षकों का अंग्रेजी में ज्यादा सहज होना।** कई परीक्षक हिंदी में विषय को पढ़-समझ तो लेते हैं, पर हिंदी में की गई प्रभावपूर्ण अभिव्यक्तियों का मर्म नहीं समझ पाते। पारिभाषिक या तकनीकी शब्दों के हिंदी अनुवाद परीक्षकों के लिए दुर्बोध होते हैं। ऐसे विषयों में भूगोल, अर्थव्यवस्था, पर्यावरण और विज्ञान व तकनीक को प्रमुख तौर पर शामिल किया जा सकता है।
- **मूल प्रश्न-पत्र का अंग्रेजी में बनाया जाना और फिर हिंदी में उसका अनुवाद।** ऐसे में अनुवादक द्वारा किसी तकनीकी शब्द का अनुवाद पुस्तकों में प्रचलित अनुवाद से अलग रूप में कर देने या किसी मुहावरेदार कथन का सही अर्थ न समझ पाने के कारण उसका अनुवाद गलत कर देने पर उसकी गलती का खमियाजा हिंदी माध्यम के अभ्यर्थियों को भुगतना पड़ता है।

इसके अतिरिक्त, साक्षात्कार (Interview) में भी हिंदी माध्यम के अभ्यर्थी कई बार नुकसान में रहते हैं।

मुख्य परीक्षा की तैयारी

मुख्य परीक्षा की तैयारी विश्वविद्यालय की सभी अन्य परीक्षाओं की भाँति ही की जाती है, जिसे निबंध-विधि यानी essay method कहा जाता है। इस विधि में सबसे पहले विषय को एक बार सरसरी दृष्टि से पढ़ा जाता है, दूसरी बार में उस विषय के प्रत्येक शीर्षक को गहराई से पढ़कर संक्षिप्त नोट्स बनाए जाते हैं। इसके बाद आप पिछले पाँच-छह वर्ष के प्रश्न-पत्र देखकर

परीक्षा में पूछे जानेवाले प्रश्नों का प्रारूप ज्ञात कर सकते हैं। इसके पश्चात् परीक्षा में पूछे जानेवाले प्रश्नों की तैयारी के लिए दो-तीन श्रेष्ठ व मानक संदर्भ या पाठ्य-पुस्तकों से तैयारी की जाती है। मॉक प्रश्नों या विगत वर्ष के प्रश्नों को हल करते समय प्रश्नों का उत्तर अपनी भाषा में लिख सकते हैं ताकि आपको याद करने और पुनः दोहराने में आसानी हो। यह नियम विज्ञान व इंजीनियरी के विषयों में पूरी तरह लागू नहीं होता है, क्योंकि उनमें समस्याओं का समाधान करना अधिक महत्त्वपूर्ण है बजाय सुंदर हैंडराइटिंग व विश्लेषणात्मक उत्तर लिखने के।

उत्तर ऐसा होना चाहिए, जिसमें प्रश्न के सभी प्रत्यक्ष व अप्रत्यक्ष पहलू आ जाएँ। कभी-कभी परीक्षा में पिछले वर्ष या पिछली परीक्षा के प्रश्न ही पूछ लिये जाते हैं ऐसे में प्रकाशित उत्तरों के कुछ प्रासंगिक अंश लेकर स्वयं उत्तर लिखना बेहतर रहेगा। सिविल सर्विसेज परीक्षा में वैसे तो ऐसे प्रश्न दिये जाते हैं कि उनका रेडीमेड उत्तर मिलना व याद करना कठिन है, क्योंकि प्रश्न विषय के अनछुए प्रसंगों पर आधारित होते हैं। जरूरी बात यह है मौलिक उत्तर लिखना अभ्यर्थी के लिए बेहतर होगा किंतु ध्यान रहे कि उत्तर पूर्णतः प्रश्नों पर आधारित, विश्लेषणात्मक, मौलिक व संक्षिप्त हों।

पुस्तकों का विवरण

सभी सफल परीक्षार्थी सामान्य अध्ययन के लिए राष्ट्रीय शैक्षिक अनुसंधान और प्रशिक्षण परिषद् की इतिहास, भूगोल, अर्थशास्त्र पर ग्यारहवीं व बारहवीं कक्षाओं की पुस्तकें पढ़ने की सलाह देते हैं। अन्य पुस्तकें (संदर्भात्मक) इस प्रकार हैं–

UPSC मुख्य परीक्षा के लिए सर्वश्रेष्ठ पुस्तकें

इतिहास, भारतीय विरासत और संस्कृति [जी.एस. पेपर 1]	1. नितिन सिंघानिया द्वारा भारतीय कला और संस्कृति 2. बिपिन चंद्र द्वारा भारत का स्वतंत्रता संघर्ष 3. बिपिन चंद्र द्वारा स्वतंत्रता के बाद का भारत 4. सतीश चंद्र द्वारा मध्यकालीन भारत का इतिहास 5. आर.एस. शर्मा द्वारा प्राचीन भारत

भूगोल [जी.एस. पेपर 1]	1. माजिद हुसैन द्वारा भारत का भूगोल 2. माजिद हुसैन द्वारा विश्व भूगोल 3. विश्व एटलस (ओरिएंट ब्लैक स्वान) 4. भौतिक भूगोल की मूल बातें XI
राजव्यवस्था और अंतरराष्ट्रीय संबंध [जी.एस. पेपर 2]	1. एम. लक्ष्मीकांत द्वारा भारतीय राजव्यवस्था 2. डी.डी. बसु द्वारा भारत के संविधान का परिचय 3. 21वीं शताब्दी में अन्तरराष्ट्रीय संबंध, पुष्पेश पंत
अर्थव्यवस्था [जी.एस. पेपर 3]	1. भारत में आर्थिक विकास और नीतियाँ, जैन व ओहरी 2. पर्यावरण परिस्थितिकी, जैव-विविधता, जलवायु परिवर्तन एवं आपदा-प्रबंधन, टाटा मैकग्रा हिल 3. भारत की आंतरिक सुरक्षा और मुख्य चुनौतियाँ, अशोक कुमार
नीतिशास्त्र [जी.एस. पेपर 4]	1. सुब्बा राव व पी.एन. रॉय चौधरी द्वारा सिविल सेवा मुख्य परीक्षा के लिए नीतिशास्त्र, सत्यनिष्ठा एवं अभिवृत्ति

मुख्य परीक्षा के लिए ऐच्छिक विषयों की कुछ मानक पुस्तकें

मानव विज्ञान (Anthropology)

भौतिक मानव विज्ञान – लोबेन, स्टेम व राव, एस. सरकार

भारतीय पुरातत्त्व विज्ञान – बी.एम. दास, नदीम हसनैन

सामान्य मानव विज्ञान – एंबर एंड एंबर, मिलर एंड वीट्ज

सांस्कृतिक मानव विज्ञान – मिलर

सामाजिक मानव विज्ञान – मदान व मजूमदार

भारतीय आदिवासी व भारतीय मानव विज्ञान – नदीम हसनैन।

(वैद आई.ए.एस. अध्ययन केंद्र व 'ब्रिलिएंट' के नोट्स भी उपयोगी हैं।)

मनोविज्ञान (Psychology)

सामान्य मनोविज्ञान	:	किंग व मोर्गन
मनोविज्ञान के सिद्धांत	:	चैपमैन
औद्योगिक मनोविज्ञान	:	मैकोरमिक
असामान्य मनोविज्ञान	:	कुपुस्वामी

विधि (Law)

भारतीय संविधान	:	वी.एन. शुक्ला व डी.डी. बसु (संपूर्ण), डॉ. पी. के. अग्रवाल
अंतरराष्ट्रीय विधि	:	डॉ. एस. के. कपूर
भारतीय दंड संहिता	:	रतनलाल व धीरजलाल
भारतीय कंपनी अधिनियम	:	डॉ. अवतार सिंह
वाणिज्य विधि	:	डॉ. अवतार सिंह, टी. देसाई
सुप्रीम कोर्ट के 85 ऐतिहासिक निर्णय	:	डॉ. पी. के. अग्रवाल

केवल अधिनियम

उपभोक्ता संरक्षण अधिनियम, दहेज-निषेध अधिनियम, खाद्य-प्रदूषण नियंत्रण अधिनियम, नागरिक अधिकार संरक्षण अधिनियम।

पत्रिका : आधुनिकतम निर्णयों के लिए ऑल इंडिया रिपोर्टर। इसके अतिरिक्त इलाहाबाद लॉ एजेंसी व सेंट्रल लॉ एजेंसी, इलाहाबाद और ईस्टर्न लॉ बुक कंपनी, लखनऊ की हिंदी व अंग्रेजी में प्रकाशित विधि के विभिन्न विषयों की पुस्तकें और नोट्स बाजार में उपलब्ध हैं। हिंदी में जाने-माने विधि लेखक हैं-प्रो. यू.पी.डी. केसरी, रमेशचंद्र त्रिपाठी व संविधान पर श्री जे.एन. पांडे एवं डॉ. पी. के. अग्रवाल।

भौतिकी (Physics)

प्रथम प्रश्न पत्र

मैकेनिक्स	:	डी.एस. माथुर, बी.एस. अग्रवाल
थर्मोडायनामिक्स	:	डॉ. सत्यप्रकाश सिंघल, एस.पी. अग्रवाल
ऑप्टिक्स	:	अजय घटक, बी.एस. अग्रवाल

द्वितीय प्रश्न-पत्र

स्पेक्ट्रोस्कोपी	:	राजकुमार
इलेक्ट्रिसिटी एंड मैग्नेटिज्म	:	डी.सी. तायल, बी.एस. अग्रवाल
आधुनिक भौतिकी	:	मणि व मेहता
न्यूक्लियर फिजिक्स	:	कप्लान
इलेक्ट्रॉनिक्स	:	मिलमैन व ग्राबेल
इलेक्ट्रोमैग्नेटिक थ्योरी	:	चोपड़ा व अग्रवाल

(इसके अतिरिक्त 'ब्रिलिएंट्स' तथा सफल अभ्यर्थियों के नोट्स भी उपयोगी सिद्ध होंगे।)

गणित (Mathematics)

इंटीग्रल कैलकुलस	:	जे.एन. शर्मा
डिफरेंशियल कैलकुलस	:	जे.एन. शर्मा
वेक्टर	:	वशिष्ठ
लीनियर एलजेबरा	:	ए.आर. वशिष्ठ
डिफरेंशियल इक्वेशंस	:	एन.एम. कपूर, जे.एन. शर्मा
कॉम्प्लेक्स एलजेबरा	:	जे.एन. शर्मा
ऑपरेशन रिसर्च	:	डी. एस. हीरा, आर. के. गुप्ता व कांति स्वरूप

सांख्यिकी सवाल : शास्त्री

(इसके अतिरिक्त शांतिनारायण की सीरीज भी काफी सहायक है।)

विद्युत इंजीनियरी (Electronic Engineering)

प्रश्न पत्र–I

नेटवर्क थ्योरी : वॉन बल्केन बर्ग

इलेक्ट्रॉनिक्स : मिलमैन व ग्राबेल

इलेक्ट्रिक मशीन : नागरथ व कोठारी

इलेक्ट्रोडायनामिक्स : ग्रिफिथ

प्रश्न पत्र–II

कंट्रोल सिस्टम : ओगाटा

पावर इलेक्ट्रॉनिक्स : दुबे

विद्युतीय इलेक्ट्रॉनिक्स : बिभोरा

पावर सिस्टम : सोनी व गुप्ता

(अकसर प्रथम प्रश्न-पत्र में सांख्यिकी प्रश्न अधिक होते हैं व द्वितीय में विस्तृत उत्तरीय प्रश्न।)

इतिहास (History)

अशोक एंड डिक्लाइन ऑफ द मौर्याज : आर. थापर

आधुनिक भारत : सुमित सरकार

स्वतंत्रता संग्राम : राष्ट्रीय पुस्तक न्यास (एन.बी.टी.)

आधुनिक भारत : ताराचंद

मुगलकालीन भारत : ईश्वरी प्रसाद, यदुनाथ सरकार व नूरुल हुसैन

(इसके अतिरिक्त मध्यकालीन इतिहास पर राव अध्ययन केंद्र के नोट्स उत्तम हैं।)

सिविल इंजीनियरी (Civil Engineering)

फंडामेंटल्स ऑफ इरीगेशन इंजीनियरिंग	:	भरत सिंह
हाइवे इंजीनियरिंग	:	खन्ना व जस्टो
ए टेक्स्टबुक ऑफ रेलवे इंजीनियरिंग	:	सक्सेना

भूविज्ञान (Geology)

जियोमॉर्फोलॉजी	:	थंबोरी
पेट्रोलॉजी	:	टाइरेल
स्ट्रेटीग्राफी	:	रवींद्र कुमार
मिनरल एंड इकोनॉमिक जूलॉजी	:	राव व गोखले
इकोनॉमिक जूलॉजी	:	ए.एस. देब

भूगोल (Geography)

फिजिकल ज्योग्राफी	:	स्ट्राहलर एंड स्ट्राहलर
पॉलिटिकल ज्योग्राफी	:	दीक्षित, सुखवाल

इकोनॉमिक एंड सोशल ज्योग्राफी मेड सिंपल – आर. नॉल्स एंड जे. वेयरिंग

(भूगोल पर दिल्ली आई.ए.एस. अध्ययन केंद्र के नोट्स अच्छे हैं।)

समाजशास्त्र (Sociology)

सोसाइटी इन इंडिया	:	डेविड मंडेल
भारतीय परंपरा का आधुनिकीकरण	:	वाई. सिंह (अंग्रेजी में भी उपलब्ध)

आधुनिक भारत में सामाजिक परिवर्तन : एम.एन. श्रीनिवास (अंग्रेजी में भी उपलब्ध)

(राव के नोट्स इस विषय पर उपयोगी हैं।)

अर्थशास्त्र (Economics)

मॉडर्न माइक्रो इकोनॉमिक्स	:	ए. कोटिसियानिस
मैक्रो इकोनॉमिक्स	:	वैश
इंटरनेशनल इकोनॉमिक्स	:	बी.ओ. सोउस्टेन
मॉनेटरी इकोनॉमिक्स	:	एस.बी. गुप्ता
पब्लिक फाइनेंस	:	एच.एल. भाटिया

(हिंदी में इलाहाबाद विश्वविद्यालय के लेखकों जैसे ए.एन. अग्रवाल की पुस्तकें मानक हैं।)

सूचना के लिए परवेज दीवान की पुस्तक 'सिविल सर्विसेज' एवं डॉ. पी. के. अग्रवाल की 'टार्गेट आई.ए.एस.' पुस्तक ले सकते हैं; हालाँकि, उपर्युक्त सूची उदाहरण मात्र है।

सामान्यत: अभ्यर्थी प्रारंभिक परीक्षा की गंगा पार कर लेते हैं और पुस्तकों के चयन में भी वे स्वयं सक्षम होते हैं। इसलिए, अभ्यर्थियों को सलाह दी जाती है कि वे अलग-अलग पुस्तकों के भ्रम में पड़कर विचलित न हों; अपनी मौलिकता न छोड़ें और जो पुस्तकें वे विश्वविद्यालय स्तर पर पढ़ते आए हैं उनको ही पढ़ें। यदि संदर्भ पुस्तकों की आवश्यकता हो तभी उपर्युक्त पुस्तकों को देखें। इसके अतिरिक्त वे सीनियर्स के नोट्स भी पढ़ सकते हैं। कई प्रकाशन समूहों द्वारा गत परीक्षाओं के प्रश्न-पत्रों को हल सहित अथवा बिना हल के प्रकाशित किया जाता है; अभ्यर्थी वे भी देख सकते हैं। इससे उनके ज्ञान की परीक्षा हो जाएगी एवं यह भी पता चल जाएगा कि वे कहाँ भूल कर रहे हैं।

परीक्षा में कठिन या बिना पढ़े हुए प्रश्न आने पर अपने मानसिक संतुलन को न खोएँ। क्योंकि, समय के परिवर्तन के साथ-साथ प्रशासक के सामने

नित्य नई समस्याएँ व परिस्थितियाँ उपस्थित होती रहती हैं जिनका समाधान पुस्तकों में या पूर्व निर्धारित नहीं होता है तथा जिन्हें उनको स्वयं अपने ज्ञान व विवेक से ही हल करना पड़ता है। इसलिए, धैर्य रखें व शांत होकर परीक्षा दें। परीक्षा में उत्तर संक्षिप्त, मौलिक व उन्हीं बिंदुओं और उपबिंदुओं पर केंद्रित होना चाहिए, जो प्रश्न में पूछे गए हैं, अतिरिक्त कुछ भी लिखने पर लाभ की अपेक्षा नुकसान की अधिक संभावना है। यह परीक्षा आपके बुद्धि/ज्ञान की अपेक्षा 'आप समस्या को किस ढंग से लेते हैं' इस बात का परीक्षण अधिक है। आशा है कि मुख्य परीक्षा की वैतरणी को पारकर आप साक्षात्कार की ओर बढ़ सकेंगे।

निबंध लेखन

जो बाँधता है, वह निबंध है। एक व्याख्या के अनुसार, "जिसमें विचार को बाँधा या गूँथा जाता है, वह निबंध है।" दूसरे मत के अनुसार, किसी विषय पर निश्चित रूप से विचारों की श्रृंखला बाँधने या संग्रह करने को निबंध कहते हैं। अंग्रेजी का 'essay' शब्द फ्रेंच भाषा के 'essai' से बना है, जिसका तात्पर्य होता है—मापना, तौलना आदि। अंग्रेजी के प्रथम निबंधकार बेकन ने कहा था, "निबंध कुछ इने-गिने पृष्ठों के लघु विस्तार में होना चाहिए, जिसमें सारगर्भित ठोस विचारों का निर्देश हो।"

हिंदी के बेकन माने जानेवाले आचार्य रामचंद्र शुक्ल निबंध को गंभीर विचारों की अभिव्यक्ति की सशक्त विधा मानते हैं। निबंध की अलग-अलग विद्वानों द्वारा दी गई परिभाषाओं की अपेक्षा डॉ. गुलाब राय की परिभाषा अधिक संतुलित व संपूर्ण प्रतीत होती है। उनके मत से— "निबंध उस गद्य रचना को कहते हैं, जिसमें एक सीमित आकार के भीतर किसी विषय का वर्णन या प्रतिपादन एक विशेष निजीपन, स्वच्छंदता, सौष्ठव, सजीवता, आवश्यक संगति एवं संबद्धता के साथ किया गया हो।"

उपर्युक्त परिभाषाओं के आधार पर निबंध के निम्नलिखित लक्षण अर्थात् तत्त्व निर्धारित किए जा सकते हैं—

1. निबंध का मुख्य संबंध अभिव्यक्ति से है, क्योंकि उसमें निबंधकार का व्यक्तित्व प्रमुख रूप से उद्‌घाटित होता है।

2. निबंध का आकार संक्षिप्त और वर्णनात्मक होना चाहिए। संक्षिप्तता के साथ-साथ उसमें सुव्यवस्थित व सुसंगठित शिल्प-विधान हो।
3. निबंध में हृदय व बुद्धि का समन्वय होता है। विचारात्मकता के साथ भावात्मकता का मणिकांचन योग निबंध का अनिवार्य लक्षण है।
4. निबंध में लेखक के व्यक्तित्व की अभिव्यंजना आवश्यक है। निबंधकार में इतिहासवेत्ता, कवि, दार्शनिक, उपन्यासकार सभी का सामंजस्य होता है।
5. निबंधकार जीवन का व्याख्याता होता है।

निबंध का प्रश्न-पत्र 250 अंकों का होता है। इस परीक्षा हेतु अधिकांश अभ्यर्थी तथ्यात्मक ज्ञान पर अधिक जोर देते हैं तथा भाषा-शैली व विचारों की संगठनात्मक कला को महत्त्वहीन समझकर छोड़ देते हैं। ऐसे में अभिव्यक्ति के अभाव में उनके द्वारा लिखे निबंधों में भाषा पर कमजोर पकड़ दृष्टिगोचर होती है। प्रशासनिक सेवा हो या अन्य कोई क्षेत्र, सुस्पष्ट अभिव्यक्ति व उत्तम भाषा-शैली जीवन के प्रत्येक क्षेत्र में अपरिहार्य है। परीक्षा के निर्देशों में भी यह बात विशेषत: उल्लिखित होती है कि निबंध विषय के अनुरूप हो। अभ्यर्थी में अपने विचारों को क्रमबद्ध रखने और विषय को संक्षेप में संपूर्ण लिखने की क्षमता होनी चाहिए। निबंध के साहित्य का एक प्रमुख अंग होने के कारण निबंध की शैली व भाषा अशुद्धिरहित और प्रभावशाली होनी चाहिए।

निबंध प्रश्न-पत्र को भारत की सर्वश्रेष्ठ सेवाओं की परीक्षा में रखने के लिए संघ लोक सेवा आयोग साधुवाद का पात्र है। निबंध मुख्यत: वर्णनात्मक, विचारात्मक और कथात्मक होते हैं। कथात्मक निबंधों में काल्पनिक या इतिवृत्तात्मक पौराणिक आख्यान तथा ऐतिहासिक व प्रतीकात्मक कहानियों का समावेश हो सकता है। वर्णनात्मक निबंधों में प्राकृतिक दृश्य या मानव जीवन-संबंधी किसी घटना का वर्णन हो सकता है और विचारात्मक निबंधों में किसी भी विषय पर चिंतन हो सकता है। हालाँकि, सभी निबंधों में व्यक्तित्व का प्रकाशन न्यूनाधिक होता ही है।

आचार्य रामचंद्र शुक्ल के निबंध प्रतियोगितात्मक परीक्षाओं के लिए आदर्श हैं, क्योंकि उनमें सभी तत्त्वों का समुचित समन्वय है। पंडित रामचंद्र शुक्ल

अपनी बात को सीधे व संतुलित ढंग से कहते हैं, जो कि सीधे पाठक को हृदयंगम हो जाती है। प्रशासनिक कार्यों में भी अपनी बात को संक्षिप्त और बोधगम्य तरीके से प्रस्तुत करना पड़ता है ताकि ऊपर से नीचे तक सभी मुख्य तत्त्व को समझ लें। किसी भी कार्य की सर्वाधिक कार्यवाही निचले स्तर के कर्मचारियों द्वारा की जाती है, क्योंकि तभी वह समाज में विद्यमान जन- सामान्य तक पहुँचती है। अतः, प्रशासनिक अधिकारी की बात का मुख्य तत्त्व हर स्तर तक पहुँचना चाहिए, परंतु इसका अर्थ यह नहीं है कि प्रशासक स्वप्नद्रष्टा न हो। उसे समस्या के सभी पहलुओं को स्पष्ट रूप से सामने रखना पड़ता है ताकि किसी भी समस्या के सभी आयाम सामने आ सकें व सभी लोग अपनी बुद्धि और अनुभव का प्रयोग करके उसे सुलझाने का प्रयास कर सकें। आज भी पंडित नेहरू द्वारा फाइलों में की गई टिप्पणियाँ भविष्य के लिए हमारा पथ-प्रदर्शन कर रही हैं। उदाहरण के लिए, इलाहाबाद में अपने मेयर काल के दौरान (1927-28) उन्होंने एक फाइल में लिखा था- "कब तक हम इस प्रकार सिर पर मैला ढोने की प्रथा को चलाते रहेंगे? हमें कुछ करना चाहिए।" आज देखिए कि विभिन्न सरकारों द्वारा समय-समय पर ग्राम व शहर सभी जगह बड़े पैमाने पर नए शौचालयों के निर्माण तथा वर्तमान शौचालयों को स्वच्छ शौचालयों में परिवर्तित करने के लिए राष्ट्रीय स्तर पर कई योजनाएँ शुरू की गईं।

निबंधों के आदर्श लेखक आचार्य रामचंद्र शुक्ल के अनुसार निबंध के दो भाग हो सकते हैं-विचारात्मक एवं भावात्मक। इनमें से वे विचारात्मक निबंधों को श्रेष्ठ मानते हैं। शुद्ध विचारात्मक या भावात्मक निबंध का अर्थ यह कदापि नहीं है कि विचारात्मक निबंधों में हृदय पक्ष का योग नहीं रहता है या भावात्मक निबंध विचार-शून्य होते हैं। निबंधों में विचार और भाव दोनों का सामंजस्य रहता है। लेकिन, यह भी सत्य है कि विचारात्मक निबंधों में विचारों का प्राधान्य रहता है तो वहीं भावात्मक निबंधों में भावों की प्रधानता होती है, क्योंकि भावहीन विचार का कोई अर्थ नहीं। भावहीन विचार नीरस और प्रभाव-शून्य होंगे व विचारहीन भाव कोरा प्रलाप। निबंध में लालित्य और हास्य का समायोजन हो तो वह निबंध कला की पराकाष्ठा होगी, लेकिन गंभीर विचारात्मक और विश्लेषणात्मक विषयों में हास्य या लालित्य का पुट

वही दे सकता है, जिसका भाषा पर अधिकार हो। वह विषय को सीधी-सरल गंभीर शैली से निकालकर जीवन के मंगल पक्ष की ओर मोड़ सकता है।

हालाँकि, सिविल सेवा अभ्यर्थियों से इतनी अधिक आशा नहीं की जाती है। हाँ, यदि कोई अभ्यर्थी अपने निबंध में मौलिकता व लालित्य का परिचय दे तो यह उसकी कमी नहीं मानी जाएगी। दरअसल, जो बिंदु सबसे अधिक दृष्टिगम्य है, वह है निबंध की विषय-वस्तु का शीर्षक के अनुसार होना। उदाहरण के लिए, देश-प्रेम के लिए तीन-चार शीर्षक हो सकते हैं– 'पराधीन सपनेहुँ सुख नाहीं', 'जननी जन्मभूमिश्च स्वर्गादपि गरीयसी', 'देश-प्रेम', 'हमारा राष्ट्रीय कर्तव्य', इत्यादि। प्रत्येक विषय के अनुसार निबंध की शुरुआत व अंत भिन्न होगा, क्योंकि भूमिका में विषय को समझाने का सूत्रपात करना होता है व अंत में अनुशासनबद्ध होकर शीर्षक अनुसार उपसंहार और स्वयं के विचार या शिक्षा व मार्गदर्शन की बात करनी होती है। सूक्तियों पर आधारित निबंधों में विशेष ध्यान रखने की बात यह है कि सूक्ति या कहावत या मुहावरे का मूल अर्थ आप गलत न लगा लें या गलत लेखक या कवि का नाम न लिख दें। उत्तम होगा कि सूक्ति/कहावत के लेखक का नाम न लेकर सीधा विषय-वस्तु पर आ जाएँ, क्योंकि परीक्षक अभ्यर्थी के ज्ञान की परीक्षा न करके उसकी मौलिकता व समस्या पर उसकी पकड़ की परीक्षा करना चाहता है।

कभी-कभी अभ्यर्थीगण यह भूल कर बैठते हैं कि वे शीर्षक को ठीक तरह से न समझकर ऐसे कठिन विषयों को चुन लेते हैं, जिन्हें अन्य परीक्षार्थीगण न चुनें ताकि उनका विषय असामान्य होने के कारण उन्हें अधिक अंक प्राप्त हों। किंतु विषय को सांगोपांग समझे बिना किसी भी विषय पर लिखना परीक्षार्थी के लिए घातक सिद्ध हो सकता है। कई बार देखा जाता है कि कुछ अभ्यर्थी निबंध के प्रश्न-पत्र में बहुत कम अंक प्राप्त कर पाते हैं। हालाँकि, अच्छा निबंध लिखने पर नब्बे प्रतिशत से अधिक अंक भी पाए जा सकते हैं। कई बार इसका कारण शीर्षक का ठीक से समझ न पाना भी होता है। उदाहरण के लिए, हिंदी में शीर्षक दिया हो 'भारत की उन्नीस सौ नब्बे के दशक में आर्थिक प्रगति' इसका अंग्रेजी शीर्षक होगा 'इंडिया'ज

इकोनॉमिक प्रोग्रेस इन नाइंटीज।' कुछ अभ्यर्थी इसका अर्थ सन् 1990 लगाते हैं तो कुछ अभ्यर्थी सन् 1981 से 1990 लगाते हैं, परंतु वास्तव में 'नाइंटीज या नब्बे के दशक' का अर्थ है–सन् 1990 से 1999 तक भारत की आर्थिक समीक्षा करना। यह ठीक है कि परीक्षार्थी सरकार की आलोचना, समालोचना, कटु आलोचना करने को स्वतंत्र हैं, परंतु कटु आलोचना करने के पूर्व तथ्यों को प्रस्तुत करना अनिवार्य है। इसलिए, आलोचना की अपेक्षा समालोचना का पथ अधिक सहज है। आलोचना यदि स्वीकार्य न हो तो परिवर्तन या बदलाव का मार्ग कहाँ से प्रशस्त होगा, का वर्णन किया जा सकता है। वैसे भी बेतुकी और उत्तरदायित्वहीन आलोचना से अच्छा है सरकार का समर्थन करना। क्योंकि, उत्तरदायित्वहीन या अनावश्यक आलोचना से अभ्यर्थी के विचारों का खोखलापन व किसी वाद से अनावश्यक रूप से जुड़ने का आग्रह या प्रवणता प्रकट होती है, जो एक नए प्रशासक के लिए हानिकारक है। आयोग का उद्देश्य परीक्षा के माध्यम से अभ्यर्थी में विचार करने, तर्क करने और विश्लेषण की समावेशी क्षमता का विकास तथा परीक्षण है। अतः व्यक्त किए गए विचारों में समस्या के सभी पहलुओं का समावेश हो, न कि किसी एक विशेष पहलू का और वह भी इसलिए क्योंकि आप उससे सहमत हैं। वैसे भी विद्वानों का मत है कि संसार का कोई भी व्यक्ति विचारों के बिना वैसा ही है जैसे पूँछ के बिना जानवर या सींग के बिना हिरण या गाय।

सामान्यतः सिविल सेवा परीक्षा में विचारात्मक विषयों के निबंधों का ही प्राधान्य रहता है। परीक्षा में दिये निबंध कई श्रेणियों में होते हैं; जैसे सामाजिक, आर्थिक, साहित्यिक या सांस्कृतिक विकास, पर्यावरणीय या जलवायु परिवर्तन आदि। आजकल पर्यावरण या जलवायु परिवर्तन का विषय एक ज्वलंत सामाजिक मुद्दा है। उत्तम होगा कि अभ्यर्थी परीक्षा में बैठने के पूर्व कुछ विषयों पर, जिन पर वे निबंध लिखना चाहते हैं, मानक पुस्तकें पढ़ लें और कुछ ऐसा मौलिक निबंध लिखें कि लगे परीक्षार्थी समस्या के समाधान के प्रति सचेत है व उसके पास अपने सुझाव भी हैं। रचनात्मक दृष्टिकोण सर्वथा व सभी स्थानों पर ग्रहणीय है। लेकिन सुझाव देने के पूर्व आवश्यक है कि निबंध के उत्तरार्ध में विषय के संदर्भ में विश्लेषणात्मक

ढंग से उन सुझावों की परीक्षा भी कर लें। परीक्षा में लिखे जानेवाले निबंध को दूसरों के कथनों, कविताओं व मुहावरों से न भरें। लेकिन, जहाँ ये कथन आपकी बात को आरंभ या समर्थित करने के लिए अनिवार्य हों, वहाँ अवश्य दें। कई अभ्यर्थी परीक्षा भवन में आने के पूर्व कुछ निबंधों को कंठस्थ करके आते हैं। उनसे अनुरोध है कि वे सिविल सेवा परीक्षा में यह भूल कदापि न करें, क्योंकि विषय कभी भी किसी पुस्तक विशेष से नहीं होंगे और यदि परीक्षक को ज्ञात हो गया कि परीक्षार्थी शीर्षक के बाहर जाकर बात कर रहा है तो नकारात्मक या निषेधात्मक प्रभाव पड़ सकता है। वैसे भी आप प्रख्यात लेखक तो हैं नहीं कि जो भी आप लिख दें, लोग वही पढ़ें व उसमें विशेषता ढूँढ़ें।

मेरी सलाह है कि निबंध का शीर्षक वही चुनें, जिस पर साधिकार लिख सकें। अर्थ स्पष्ट हो व परीक्षा भवन में आने के पूर्व उस विषय के इर्द-गिर्द कुछ लिखने का अभ्यास कर चुके हों। निबंध से संबंधित निर्देश भी ध्यान से पढ़ें ताकि कलेवर में अनावश्यक रूप से न तो वृद्धि हो और न ही कमी रह जाए। वैसे साधारणतया दस प्रतिशत यहाँ-वहाँ चलता है, किंतु परीक्षार्थी यदि पाँच प्रतिशत की सीमा में रहें तो उत्तम रहेगा, घबराएँ नहीं। बेहतर होगा कि निबंध लिखने के पूर्व एक रूपरेखा बना लें और फिर प्रारंभ करें तथा निबंध के बीच-बीच में भी अपनी बात व सिद्धांतों का नियोजन करते रहें। पंडित जवाहरलाल नेहरू की भाषा-शैली और वर्तमान में प्रसिद्ध अंग्रेजी लेखक विक्रम सेठ की भाषा से उदाहरण ग्रहण कर सकते हैं। ज्यादातर निबंध राष्ट्रीय समस्याओं पर केंद्रित होते हैं। यदि अंतरराष्ट्रीय समस्या हुई तो उसमें भी भारत का योगदान लिखना आवश्यक है। निबंध लेखन के लिए आवश्यक है कि जनगणना के माध्यम से या एन.एस.एस., गूगल व अन्य किसी स्रोत से आधारभूत सूचनाएँ इकट्ठी कर लें और उनमें भूल न करें; जैसे 2011 की जनगणना के आधार पर नगरीय व ग्रामीण जनसंख्या के आँकड़े। जब भी जनसंख्या और प्रौढ़ शिक्षा के आँकड़े दें तो आधार-वर्ष अवश्य लिखें, अन्यथा वह जानकारी आपके निबंध लिखने के दिन की मानी जाएगी। सामाजिक-आर्थिक विषयों

पर निबंध लिखने के पूर्व उन विषयों को समझना आवश्यक है; जैसे जनसंख्या-विस्फोट विषय। इस विषय पर लिखते समय जनसंख्या क्यों बढ़ रही है? मृत्यु दर क्या है? व इसका अंतर जनसंख्या विस्फोट को कैसे जन्म दे रहा है, आदि प्रश्न उठना स्वाभाविक है। इस संदर्भ में लिखते समय आप सरकारी प्रयत्नों से शिशु-मृत्यु दर कम होने व प्रति व्यक्ति औसत उम्र बढ़ने का जिक्र कर सकते हैं जबकि जनसंख्या समस्या की बात आप 'हम दो हमारा एक' का उदाहरण देकर कर सकते हैं और शून्य या शून्य से कम ज़नसंख्या वृद्धि की बात कर सकते हैं। इसी प्रकार, 'मूल्य वृद्धि' की बात करते समय यह ध्यान रहे कि दरअसल मूल्य वृद्धि की समस्या निरंतर बढ़ती हुई जनसंख्या की माँग में वृद्धि के फलस्वरूप उत्पन्न होती है, क्योंकि माँग के अनुरूप पूर्ति नहीं हो पाती।

सामाजिक विषयों पर निबंध लिखते समय समाज की संरचना, जातिवाद, आरक्षण, पाखंड, सांप्रदायिकता आदि की विवेचना आवश्यक है। सांप्रदायिकतावाद पर लिखते समय उसमें निहित स्वार्थों का पर्दाफाश व धर्मों की मौलिक और आधारभूत एकता की बात करना आवश्यक है। निबंध इतना अधिक सामयिक न हो कि परीक्षक के सामने पहुँचते-पहुँचते पुराना हो जाए। चूँकि परीक्षकगण काफी अनुभवी होते हैं; इसलिए, निबंध में सार्वभौमिक व सार्वजनीन तत्त्व भी अवश्य हों।

सांस्कृतिक या साहित्यिक विषयों पर निबंध लिखते समय कुछ उदाहरण भी दिये जा सकते हैं, विशेषतः मानक विद्वानों या महान् पुरुषों के। इस स्थिति में उनके ग्रंथों का संदर्भ देना आवश्यक नहीं है, परंतु यदि परीक्षार्थी किसी नए उभरते हुए विद्वान या लेखक का उदाहरण देना चाहें तो उदाहरण के अंत में पुस्तक का नाम व वर्ष अवश्य लिख दें-नीचे टिप्पणी के रूप में या फुटनोट में। इसके अतिरिक्त सांस्कृतिक विषयों पर लिखते समय भारत की मिश्रित संस्कृति की चर्चा करना भी आवश्यक है। साहित्यिक विषयों पर निबंध लिखते समय किसी भी प्रकार की व्याकरण, शब्द-विन्यास या वर्ण-विन्यास की भूलें न हों। जितने अधिक लाल चिह्न परीक्षक लगाएगा उतने अंक कम होंगे। इसलिए कम या सरल लिखें, किंतु शुद्ध और प्रभावी लिखें।

परीक्षा की दृष्टि से निबंध लिखते समय निम्न बातों को ध्यान में रखना आवश्यक है–

1. वाक्य सरल भाषा में और छोटे-छोटे हों।
2. ऐसे शब्दों का प्रयोग न किया जाए, जो साधारण बोलचाल की भाषा से दूर हों। व्यर्थ का शब्दजाल विषय को कठिन बना देता है। जिन शब्दों के प्रयोग का अच्छा अभ्यास हो, उन्हें ही प्रयोग करना चाहिए।
3. यथास्थान मुहावरों और कहावतों का प्रयोग भाषा को सुंदर और विषय को आकर्षक बना देता है।
4. हिंदी, उर्दू, अंग्रेजी आदि विभिन्न भाषाओं के शब्दों की खिचड़ी बना देने पर स्वाभाविकता नष्ट हो जाती है।
5. व्याकरण संबंधी भूलें निबंध के प्रभाव को नष्ट कर देती हैं। इसलिए, लिंग, वचन व क्रिया आदि के संबंध में सतर्क रहें।
6. भूमिका से आरंभ कर उपसंहार तक प्रत्येक बात क्रम में कही जाए तो बेहतर होगा। ऐसा न हो कि विषय का सामान्य परिचय दिये जाने के पहले ही उसके लाभ-हानि की चर्चा शुरू कर दी जाए।
7. जहाँ कहीं उदाहरण दिये जाएँ, उन्हें संक्षेप में लिखें। उदाहरणों की भरमार भी अच्छी नहीं होती।
8. निबंध के किसी भी अंश के अनावश्यक विस्तार से बचने की कोशिश करनी चाहिए।
9. निबंध छोटे-छोटे अनुच्छेदों में लिखा जाना चाहिए। उदाहरण के लिए, गांधीजी पर निबंध लिखना है तो उनके बाल्यकाल की जानकारी देते समय उसी अनुच्छेद में युवाकाल में दक्षिण अफ्रीका में की गई उनकी सेवाओं का वर्णन नहीं करना चाहिए। दक्षिण अफ्रीका की चर्चा वाले अनुच्छेद में भारत की चर्चा नहीं आनी चाहिए। प्रत्येक के लिए एक-एक अनुच्छेद होना आवश्यक है। हाँ, यदि विषय अधिक लंबा वर्णन चाहता हो तो एक जैसी कई बातों की चर्चा संक्षेप में एक ही अनुच्छेद में की जा सकती है।

10. निबंध में कोई भी बात बार-बार नहीं दोहरानी चाहिए। साथ ही, जो बात पहले कहनी है वह पहले और जो बाद में कहनी है उसे बाद में ही कहना चाहिए। बातों का सिलसिला क्रमवार न हो तो निबंध प्रभावपूर्ण नहीं बन पाता।

मैं इस बात से सहमत नहीं हूँ कि भारतीय भाषाओं में लिखने पर निबंध के प्रश्न-पत्र में अधिक अंक प्राप्त होते हैं, क्योंकि उस भाषा के परीक्षार्थी कम होने के कारण परीक्षकगण उन उत्तर-पुस्तिकाओं के प्रति सहानुभूति रखते हैं या अपनी भाषा की अंग्रेजी से तुलना में ईर्ष्या के कारण पक्षपात करते हैं। इसका स्वाभाविक कारण यह है कि व्यक्ति अपनी मातृभाषा में स्वयं को जितना अधिक अभिव्यंजित कर सकता है, उतना उधार ली गई या सीखी गई भाषा में नहीं। सभी परीक्षक लब्ध-प्रतिष्ठित व्यक्ति होते हैं, जिनके लिए ये तुच्छ बातें अहमियत नहीं रखती हैं। इसके अतिरिक्त आयोग द्वारा सभी भाषाओं की निबंध उत्तर-पुस्तिकाओं की परस्पर तुलना होती है। इसलिए, आप जिस विषय पर और जिस भाषा में आत्म-विश्वास का अनुभव करें, उसी में लिखें। चूँकि मौलिक प्रश्न-पत्र अंग्रेजी में होता है, अतः अंग्रेजी शीर्षकों को समझने के लिए अंग्रेजी का ज्ञान आवश्यक है। वास्तविकता यह है कि हम जितना ही अंग्रेजी को छोड़ना चाहें, वह पीछे से हमें पकड़ ही लेती है।

एक ओर, यदि आपका निबंध परीक्षक को मंथन या विवेचना का एक नया बिंदु दे सका, तो आप अपने परिश्रम की इतिश्री समझिए। दूसरी ओर, यदि निबंध में अनुशासन, क्रमबद्धता या परिसीमा के बंधनों को लाँघा गया तो उसी प्रकार की विनाशलीला होगी जैसी कि नदी के तटबंधों के टूटने के कारण होती है।

साक्षात्कार

मुख्य परीक्षा का परीक्षा परिणाम घोषित होने के बाद साक्षात्कार के लिए 15 दिन से एक महीने का समय मिलता है। साक्षात्कार का महत्त्व सामान्यतः 15 प्रतिशत तक होता है। आजकल सिविल सेवा परीक्षा में साक्षात्कार के लिए

कुल निर्धारित अंक 275 हैं। इंटरव्यू और मुख्य परीक्षा के अंक मिलाकर ही मेरिट तैयारी होती है।

साक्षात्कार एक लॉटरी की भाँति है, जो इस बात पर निर्भर करता है कि उस दिन अभ्यर्थी की मनःस्थिति कैसी रही, उसकी परीक्षक मंडली में कौन-कौन सदस्य थे व उन्होंने कैसे प्रश्न किए। इसलिए, साक्षात्कार को व्यक्तिगत सोच-विचार व जीवन धारणा से कितना ही अलग किया जाए; यह संभव नहीं है। कुछ परीक्षकगण अंग्रेजी में प्रश्न करना व उत्तर पाना श्रेष्ठ समझते हैं तो कुछ अभ्यर्थी की प्रांतीय या मातृभाषा में। आजकल भाषा के उच्चारण का, विशेषतः अंग्रेजी के उच्चारण का, उतना महत्त्व नहीं रह गया जो पूर्व में था; क्योंकि सरकार को समाचार-वाचक नहीं, बल्कि विभिन्न क्षेत्रों के लिए अग्रगण्य प्रशासक चाहिए। इसलिए, कृत्रिम एंग्लो-अमेरिकी अंग्रेजी बोलना हानिकारक हो सकता है यदि उसमें अभ्यर्थी की मौलिकता न झलकती हो। इसी प्रकार, किसी की पोशाक, हाव-भाव, चलने व बोलने का ढंग भी उसके व्यक्तित्व के लगभग 40 प्रतिशत अंश को ही प्रतिबिंबित करता है। साक्षात्कार के समय अभ्यर्थी सफेद कमीज व गहरे रंग का कोट व पैंट पहन सकते हैं। यदि सरदी न हो तो केवल टाई से भी काम चलाया जा सकता है। महिलाएँ गहरे रंग की पोशाक जैसे सलवार-कमीज या साड़ी पहन सकती हैं, अर्थात् पोशाक कोई भी हो, आरामदायक हो व उसमें कृत्रिमता न झलके।

ध्यान देने योग्य बात है कि आपके ज्ञान की परीक्षा प्रारंभिक व मुख्य परीक्षा में हो चुकी है, अतः साक्षात्कार के समय परीक्षक आपके व्यक्तित्व व आपके मानसिक स्तर को परखना चाहते हैं। यही कारण है कि साक्षात्कार के प्रश्न सर्वप्रथम अभ्यर्थी द्वारा भरे गए आवेदन-पत्र के मुताबिक होते हैं व प्रथमतः वे ही प्रश्न किए जाते हैं, जिनसे अभ्यर्थी साक्षात्कारकर्ताओं के साथ सामान्य हो सके। साधारणतः साक्षात्कारकर्ता अभ्यर्थी से चुने गए विषयों व उसकी शैक्षिक पृष्ठभूमि पर प्रश्न पूछते हैं ताकि अभ्यर्थी आत्म-विश्वासपूर्वक साक्षात्कार मंडली के प्रश्नों का जवाब दे सके। साक्षात्कार के समय इस बात की परीक्षा नहीं होती है कि आप क्या जवाब दे रहे हैं, बल्कि जोर इस बात पर होता है कि आप कैसे जवाब दे रहे हैं, अर्थात् यदि आपको प्रश्न का

उत्तर पता है तो स्वभावत: उत्तर देते समय आप आत्म-विश्वास का अनुभव करेंगे व आपका चेहरा चमक उठेगा और आप निश्चय ही साक्षात्कार में उत्तम प्रदर्शन करेंगे। इस तरह ज्ञान का अपना महत्त्व है। कभी-कभी अभ्यर्थियों के गृह-राज्य तथा परिवार व अभिरुचियों संबंधी व्यक्तिगत सवालों को करते-करते साक्षात्कारकर्ता थक जाते हैं, इसलिए वे अभ्यर्थी से योग्यता से संबंधित विषयों या परीक्षा में चुने गए विषयों पर प्रश्न कर लेते हैं। हालाँकि, सभी प्रश्न साधारण होते हैं। आशा की जाती है कि अभ्यर्थी किसी भी विषय की गहराई में जाने की योग्यता व रुझान रखता है और सभी तर्क-वितर्कों के बावजूद किसी भी विषय या शीर्षक की तह में जाकर समस्या का रचनात्मक हल सोचने की क्षमता रखता है।

अभ्यर्थी को साक्षात्कार कक्ष में प्रवेश करते समय आत्म-विश्वासपूर्वक मुसकराते हुए प्रवेश करना चाहिए तथा अध्यक्ष को 'सुप्रभात', 'नमस्कार' इत्यादि अभिवादन थोड़ा झुककर करना चाहिए ताकि सभी सदस्यों की ओर भी अभिवादन हो जाए, क्योंकि प्रत्येक सदस्य को अलग-अलग अभिवादन करना संभव नहीं है। इसके बाद स्थान ग्रहण करने पर न तो आगे झुककर बैठना चाहिए, न ही पीछे टिककर। एक योगी व सचेत कर्मी की भाँति बैठें।

अध्यक्ष सर्वप्रथम इस प्रकार के प्रश्न पूछता है—'आजकल आप क्या कर रहे हैं?', 'आप कहाँ के रहनेवाले हैं?', 'आपने जिस स्थान पर शिक्षा ग्रहण की है वहाँ की क्या विशेषताएँ हैं या वहाँ के किसी विशेष संगठन, कारखाना या विशिष्ट व्यक्ति के विषय में बताइए।', 'आपके गृह राज्य या शहर में एक विशिष्ट घटना घटी थी या घटी है, उसके विषय में आपका क्या मत है?' आदि। ये प्रश्न सूर्योदय से लेकर सूर्यास्त तक किसी भी विषय-वस्तु पर हो सकते हैं, किंतु सभी प्रश्नों के विषय में यह आशा की जाती है कि मंडली के सदस्य अभ्यर्थी से कम ज्ञान रखते हैं ताकि अभ्यर्थी अपने मौलिक व्यक्तित्व में आकर प्रश्नों का उत्तर दे तथा निराश न होने पाए। स्वाभाविक है कि यदि कोई व्यक्ति झाँसी के आस-पास रहा है या उसने वहाँ नौकरी की है तो उससे उस जगह की भौगोलिक-आर्थिक स्थिति और सांस्कृतिक-ऐतिहासिक विरासत के विषय में प्रश्न किया जा सकता है ताकि आंचलिकता के रंगों में

अभ्यर्थी का व्यक्तित्व निखर उठे। उदाहरण के लिए, झाँसी में एक प्रचलित कहावत है– 'झाँसी गले की फाँसी, दतिया गले का हार।' इस कहावत का क्या अर्थ है? इसका उत्तर केवल वही व्यक्ति दे सकता है, जिसने झाँसी में रहकर झाँसी की जलवायु का आनंद लिया है व झाँसी की आंचलिकता और लोगों के साथ उसका सामना हुआ है।

इसके अतिरिक्त, यदि आप किसी अन्य नौकरी में संलग्न हैं तो एक प्रश्न यह पूछा जा सकता है कि "आप सिविल सेवा में क्यों आना चाहते हैं?"। कुछ लोग सामंतवादी परंपरा के चलते सिविल सेवा परीक्षा में प्रवेश पाना चाहते हैं। लेकिन, जिस नौकरी में अभ्यर्थी प्रवेश चाहता है, उसके उद्‌देश्य और कर्तव्य के विषय में भी जानना आवश्यक है। सामान्यतः सभी नौकरियों का उद्‌देश्य देश-सेवा और जन-सेवा है, तथा नौकरियाँ व्यक्ति के जीवनयापन का एक सशक्त व श्रेष्ठ साधन हैं। लेकिन, आजकल अभ्यर्थीगण सिविल सेवाओं को राजपथ समझकर इनमें प्रवेश करना चाहते हैं ताकि उनका आनेवाला भविष्य आसान व मंगलमय हो। कई अभ्यर्थी कहते हैं कि फलाँ नौकरी सर्वश्रेष्ठ है, क्योंकि उसमें वेतन व अन्य सुविधाएँ यथेष्ट हैं। हालाँकि, यदि कोई संपूर्ण शासन-तंत्र के परिप्रेक्ष्य में सोचे तो कोई भी नौकरी न तो श्रेष्ठ है और न ही निकृष्ट। जैसे जीवन को चलाने के लिए शरीर का प्रत्येक अंग या अवयव महत्त्वपूर्ण है, उसी प्रकार समाज में प्रत्येक वर्ग व नौकरशाही में प्रत्येक सेवा समान रूप से अनिवार्य है। यदि कोई सेवा कमजोर पड़ गई तो देश का समस्त तंत्र कमजोर हो सकता है।

जहाँ तक व्यक्तिगत विषयों का संबंध है, यदि कुछ गहराई में चले भी जाएँ तो भी बुरा नहीं होगा। लेकिन अन्य विषयों पर अधिकांश तथ्यों को केवल मस्तिष्क के कंप्यूटर के पिछले भाग में ही रखें व जब तक साक्षात्कारकर्ता स्वयं गहराई में न जाए, उसे खींचकर विषय की तह में न ले जाएँ, क्योंकि यह आपकी विद्वता दिखाने का मंच नहीं है और न ही शास्त्रार्थ का अखाड़ा; जिसमें यदि आप प्रश्न का उत्तर देते नहीं रुके तो आप जीत जाएँगे। आपको सभी प्रश्नों का उत्तर जानने की आवश्यकता भी नहीं है। आप स्पष्ट कह सकते हैं– 'श्रीमान जी, मैं इस प्रश्न का उत्तर नहीं जानता हूँ या मैं इस प्रश्न के एक अंश का उत्तर जानता हूँ। यदि आप चाहें तो मैं प्रयत्न

कर सकता हूँ।' आपके इस उत्तर से प्रश्नकर्ता नाराज नहीं बल्कि प्रसन्न होगा, क्योंकि साक्षात्कारकर्ता सामान्यत: आप से बड़ी उम्र के होते हैं, अत: उनकी योग्यता, उम्र और अनुभव का सम्मान करना अति आवश्यक है।

जब आप किसी प्रशासनिक पद पर कार्य करते हैं तो कभी-कभी समस्या लेकर आनेवाला व्यक्ति ही आपको उत्तम सुझाव दे देता है; बस, आप में 'सही उत्तर' चुनने की क्षमता होनी चाहिए, जो केवल आँकड़ों व तथ्यों के उचित ज्ञान से आती है। सामान्यत: प्रशासनिक पदों के लिए बहुत विद्वता, बुद्धि व ज्ञान की आवश्यकता नहीं होती है, किंतु व्यक्ति में विश्लेषणात्मक शक्ति व सही हल परखने और चुनने की तीव्रता व अतिरिक्त सदिच्छा होनी चाहिए, जिसे 'नीर-क्षीर विवेक' भी कहा जाता है। इस प्रकार, सिविल सेवा के क्षेत्र में जाने के लिए अभ्यर्थी में निर्णय लेने व अपने साथियों को दिशा-निर्देश देने की क्षमता होगी, तभी वह देश को एक नई दिशा दे सकेगा।

साक्षात्कार मंडली के सदस्य आप से वर्तमान कार्यालयों के डिजिटलीकरण, राष्ट्रीय परिदृश्य या नीति के विषय में भी प्रश्न कर सकते हैं। हालाँकि, विषय यदि वाद-विवाद पूर्ण हो तो संयम से काम लें व रचनात्मक दृष्टिकोण अपनाएँ। स्मरण रहे कि कठिन-से-कठिन समस्या का हल भी सरल हो सकता है। ऐसा कभी न कहें कि सभी राजनीतिज्ञ भ्रष्ट हैं या सभी नौकरीपेशा लोग अक्षम या अकुशल हैं। ऐसा उत्तर भी न दें कि नई आर्थिक नीति के अंतर्गत सरकार जो कर रही है वह सब ठीक व ग्रहणीय है, क्योंकि बिना सोचे-विचारे कहने का अर्थ है कि आप विषय का विश्लेषण करना नहीं चाहते व तुरंत निर्णय पर आना चाहते हैं।

किसी भी शिकायत या समस्या से संबंधित विषय पर दोनों पक्ष लेकर चलना सरकारी अधिकारी का कर्तव्य है, फिर नीति-निर्धारक जो चाहे निर्णय लें। जैसे जीवन में किसी दर्शन को बिना समझे-बूझे मानना व उससे चिपके रहना उचित नहीं, उसी प्रकार किसी भी विषय या व्यक्ति के संबंध में पक्की धारणा व अचूक विश्वास बना लेना उचित नहीं है। सुधारों की प्रक्रिया खुले दिमाग से ही आरंभ होती है और परिवर्तन ही उन्नति या विकास के मूल में

निहित है। इसलिए, एकतरफा विचारधारा से बचें। बेपेंदी के लोटे भी न बनें कि जिसने जैसा कहा, वैसा ही मान लिया। व्यक्ति की अपनी मान्यताएँ होती हैं, जो उसके अनुभवों के द्वारा परिपक्व होकर उसकी जीवनधारा का निर्माण करती हैं। अपनी परिपक्व मान्यता या विचारधारा को यूँ ही छोड़ना भी ठीक नहीं है, जब तक कोई अन्य प्रभावशाली तर्क न पेश हो। सामान्य अध्ययन के प्रश्न-पत्र की तैयारी के समय जो प्रतिदिन समाचार-पत्रों या पत्रिकाओं को पढ़ने की प्रक्रिया आरंभ हुई थी, उसे चालू रखना चाहिए ताकि एक जागरूक नागरिक की भाँति आप देश-विदेश के प्रत्येक विषय के बारे में बोल सकें व देश के हित में सोच सकें और जीवन के सामान्य व्यापारों में उसे उतार सकें। एक विद्वान व्यक्ति या सफल प्रशासक वही होता है, जो समस्या के सभी अवयवों को समझकर व विश्लेषण कर उनको उन सामान्य व्यक्तियों के लिए प्रस्तुत कर सके, जिन्हें निचले स्तर पर काम करके उसे पूरा करना है।

अंत में परीक्षकगण अभ्यर्थी की अभिरुचि के विषय में प्रश्न पूछते हैं ताकि साक्षात्कार प्रक्रिया सौहार्दपूर्ण वातावरण में समाप्त हो सके व अभ्यर्थी समझ ही न पाए कि उसका साक्षात्कार कैसा रहा। प्रत्येक व्यक्ति की अपनी अभिरुचि होती है, जिसमें संलग्न होकर वह आनंद पाता है व संसार-क्षेत्र में कर्म करने के लिए उससे आशा या शक्ति प्राप्त करता है। किंतु कभी-कभी अभिरुचियाँ संरचनात्मक हो सकती हैं; जैसे खेलना, संगीत या लेखन-कार्य। लेकिन यह हमेशा आवश्यक नहीं है। उदाहरण के लिए, प्रसिद्ध प्रशासक पी.एन. हस्कर की अभिरुचि खाना बनाना थी। इसलिए, किसी भी नई अभिरुचि को परीक्षा के समय न चुनें, क्योंकि परीक्षकगण वार्त्तालाप के मध्य यह जान लेंगे कि यह आपकी मौलिक या लंबे समय की अभिरुचि है या आपने उसे मात्र इस परीक्षा के लिए तैयार किया है। अभिरुचि के विषय में सांगोपांग ढंग से तैयार होकर जाएँ।

बेहतर होगा साक्षात्कार के पूर्व किसी कोचिंग संस्थान चले जाएँ, क्योंकि साक्षात्कार का घर पर अभ्यास करना कठिन है। इसके अतिरिक्त, आप शीशे के सामने व अपनी आवाज को टेप करके स्वयं को और बेहतर बना सकते

हैं; जैसे अब्राहम लिंकन अपनी भाषण-कला को शीशे के सामने खड़े होकर ही परिमार्जित किया करते थे। आप अपने भाई-बहनों या पिता जी आदि को साक्षात्कार मंडली में रखकर बनावटी साक्षात्कार का अभ्यास कर सकते हैं। आपके सहपाठी भी इस अभ्यास में सहायक हो सकते हैं। आजकल तो राज्य सरकारों ने ऐसे संस्थान भी खोल दिये हैं जहाँ जाकर अभ्यर्थी निःशुल्क प्रशिक्षण प्राप्त कर सकते हैं। दिल्ली व अन्य बड़े-बड़े शहरों में अनेक शिक्षण संस्थाएँ; जैसे राव शिक्षण केंद्र, दृष्टि आई.ए.एस. आदि चल रहे हैं, जो अभ्यर्थियों को साक्षात्कार के विषय में परिमार्जित करने का महान् दायित्व पूरा करते हैं।

सफल अभ्यर्थियों के साक्षात्कार पढ़ने से भी मन में आत्म-विश्वास का संचार होता है, इसलिए विभिन्न प्रतियोगितात्मक पत्रिकाओं में उन्हें अवश्य पढ़ते रहना चाहिए। ऐसा करने से अभ्यर्थी अपने लिए संभावित प्रश्नों का एक बैंक बना सकता है व उन प्रश्नों के लिए आवश्यक तैयारी कर सकता है। चूँकि इसी परीक्षा से भारतीय विदेश सेवा व भारतीय पुलिस सेवा के लिए भी अधिकारियों का चुनाव होता है, इसलिए विदेश-नीति व विदेशों में होने वाली महत्त्वपूर्ण घटनाओं के विषय में भी अभ्यर्थी का एक सुस्पष्ट विचार होना चाहिए, जो तथ्यों से मेल खाता हो। कानून-व्यवस्था का प्रश्न भी आजकल महत्त्वपूर्ण है इसलिए, अभ्यर्थियों को उच्चतम न्यायालय के महत्त्वपूर्ण निर्णय, जो पत्र-पत्रिकाओं में आते रहते हैं, का ज्ञान होना चाहिए व कुछ महत्त्वपूर्ण मामलों के बारे में विस्तृत जानकारी भी होनी चाहिए। उदाहरणार्थ–अभ्यर्थी को यह पता होना चाहिए कि भारत का उच्चतम न्यायालय देश की आर्थिक स्थिति की उन्नति के लिए दायित्वहीन हड़तालों के खिलाफ है व उस दौरान वेतन काटने के पक्ष में है, क्योंकि देश में कर्मठता व कर्म-संस्कृति के कम होने के कारण ही विदेशी पूँजी का आगमन हो रहा है। इसके अतिरिक्त, यदि विदेशी ऋणों का सदुपयोग होता तो विकास-दर ठीक रहती और आज देश के आर्थिक ढाँचे की यह दशा न होती। आशा की जाती है कि अभ्यर्थीगण वर्तमान में चल रहे देश को क्षति

पहुँचानेवाले या भ्रष्टाचार के मामलों में हाल में हुई प्रत्येक घटना के विषय में कुछ-न-कुछ जानकारी अवश्य रखेंगे; क्योंकि देश में दिन-प्रतिदिन घटती आपराधिक व भ्रष्टाचारी संबंधी घटनाओं व सरकारी असफलताओं ने पूरे प्रशासन-तंत्र को झकझोर दिया है और लोग प्रजातंत्र व प्रशासनिक सेवकों व सेवाओं के भविष्य के विषय में शंका करने लगे हैं।

खेलों के विषय में भी अनिवार्य रूप से प्रश्न पूछे जाते हैं। पिछले कुछ वर्षों से भारत का खेलों में प्रदर्शन दिन-प्रतिदिन उत्तम होता जा रहा है। इसलिए विभिन्न खेलों व जिस किसी विशेष खेल में अभ्यर्थी की रुचि हो, उससे संबंधित शब्दावली, खिलाड़ियों व प्रदर्शन के आँकड़ों के विषय में जानकारी रखना भी आवश्यक है।

उपर्युक्त विश्लेषण से ज्ञात होता है कि साक्षात्कार में कुछ भी पूछा जा सकता है, जबकि कभी-कभी साक्षात्कार केवल एक विषय से आरंभ होकर उसी विषय पर समाप्त हो जाता है। कई बार सदस्यगण अभ्यर्थी को बार-बार यह कहकर कि वे उससे सहमत नहीं हैं अथवा हँसकर, या बीच में खड़े होकर, या अपनी ओर से कोई विशेष टिप्पणी कर थोड़ा भ्रमित कर सकते हैं। लेकिन, ऐसे हालात में अभ्यर्थी को कोई टिप्पणी या प्रतिक्रिया नहीं देनी चाहिए। यदि वह नियंत्रण न रख सके तो नम्रतापूर्वक शांत ढंग से उत्तर दे व माननीय सदस्य से सहमत न हो। कभी-कभी चुप रहना ही सबसे बड़ा उत्तर होता है। इस शैली की अहमियत साक्षात्कार के दौरान भी है।

साक्षात्कार के समय अभ्यर्थियों को शांति, धैर्य, संतोष व जागरूकता प्रदर्शित करनी चाहिए, किंतु अपनी मौलिकता को नहीं त्यागना चाहिए। यदि सफल न भी हुए, तो अवश्य ही भविष्य में कोई अन्य नौकरी पा लेंगे। मात्र यह नौकरी ही सबकुछ नहीं है, देश के लिए व्यक्ति किसी भी स्थान पर समान रूप से सेवा कर सकता है। साक्षात्कार के बाद मेडिकल परीक्षण होता है।

भूतपूर्व राष्ट्रपति डॉ. राजेंद्र प्रसाद का विश्वास था कि विश्वास पर्वत को भी हिला सकता है। इसलिए, परीक्षा में केवल आत्म-विश्वास को साथ लेकर

जाइए। मनुष्य का आत्म-विश्वास एवं उसकी दृढ़ इच्छाशक्ति उसकी असंभव को भी संभव करने में सहायता करती है। आपने उत्तम ढंग से परीक्षा दी, यही बड़ी उपलब्धि है। सफलता और असफलता तो जीवन के अंग हैं, क्योंकि संपूर्ण जीवन ही वस्तुतः परीक्षा भूमि है। प्रत्येक क्षण आप किसी-न-किसी परीक्षा से गुजर रहे हैं। गीता के मुताबिक फल की चिंता न करें, बल्कि आगे आनेवाले कल की तैयारी करें। यह परीक्षा आपको अन्य परीक्षाएँ देने में समृद्ध बनाएगी। वैसे भी जीवन में यह नौकरी ही सबकुछ नहीं है। मुझे लगता है कि जीवन में नौकरी एक बहुत छोटा-सा अंश हो सकती है, संपूर्ण जीवन नहीं। कितने लोग हैं समाज में, जो ऊँचे ओहदों पर नौकरी करते हैं, क्या वे सभी प्रसन्न, समृद्ध व जीवन में सफल हैं? अतः परीक्षा के बाद परिणाम देखकर न तो प्रसन्न हों और न ही दुखी, अपितु नूतन भविष्य की तैयारी में जुट जाएँ।

अंततः अभ्यर्थियों के लिए मात्र यही मशविरा है कि चिंतामुक्त रहिए और ईमानदार प्रयास करते रहिए। आप जैसे नवयुवकों को भारतमाता निराश व हतोत्साहित नहीं देखना चाहती।

***

2

इंजीनियरिंग में करियर

छात्र जीवन में हर व्यक्ति महत्त्वाकांक्षी होता है तथा महत्त्वाकांक्षी होना बुरा नहीं है, लेकिन अनियंत्रित महत्त्वाकांक्षा न हो। नेपोलियन ने भी कहा है– "संसार में कोई भी चीज असंभव नहीं है।" फिर भी, समय जिस संक्रमण से गुजर रहा है उसमें बाधाओं को पारकर सफलता के शिखर को छूना आसान नहीं है। इसलिए, जो छात्र इरादे के पक्के, कड़ी मेहनत से जी न चुरानेवाले हों और जिनके भौतिकी, रसायन शास्त्र व गणित में 50 प्रतिशत से अधिक अंक आते हों, वे ही इंजीनियरिंग को अपना उद्देश्य बनाएँ। दूसरी बात, इंजीनियरिंग को करियर बनाने की वही छात्र सोचें जिन्हें गणित व भौतिक शास्त्र की समस्याएँ हल करने में मजा आता हो तथा विज्ञान के नए-नए क्षेत्रों में जानकारी हासिल करने में आनंद मिलता हो। दरअसल क्षेत्र-विशेष में रुचि ही कुछ अनोखा करवाएगी आप से, वरना सबकुछ ढर्रे में बँधा रह जाता है।

जे.ई.ई. मेन का पूरा नाम "Joint Entrance Examination Main" या संयुक्त प्रवेश परीक्षा मुख्य है। आई.आई.टी., एन.आई.टी., आई.आई.आई.टी., व अन्य केंद्रीय वित्त-पोषित तकनीकी संस्थानों (C.F.T.I.) और राज्य सरकारों द्वारा वित्त-पोषित/मान्यता प्राप्त संस्थानों/विश्वविद्यालयों में बी.ई./बी.टेक. पाठ्यक्रमों में प्रवेश के लिए N.T.A. द्वारा जे.ई.ई. मेन का आयोजन किया

जाता है। जे.ई.ई. मुख्य परीक्षा-2 बी.आर्क/बी.प्लान पाठ्यक्रमों में प्रवेश के लिए आयोजित की जाती है। जे.ई.ई. मुख्य परीक्षा जे.ई.ई. एडवांस्ड की स्क्रीनिंग के रूप में भी कार्य करती है, जो कि आई.आई.टी. में एडमिशन के लिए आयोजित की जाती है तथा शीर्ष 2,50,000 जे.ई.ई. मुख्य परीक्षा क्वालीफायर्स को एडवांस परीक्षा के योग्य माना जाता है।

इंजीनियरिंग परीक्षा पात्रता मानदंड

जे.ई.ई. एक राष्ट्रीय स्तर की सामान्य प्रवेश परीक्षा है, जो भारत के विभिन्न सरकारी और निजी इंजीनियरिंग संस्थानों के स्नातक पाठ्यक्रम में छात्रों के प्रवेश के लिए आयोजित की जाती है। जे.ई.ई. परीक्षा पात्रता मानदंड राष्ट्रीय परीक्षण एजेंसी (N.T.A.) द्वारा जारी किए जाते हैं। आवेदन-पत्र भरते समय अभ्यर्थियों को सभी दिशा-निर्देशों को ध्यानपूर्वक पढ़ लेना चाहिए ताकि यह सुनिश्चित हो सके कि उनका आवेदन-पत्र स्वीकृत है।

इस प्रवेश परीक्षा में सम्मिलित होने के लिए अभ्यर्थी का 10+2 की परीक्षा गणित, भौतिकी व रसायन शास्त्र विषयों के साथ उत्तीर्ण होना अनिवार्य है। साथ ही, आवेदक भारतीय नागरिक होना चाहिए। ऐसे अभ्यर्थी जो विदेशी नागरिक; जैसे एन.आर.आई., पी.आई.ओ. और ओ.सी.आई. हैं, भी आवेदन कर सकते हैं। जे.ई.ई. मुख्य परीक्षा में उपस्थित होने के इच्छुक अभ्यर्थियों के लिए कोई आयु सीमा नहीं है। जे.ई.ई. के लिए छात्रों को अधिकतम तीन वर्ष लगातार प्रयासों की अनुमति है। पहला प्रयास बाहरवीं कक्षा की बोर्ड परीक्षा के तुरंत बाद किया जाता है, और उसके बाद के प्रयास लगातार वर्षों में किए जाते हैं। परीक्षा वर्ष में दो बार आयोजित की जाती है, जिससे अभ्यर्थी कुल छह प्रयासों के लिए पात्र हो जाता है। डिप्लोमा-धारक अभ्यर्थी भी जे.ई.ई. मेन परीक्षा के लिए आवेदन कर सकते हैं। हालाँकि, एन.आई.टी. या सी.एफ.टी.आई. में प्रवेश के लिए रैंक और परीक्षा अंकों पर विचार नहीं किया जाएगा।

आई.आई.टी., एन.आई.टी., आई.आई.आई.टी. और सी.एफ.टी.आई. आदि संस्थानों में बी.टेक. में प्रवेश के लिए 10+2 या समकक्ष परीक्षा में, जो अभ्यर्थी

सामान्य वर्ग से हैं, उन्हें न्यूनतम 75% अंक प्राप्त करने होते हैं, जबकि आरक्षित वर्ग के छात्रों के न्यूनतम 65% अंक होने चाहिए या उन्हें शीर्ष 20 प्रतिशत के अंतर्गत आना चाहिए। बी.आर्क में प्रवेश के लिए अभ्यर्थियों को 10+2 या समकक्ष में भौतिकी, रसायन विज्ञान और गणित में 50% कुल अंक प्राप्त होने चाहिए। जे.ई.ई. परीक्षा में पुनः प्रयास के लिए एन.टी.ए. ने आयु सीमा समाप्त कर दी है। इससे पहले, आयु सीमा 24 वर्ष थी। जो अभ्यर्थी वर्तमान वर्ष में 12वीं कक्षा की बोर्ड परीक्षा में शामिल हो रहे हैं, उन्हें 75% अंक प्राप्त करने होंगे। योग्यता परीक्षा में, अभ्यर्थियों के पास अनिवार्य विषयों के रूप में भौतिकी और गणित के साथ 5 विषय होने चाहिए।

JEE Main परीक्षा पैटर्न

प्रवेश परीक्षा की तैयारी करते समय अभ्यर्थियों को जे.ई.ई. मेन पाठ्यक्रम के साथ आधिकारिक परीक्षा पैटर्न चेक करने की सलाह दी जाती है ताकि अभ्यर्थी जान सकें कि प्रवेश परीक्षा कैसे आयोजित की जाएगी। परीक्षा की अवधि, भाषा, प्रश्नों की संख्या, अंक योजना आदि से संबंधित जानकारी विगत वर्षों के जे.ई.ई. मेन परीक्षा पैटर्न के माध्यम से पाई जा सकती है।

JEE Main परीक्षा पैटर्न पेपर–1

परीक्षा का तरीका – कंप्यूटर आधारित परीक्षा

परीक्षा की अवधि – 3 घंटे (मानक विकलांगता वालों के लिए 4 घंटे)

विषय – भौतिकी, रसायन विज्ञान और गणित

कुल प्रश्न – 90 प्रश्नों में से 75 प्रश्नों के जवाब देने होते हैं। (प्रत्येक विषय से 20 बहु–विकल्पीय प्रश्न+10 संख्यात्मक प्रश्नों में से 5 संख्यात्मक प्रश्न करने जरूरी होते हैं)

प्रश्नों के प्रकार – 20 वस्तुनिष्ठ प्रश्नों के चार संभावित उत्तर विकल्पों में से सही विकल्प को चुनना होता है। 10 संख्यात्मक प्रश्नों में से 5 संख्यात्मक प्रश्न करने होते हैं।

अंक योजना – वस्तुनिष्ठ प्रश्नों में प्रत्येक सही उत्तर के लिए 4 अंक दिए जाते हैं और प्रत्येक गलत उत्तर के लिए 1 अंक काटा जाता है।
अंकीय मान वाले प्रश्नों में प्रत्येक सही उत्तर के लिए 4 अंक दिए जाते हैं और प्रत्येक गलत उत्तर के लिए 0 अंक काटे जाते हैं।

परीक्षा का माध्यम – अंग्रेजी या हिंदी (गुजरात, दमन व दीव और दादरा व नगर हवेली के अभ्यर्थी गुजराती भाषा भी चुन सकते हैं)।

JEE Main परीक्षा पैटर्न पेपर–2

परीक्षा का तरीका कंप्यूटर आधारित परीक्षा (बी.आर्क के ड्रॉइंग खंड को छोड़कर)

परीक्षा का माध्यम अंग्रेजी या हिंदी—सभी केंद्रों के लिए अंग्रेजी या हिंदी या गुजराती–गुजरात, दमन व दीव और दादरा व नगर हवेली के शहरों के लिए।

परीक्षा की अवधि 3 घंटे

खंडों की संख्या बी.आर्क और बी.प्लान के पेपर में तीन खंड होते हैं।
बी.आर्क : गणित, एप्टीट्यूड टेस्ट, ड्रॉइंग टेस्ट
बी.प्लान : गणित, एप्टीट्यूड टेस्ट, प्लानिंग टेस्ट

प्रश्नों के प्रकार

बी.आर्क—इसके हर खंड में पूछे जानेवाले प्रश्न इस तरह के होते हैं—

- गणित—बहु-विकल्पीय प्रश्न (MCQs) और संख्यात्मक प्रश्न
- एप्टीट्यूड—बहु-विकल्पीय प्रश्न (MCQs)
- ड्रॉइंग—ड्रॉइंग योग्यता

बी.प्लान—इसके हर खंड में पूछे जाने वाले प्रश्न इस तरह के होते हैं—

- गणित—बहु-विकल्पीय प्रश्न (MCQs) और संख्यात्मक प्रश्न

- एप्टीट्यूड—बहु-विकल्पीय प्रश्न (MCQs)
- प्लानिंग—बहु-विकल्पीय प्रश्न (MCQs)

प्रश्नों की संख्या	बी.आर्क: 77 प्रश्न बी.प्लान: 100 प्रश्न
कुल अंक	400

अंक योजना

- बहु-विकल्पीय प्रश्नों में प्रत्येक सही उत्तर के लिए अभ्यर्थियों को 4 अंक मिलते हैं और हर गलत उत्तर के लिए 1 अंक काट दिया जाता है।
- संख्यात्मक मूल्य वाले प्रश्नों में अभ्यर्थियों को प्रत्येक सही उत्तर के लिए 4 अंक मिलते हैं और उत्तर गलत होने पर कोई अंक नहीं काटा जाता।
- 100 अंकों के ड्रॉइंग टेस्ट में दो प्रश्न होते हैं, जिनका मूल्यांकन किया जाता है।

JEE Main तैयारी के लिए पुस्तकें

भौतिक विज्ञान

- प्रॉब्लम्स इन जनरल फिजिक्स-आई.ई. इरोदोव
- एलिमेंट्स ऑफ डायनामिक्स-एस.एल. लोनी
- कॉन्सेप्ट्स ऑफ फिजिक्स-एच.सी. वर्मा, वॉल्यूम 1 और वॉल्यूम 2
- एडवांस्ड लेवल फिजिक्स - नेल्सन और पार्कर
- फंडामेंटल्स ऑफ फिजिक्स-रेसनिक, हैलिडे, वॉकर
- अरिहंत फिजिक्स-डी.सी. पांडे

रसायन विज्ञान

- एटकिंस फिजिकल केमिस्ट्री
- ऑर्गेनिक केमिस्ट्री-एम.एस. चौहान
- इनऑर्गेनिक केमिस्ट्री-जे.डी. ली
- फिजिकल केमिस्ट्री-एन. अवस्थी
- ऑर्गेनिक केमिस्ट्री-पाउला ब्रूस यूर्कानिस
- इनऑर्गेनिक केमिस्ट्री-ओ.पी. टंडन

गणित
- हायर एलजेबरा–हाल एंड नाइट तथा बर्नार्ड एंड चाइल्ड
- डिफरेंशियल कैलकुलस–अरिहंत
- कक्षा XI एवं XII–आर.डी. शर्मा
- प्रॉब्लम्स इन कैलकुलस ऑफ वन वेरिएबल एलजेबरा–आई.ए. मॉरोन
- इंटीग्रल कैलकुलस–अरिहंत

JEE Main पाठ्यक्रम

भौतिकी (Physics)

सेक्शन 'ए'

- भौतिकी और माप
- घूर्णन गति
- ऊष्मागतिकी
- गतिकी
- कार्य, ऊर्जा और शक्ति
- ठोस और द्रव के गुण
- गुरुत्वाकर्षण
- गति के नियम
- दोलन और तरंगें
- विद्युत उपकरण
- गैसों की गति के सिद्धांत
- विद्युत धारा
- संचार व्यवस्था

- विद्युत–चुंबकीय प्रेरण और प्रत्यावर्ती धाराएँ
- धारा के चुंबकीय प्रभाव और चुंबकत्व
- ऑप्टिक्स
- विद्युत–चुम्बकीय तरंगें
- अणु और नाभिक
- स्थिर विद्युत
- पदार्थ की दोहरी प्रकृति और विकिरण

सेक्शन 'बी'

- प्रायोगिक कौशल

रसायन (Chemistry)

रसायन विज्ञान को फिजिकल केमिस्ट्री, आर्गेनिक केमिस्ट्री और इनआर्गेनिक केमिस्ट्री में विभाजित किया गया है।

फिजिकल केमिस्ट्री

- रसायन विज्ञान की कुछ बुनियादी अवधारणाएँ
- पदार्थ की अवस्थाएँ
- परमाणु संरचना
- रासायनिक आबंध और आणविक संरचना
- रासायनिक ऊष्मागतिकी
- विलयन
- साम्यावस्था
- रेडॉक्स अभिक्रियाएँ और विद्युत रसायन
- रासायनिक गतिकी
- पृष्ठ रसायन

आर्गेनिक केमिस्ट्री

- शुद्धीकरण और जैविक यौगिकों की विशेषताएँ
- हाइड्रोकार्बन
- दैनिक जीवन में रसायन विज्ञान
- व्यावहारिक रसायन विज्ञान से जुड़े सिद्धांत
- हैलोजनयुक्त कार्बनिक यौगिक
- ऑक्सीजनयुक्त कार्बनिक यौगिक
- नाइट्रोजनयुक्त कार्बनिक यौगिक
- बहुलक
- जैविक रसायन विज्ञान के कुछ बुनियादी सिद्धांत
- जैविक अणु

इनआर्गेनिक केमिस्ट्री

- तत्त्वों का वर्गीकरण और गुणधर्मों में आवर्तिता
- हाइड्रोजन
- एस ब्लॉक तत्त्व (एल्कली और एल्कलाइन भू-धातुएँ)
- पी ब्लॉक तत्त्व (समूह 13 से 18 के तत्त्व)
- डी और एफ ब्लॉक के तत्त्व
- उप-सहसंयोजक यौगिक
- पर्यावरणीय रसायन विज्ञान
- धातु निष्कर्षण और प्रक्रिया के सामान्य सिद्धांत

गणित

- सम्मिश्र संख्याएँ और द्विघातीय समीकरण
- आव्यूह और सारणिक

- समुच्चय, संबंध एवं फलन
- गणितीय उपपत्तियाँ
- क्रम-परिवर्तन और संयोजन
- गणितीय तर्क
- सीमा, सातत्य एवं अवकलनीयता
- समाकलन
- त्रिविमीय ज्यामिति
- अवकल समीकरण
- द्विपद प्रमेय और इसके सरल अनुप्रयोग
- क्रम और श्रृंखला
- सदिश बीजगणित
- सांख्यिकी और संभाव्यता
- त्रिकोणमिति
- निर्देशांक ज्यामिति

इंजीनियरिंग की तैयारी के सामान्य निर्देश

- वास्तव में किसी भी परीक्षा में सफलता के लिए मेहनत के साथ सही रणनीति भी जरूरी है; इसलिए, कुछ बुनियादी बातों को ध्यान में रखते हुए तैयारी शुरू करें।
- सभी इंजीनियरिंग प्रवेश परीक्षाओं का मानक स्तर 10+2 है यानी परीक्षक बारहवीं कक्षा के पाठ्यक्रम के बीच कुछ भी पूछ सकता है।
- वास्तविक तैयारी कक्षा 10 के बाद ही शुरू हो जानी चाहिए। अपने नोट्स सहेजकर रखें। समय-समय पर पिछला पाठ्यक्रम दोहराते रहें। लेकिन विशेष जोर 12वीं के पाठ्यक्रम पर ही रहना चाहिए।
- भौतिक विज्ञान के लिए : एच.सी. वर्मा, डी.सी. पांडे की पुस्तकें पढ़ें।

- गणित के लिए : आर.डी. शर्मा, अमित अग्रवाल और एम.एल. खन्ना की पुस्तकें पढ़ें।
- रसायन शास्त्र के लिए : पी. बहादुर, ओ.पी. टंडन, ली तथा सोलोमन की पुस्तकें पढ़ें।
- आम धारणा है कि महँगी कोचिंग ही सफलता की कुंजी है। लेकिन, जरूरी नहीं कि हर आय स्तर के छात्र कोचिंग ले सकें। बेहतर यही होगा कि उन्हीं विषयों की कोचिंग ली जाए, जिनमें आप निर्देशन की जरूरत महसूस करें।
- आर्किटेक्चर की परीक्षा के लिए कला व मनोविज्ञान का एक प्रश्न-पत्र होता है।
- सभी परीक्षाओं में उत्तर कंप्यूटर शीट में भरने होते हैं।
- गणित–100, भौतिक–100, रसायन शास्त्र–100, प्रत्येक विषय में 20+10 प्रश्न होते हैं। सही उत्तर के लिए 4 अंक मिलते हैं तथा गलत उत्तर के लिए एक अंक कम होता है। बी. आर्किटेक्चर के लिए एप्टीट्यूड परीक्षा भी होती है। आई.आई.टी. संस्थानों में प्रवेश के लिए जे.ई.ई. (मेन) तथा जे.ई.ई. (एडवांस) दोनों में उत्तीर्ण होना आवश्यक है।

रीजनल इंजीनियरिंग कॉलेज

दूसरी पंचवर्षीय योजना (1956-60) के दौरान क्षेत्रीय स्तर पर आई.आई.टी. की तर्ज पर और उस राज्य के अन्य कॉलेजों के लिए बेंचमार्क के रूप में कार्य करने के लिए केंद्र सरकार द्वारा क्षेत्रीय इंजीनियरिंग कॉलेजों (आर.ई.सी.) की स्थापना की गई। 1959 के बाद अलग-अलग राज्यों में 17 आर.ई.सी. स्थापित किए गए। आर.ई.सी. का संचालन केंद्र सरकार और संबंधित राज्य सरकार द्वारा संयुक्त रूप से किया जाता है। 2010 में, सरकार ने शेष राज्यों/क्षेत्रों में दस और नए एन.आई.टी. स्थापित करने की घोषणा की, जिससे एन.आई.टी. की संख्या 30 हो गई। 1 अगस्त, 2016 को भारत की संसद ने 31वें और साथ ही नवीनतम एन.आई.टी., आंध्र प्रदेश की स्थापना के लिए एक विधेयक पारित किया। इस प्रकार, देश में कुल 31 एन.आई.टी. हैं, जो स्नातक के साथ-साथ

स्नातकोत्तर स्तर पर बैचलर ऑफ़ टेक्नोलॉजी (Bachelor of Technology (B.Tech.), मास्टर ऑफ़ टेक्नोलॉजी (Master of Technology (M.Tech.) जैसे इंजीनियरिंग और प्रौद्योगिकी-आधारित पाठ्यक्रम प्रदान करते हैं।

इन कॉलेजों में 50 प्रतिशत सीटें राज्य और 50 प्रतिशत दूसरे राज्यों के छात्रों के लिए होती हैं। दाखिला संयुक्त प्रवेश परीक्षा के जरिए होता है। योग्यता और आयु सीमा इंजीनियरिंग कॉलेजों के समान ही है।

रीजनल इंजीनियरिंग कॉलेज

1. बंगाल रीजनल इंजीनियरिंग कॉलेज (पश्चिम बंगाल)
2. सिलचर रीजनल इंजीनियरिंग कॉलेज (असम)
3. जमशेदपुर रीजनल इंजीनियरिंग कॉलेज (बिहार)
4. सूरत रीजनल इंजीनियरिंग कॉलेज (गुजरात)
5. कुरुक्षेत्र रीजनल इंजीनियरिंग कॉलेज (हरियाणा)
6. हमीरपुर रीजनल इंजीनियरिंग कॉलेज (हिमाचल प्रदेश)
7. श्रीनगर रीजनल इंजीनियरिंग कॉलेज (जम्मू एवं कश्मीर)
8. सुरत्कल रीजनल इंजीनियरिंग कॉलेज (कर्नाटक)
9. कालीकट रीजनल इंजीनियरिंग कॉलेज (केरल)
10. भोपाल रीजनल इंजीनियरिंग कॉलेज (मध्य प्रदेश)
11. इलाहाबाद रीजनल इंजीनियरिंग कॉलेज (उत्तर प्रदेश)
12. विश्वेश्वरैया रीजनल इंजीनियरिंग कॉलेज (महाराष्ट्र)
13. राउरकेला रीजनल इंजीनियरिंग कॉलेज (ओडिशा)
14. जयपुर रीजनल इंजीनियरिंग कॉलेज (राजस्थान)
15. दुर्गापुर रीजनल इंजीनियरिंग कॉलेज (पश्चिम बंगाल)
16. तिरुचिरापल्ली रीजनल इंजीनियरिंग कॉलेज (तमिलनाडु)

प्राइवेट इंजीनियरिंग कॉलेज

सर्वोच्च न्यायालय के आदेश से प्राइवेट इंजीनियरिंग कॉलेजों में 1994 सत्र से 'कैपीटेशन फी' खत्म कर दी गई है। साथ ही शिक्षा मंत्रालय, भारत सरकार के 'प्राविधिक शिक्षा संस्थान नियम-94' के अंतर्गत इन कॉलेजों की 50 प्रतिशत सीटें 'प्रतियोगी परीक्षा' से भरा जाना अनिवार्य हो गया है। यह परीक्षा राज्यों के इंजीनियरिंग कॉलेजों की प्रवेश परीक्षा के साथ होगी। बाकी 50 प्रतिशत सीटों पर भी मेरिट में नीचे रहनेवाले छात्रों को अवसर दिया जाता है। प्रतीक्षा-सूची के बाद प्राइवेट कॉलेजों की बची सीटें 12वीं कक्षा में पाए अंकों के आधार पर भरी जाएँगी।

प्रमुख प्राइवेट इंजीनियरिंग कॉलेज

1. गाँधी इंस्टीट्यूट ऑफ टेक्नोलॉजी (विशाखापत्तनम)
2. डेक्कन कॉलेज ऑफ इंजीनियरिंग एंड टेक्नोलॉजी (हैदराबाद)
3. ग्रीन फील्ड्स इंजीनियरिंग कॉलेज (गुंटूर, आंध्र प्रदेश)
4. थापर इंस्टीट्यूट ऑफ इंजीनियरिंग एंड टेक्नोलॉजी (पटियाला)
5. मणिपाल इंस्टीट्यूट ऑफ टेक्नोलॉजी (मणिपाल)
6. वी.एन.आर. विग्नन फाउंडेशन फॉर साइंस, टेक्नोलॉजी एंड रिसर्च, गुंटूर
7. बी.आई.टी.एस., पिलानी
8. वी.आई.टी., वेल्लोर
9. बनस्थली विद्यापीठ, बनस्थली

***

3

सेवा और भावना का क्षेत्र है चिकित्सा

आमतौर पर दसवीं कक्षा के बाद जो विद्यार्थी जीव विज्ञान विषय लेते हैं, वे NEET की परीक्षा के लिए कोशिश करना चाहते हैं। साधारणतः आजकल करीब-करीब सभी राज्य शिक्षा बोर्डों में दोनों विषय जीव विज्ञान व गणित एक साथ लेना भी संभव है; जैसे केंद्रीय माध्यमिक शिक्षा बोर्ड, दिल्ली में जो छात्र मेधावी हैं, लेकिन इंजीनियरिंग में जाने का निश्चय नहीं कर पाते हैं, वे दोनों विषय एक साथ ले लेते हैं। जीव विज्ञान होने से परीक्षा में भी अच्छे अंक आते हैं। बारहवीं कक्षा तक विद्यार्थी मेडिकल व इंजीनियरी दोनों नावों में एक साथ सवार होकर चल सकते हैं।

लगभग सभी राज्यों में प्रतियोगी परीक्षाओं के माध्यम से उस राज्य के मेडिकल कॉलेजों में प्रवेश दिया जाता है। विभिन्न राज्यों में इन प्रवेश परीक्षाओं के विभिन्न नाम हैं। कई राज्यों में यह परीक्षा संयुक्त प्रवेश परीक्षा कहलाती है। न्यूनतम योग्यता उच्च माध्यमिक या 10+2 है।

राष्ट्रीय स्तर पर परीक्षा

अब नेशनल टेस्टिंग एजेंसी (N.T.A.) देश में प्रायः सभी मेडिकल कॉलेजों के लिए नीट (NEET-UG) (वेबसाइट neet.nta.nic.in) प्रतियोगितात्मक परीक्षा का आयोजन करती है ताकि मेडिकल प्रवेश में धाँधली और भ्रष्टाचार

को रोका जा सके। इसी प्रवेश परीक्षा की सूची से सभी राज्यों एवं निजी मेडिकल कॉलेजों में भी प्रवेश होते हैं। प्रति वर्ष केंद्रीय व राज्य सरकार के प्राय: सभी मेडिकल कॉलेजों की 15 प्रतिशत सीटों के लिए केंद्रीय स्तर पर प्रतियोगितात्मक परीक्षा का मई माह में आयोजन किया जाता है। इस परीक्षा के लिए शैक्षिक योग्यता 10+2 तथा अभ्यर्थी की उम्र 31 दिसंबर तक 17 वर्ष होनी चाहिए। यह प्रवेश परीक्षा O.M.R. शीट पर होती है। इस परीक्षा में इंजीनियरिंग प्रवेश परीक्षा से हटकर भौतिकी में कम समस्यामूलक प्रश्न होते हैं। भौतिक व रसायन शास्त्र का 10+2 का पूरा पाठ्यक्रम आता है। वनस्पति व जंतु विज्ञान के पाठ्यक्रम को थोड़े उच्च स्तर से भी देखना चाहिए। दोनों विषयों में पर्यावरण-आधारित वनस्पति विज्ञान के प्रश्न भी होते हैं।

अब संपूर्ण देश में NEET-UG तथा अन्य चिकित्सा डिग्रियों के लिए राष्ट्रीय परीक्षा संस्था (N.T.A.) प्रतियोगितात्मक परीक्षाएँ आयोजित करती है, जिसमें केंद्र एवं राज्य सरकारों द्वारा निर्धारित सीटों यानी सभी एम्स के लिए तथा केंद्रीय विश्वविद्यालयों आदि के लिए छात्र चुने जाते हैं। इसके अतिरिक्त, अन्य मेडिकल कॉलेज भी NEET-UG के अंकों के आधार पर प्रवेश कर सकते हैं। ये कोर्स हैं—एम.बी.बी.एस., बी.डी.एस., बी.ए.एम.एस., बी.डी.एस. बी.एस.एम.एस. बी.यू.एम.एस., बी.एच.एम.एस. आदि। यह चिकित्सा क्षेत्र में प्रवेश की सबसे प्रतिष्ठित परीक्षा है, जिसमें प्राय: 15 लाख विद्यार्थी बैठते हैं।

NEET-UG की परीक्षा में भौतिक विज्ञान, रसायन शास्त्र, वनस्पति विज्ञान एवं जंतु विज्ञान के प्रश्न होते हैं। कुल अंक 720 होते हैं। यह परीक्षा 3 घंटे 20 मिनट की अवधि की होती है तथा इसमें 200 बहु-वैकल्पिक प्रश्न होते हैं।

NEET परीक्षा के लिए महत्त्वपूर्ण बिंदु

- NEET परीक्षा की अवधि 3 घंटा 20 मिनट होती है।
- NEET परीक्षा में चार मुख्य विषय होते हैं—भौतिकी, रसायन शास्त्र, वनस्पतिविज्ञान, प्राणिविज्ञान तथा कुल 200 प्रश्न होते हैं।
- प्रत्येक में 50-50 प्रश्न होते हैं और चारों विषय दो सेक्शन 'ए' और 'बी' में बँटे होते हैं।

- सेक्शन 'ए' में 35 प्रश्न होते हैं और सेक्शन 'बी' में 15 प्रश्न होते हैं, जिसमें से आप कोई भी 10 प्रश्न कर सकते हैं।
- 200 प्रश्नों में से 180 प्रश्न करना अनिवार्य होता है।

NEET-UG परीक्षा पैटर्न

परीक्षा संचालक	:	N.T.A. (नेशनल टेस्टिंग एजेंसी)
आधिकारिक वेबसाइट	:	neet.nta.nic.in
परीक्षा का तरीका	:	ऑफलाइन O.M.R. शीट पर उत्तर को चिन्हित करना होता है।
परीक्षा की अवधि	:	3 घंटे 20 मिनट (200 मिनट)
प्रश्नों की कुल संख्या	:	परीक्षा में कुल प्रश्नों की संख्या 200 होती है, लेकिन अभ्यर्थियों को केवल 180 प्रश्नों का उत्तर देना होता है।
कुल अंक	:	720 अंक
अंक योजना	:	प्रत्येक सही उत्तर के लिए +4 अंक, प्रत्येक गलत उत्तर के लिए –1 अंक तथा अनुत्तरित प्रश्न के लिए कोई अंक नहीं।
भाषा/माध्यम	:	अंग्रेजी, हिंदी, असमिया, बंगाली, गुजराती, मलयालम, कन्नड़, मराठी, तमिल, तेलुगु, उर्दू और पंजाबी।
विषय	:	भौतिक, रसायन और जीव विज्ञान (वनस्पति विज्ञान + जूलॉजी)

सर्वभारतीय आरक्षित सीटें, राज्य सरकार की निर्धारित सीटें, केंद्रीय सरकार के सभी मेडिकल कॉलेजों एवं संस्थानों की सीटें, आप्रवासी भारतीयों के लिए निर्धारित सीटें, केंद्रीय पूल की सीटें, एम्स की सीटें तथा सभी केंद्रीय आयुर्वेदिक एवं दंत चिकित्सा की सीटें NEET-UG की प्रवेश परीक्षा द्वारा भरी जाती हैं।

होम्योपैथिक कॉलेज

2023 में 19,757 बी.एच.एम.एस. सीटों के साथ 284 होम्योपैथी मेडिकल कॉलेज हैं। इनमें प्रवेश के लिए अभ्यर्थियों को भौतिकी, रसायन, जीव विज्ञान और अंग्रेजी विषय के साथ 10+2 पूरा करना आवश्यक है। बी.एच.एम.एस. में प्रवेश NEET-UG में स्कोर के आधार पर किया जाता है। किसी भी प्रतिष्ठित बी.एच.एम.एस. और बी.ए.एम.एस. सरकारी मेडिकल कॉलेज में प्रवेश पाने के लिए NEET में कम-से-कम 350 अंक यानी 50% अंक प्राप्त करने की आवश्यकता होती है। बी.एच.एम.एस. या बैचलर ऑफ होम्योपैथिक मेडिकल एंड सर्जरी और बैचलर ऑफ आयुर्वेदिक मेडिसिन एंड सर्जरी आदि बी.ए.एम.एस., एम.बी.बी.एस. के बाद किसी भी मेडिकल अभ्यर्थी के लिए सबसे पसंदीदा पाठ्यक्रम हैं। बी.एच.एम.एस. पाठ्यक्रम के अंतर्गत बायोकेमिस्ट्री, एनाटॉमी, हिस्टोलॉजी और भ्रूणविज्ञान, फोरेंसिक मेडिसिन और टॉक्सिकोलॉजी सहित फिजियोलॉजी आदि विषय आते हैं।

फार्मेसी कॉलेज

फार्मेसी पाठ्यक्रमों में प्रवेश के लिए छात्र को भौतिकी, रसायन विज्ञान और गणित/जीव विज्ञान के साथ 12वीं कक्षा उत्तीर्ण होना चाहिए तथा योग्यता परीक्षा में न्यूनतम 50% अंक प्राप्त करने होंगे। फार्मेसी में तीन वर्षीय डिप्लोमा (डी. फार्मा.) उत्तीर्ण करनेवाले छात्र भी पात्र हैं।

बी. फार्मा. में प्रवेश के लिए राष्ट्रीय व राज्य स्तर पर कई प्रवेश परीक्षाओं का आयोजन किया जाता है, कई निजी कॉलेज और विश्वविद्यालय भी प्रवेश परीक्षा स्कोर के आधार पर बी. फार्मेसी पाठ्यक्रमों में प्रवेश देते हैं।

भारत में लगभग 4,050 फार्मेसी कॉलेज हैं। इनमें से 1961 निजी, 287 सार्वजनिक/सरकारी स्वामित्व वाले और 78 सार्वजनिक-निजी स्वामित्व वाले कॉलेज हैं।

सर्वश्रेष्ठ NEET कोचिंग संस्थान

- टॉपर्स एकेडमी
- हिंदू ज़ोन
- आकाश इंस्टीट्यूट

- एलन करियर इंस्टीट्यूट
- फिजिक्सवाला
- मार्गश्री नीट
- करियर प्वाइंट
- गूँज
- वाई.वी.एस. इंस्टीट्यूट
- संकल्प
- नारायण एकेडमी

NEET की तैयारी के लिए पुस्तकें

फिजिक्स

- एन.सी.ई.आर.टी. फिजिक्स टेक्स्ट बुक
- कॉन्सेप्ट्स ऑफ़ फिजिक्स–एच.सी. वर्मा
- फिजिक्स फॉर NEET–डी.सी. पांडे
- फंडामेंटल्स ऑफ़ फिजिक्स–हालीडे, रेसनिक एंड वाकर
- फंडामेंटल्स फिजिक्स–प्रदीप
- प्रॉब्लम्स इन जनरल फिजिक्स–आई.ई. इरोदोव

केमिस्ट्री

- एन.सी.ई.आर.टी. केमिस्ट्री टेक्स्टबुक कक्षा XI-XII
- फिजिकल केमिस्ट्री–ओ.पी. टंडन
- ए.बी.सी. ऑफ़ केमिस्ट्री, कक्षा XI-XII, मॉडर्न पब्लिकेशन
- कन्साइज इनऑर्गेनिक केमिस्ट्री –जे.डी. ली
- केमिस्ट्री गाइड–दिनेश
- इनऑर्गेनिक प्रैक्टिस बुक्स–वी.के. जायसवाल, एम.एस. चौहान (ऑर्गेनिक) और एन. अवस्थी (फिजिकल)

बायोलॉजी

- एन.सी.ई.आर.टी. बायोलॉजी टेक्स्टबुक कक्षा XI-XII

- बायोलॉजी वॉल्यूम 1-2–ट्रूमेन
- ऑब्जेक्टिव बायोलॉजी–दिनेश
- ऑब्जेक्टिव बॉटनी–अंसारी
- गाइड ऑन बायोलॉजी–प्रदीप
- बायोलॉजी के लिए जी.आर. बाठला पब्लिकेशन की पुस्तकें

परीक्षा में सावधानियाँ

वस्तुनिष्ठ प्रकार की परीक्षा में परीक्षार्थी को प्रश्न–पत्र में दिये गए निर्देशों को ध्यान से पढ़ना चाहिए और उसी प्रकार प्रश्नों के उत्तर को टिकमार्क, काला या क्रास करना चाहिए। वस्तुनिष्ठ प्रश्न–पत्र के उत्तरों की जाँच कंप्यूटर करता है। चूँकि कंप्यूटर वही भाषा समझता है, जो उसमें फीड की गई है अतः यदि परीक्षार्थी सही उत्तर के खाने को काला करने की बजाय क्रॉस करेगा या कोई और चिह्न लगा देगा तो वह उत्तर गलत ही माना जाएगा। साथ ही ऋणात्मक अंक भी मिल जाएँगे। इसलिए परीक्षार्थी को चाहिए कि परीक्षा के समय काली–नीली इंक के बॉलपॉइंट पेन से सही विकल्प के गोले को सही तरीके से भरे।

अंग्रेजी हेतु 10+2 का अंग्रेजी पाठ्यक्रम अच्छी तरह दुहरा लें और सामान्य ज्ञान के लिए कोई भी अद्यतन पुस्तक पढ़ लें तथा प्रतिदिन अखबार अवश्य पढ़ें।

परीक्षा में सफलता हेतु प्रतिदिन प्रश्नोत्तरों का अभ्यास करें, पिछले वर्षों के प्रश्न–पत्र हल करें, मॉक टेस्ट करें और ऑनलाइन टेस्ट दें।

यदि प्रवेश न भी मिला तो निराश न हों। आगे चलकर रसायन शास्त्र, जीव रसायन शास्त्र या जीव विज्ञान को लेकर उच्च अध्ययन के लिए विश्वविद्यालय या अन्य कॉलेज में प्रवेश ले सकते हैं। बढ़ते हुए औद्योगिकीकरण, प्रदूषण की समस्या को देखते हुए रसायन शास्त्र का महत्त्व दिनोंदिन बढ़ता जा रहा है। उच्च होते जीवन–स्तर व पेट्रोलियम पदार्थों की बढ़ती माँग के कारण रसायन शास्त्र के विद्यार्थियों के लिए नए रास्ते खुल रहे हैं। जीव–जंतु व वनस्पति विज्ञान के शिक्षकों का तो सदैव अभाव ही रहता है।

❋❋❋

4

हौसला हो चुनौतियों से जूझने का तो शामिल हों अर्द्धसैनिक बलों में

देश की हिफाजत में तैनात विभिन्न अर्द्धसैनिक बलों (Paramilitary Forces) के जवान द्वितीय रक्षा पंक्ति के रूप में काम करते हैं। अर्द्धसैनिक बलों को कानून-व्यवस्था कायम रखने के साथ बहुतेरे संवेदनशील सामाजिक मुद्दों से भी जूझना पड़ता है। खासकर जब पुलिस नाकाम हो जाती है तो खानाबदोशों की तरह शिविरों में रहनेवाले अर्द्धसैनिक बलों के जवान और अधिकारी देश का चप्पा-चप्पा छान डालते हैं। ऐसे में, सुरक्षा सेवाएँ उन युवकों के लिए एक आकर्षक चुनौती हैं जिन्हें देश से प्यार है, या जिन्हें स्वीकार है कन्याकुमारी से लेकर जैसलमेर की रेतीली जमीन का सफर व कश्मीर के बर्फानी माहौल में रहने की चुनौती; साथ ही जिनमें है कुछ कर दिखाने का जज्बा।

मिलिट्री यानी भारतीय सेना के तीन अंग थल सेना, वायु सेना एवं जल सेना। यह तीनों रक्षा मंत्रालय के अधीन आते हैं। यह देश की प्रथम पंक्ति के रक्षा बल हैं जिनका कार्य देश की सीमाओं पर तैनात रहकर सभी बाहरी खतरों तथा घुसपैठ से देश की रक्षा करना है जबकि अर्द्धसैनिक बल देश के

भीतर पनप रहे आंतरिक खतरों तथा दंगों आदि के दौरान देश तथा देशवासियों की सुरक्षा करते हैं। यह सेवाएँ गृह मंत्रालय के अधीन आती हैं। उल्लेखनीय है कि सी.आर.पी.एफ. दुनिया के सबसे बड़े अर्द्धसैनिक बलों में से एक है।

आमतौर पर देश में द्वितीय रक्षा पंक्ति के रूप में निम्न अर्द्धसैनिक बल काम कर रहे हैं–

- सीमा सुरक्षा बल (B.S.F.)
- केंद्रीय रिजर्व सुरक्षा बल (C.R.P.F.)
- केंद्रीय औद्योगिक सुरक्षा बल (C.I.S.F.)
- भारत-तिब्बत सीमा पुलिस बल (I.T.B.P.F.)
- असम राइफल्स (A.R.)
- नेशनल सिक्योरिटी गार्ड (N.S.G.)
- सशस्त्र सीमा बल (S.S.B.)

इनमें से सीमा सुरक्षा बल भारत की अंतरराष्ट्रीय सीमाओं पर तैनात रहता है। इन पर देश में अवैध घुसपैठ, तस्करी रोकने व सीमाओं पर शांति स्थापित करने की महत्त्वपूर्ण जिम्मेदारी है। केंद्रीय रिजर्व सुरक्षा बल देश में कानून एवं व्यवस्था स्थापित करनेवाला प्रमुख केंद्रीय पुलिस बल है जबकि केंद्रीय औद्योगिक सुरक्षा बल भारत सरकार के केंद्रीय उपक्रमों की संपत्ति की रक्षा करता है। भारत-तिब्बत सीमा पुलिस बल भारत-चीन सीमा के ऊँचे बर्फीले पर्वतों पर तैनात रहता है। असम राइफल्स एक अर्धसैनिक बल है, जिसे 1835 में कछार लेवी के रूप में स्थापित किया गया था। इस सुरक्षा बल का गठन मुख्यत: भारत के पूर्वोत्तर क्षेत्रों में ब्रिटिश औपनिवेशिक हितों की रक्षा के लिए किया गया था। नेशनल सिक्योरिटी गार्ड (N.S.G.) की स्थापना के पीछे मूल उद्देश्य एक ऐसे समर्पित, जिम्मेदार और फुर्तीले टास्क फोर्स का गठन था, जो कि देश के किसी भी हिस्से में आतंकवाद की गतिविधियों पर तेजी से काबू पा सके। N.S.G. एक कार्य उन्मुख बल है। इसकी सहायता के लिए दो अन्य ग्रुप, विशेष रेंजर समूह (S.R.G.) और विशेष क्रिया समूह (S.A.G.) होते हैं। मुंबई हमलों के समय शहीद हुए मेजर संदीप उन्नीकृष्णन S.A.G. के जवान थे। सशस्त्र सीमा बल पर 1,751 किलोमीटर

लंबी भारत-नेपाल सीमा की सुरक्षा की जिम्मेदारी है, क्योंकि इस सीमा से हथियारों, गोला-बारूद की तस्करी और देश-विरोधी तत्त्वों की अवैध रूप से भारत में आवा-जाही का खतरा रहता है।

केंद्रीय सशस्त्र पुलिस बल (सी.ए.पी.एफ.) भारत के गृह मंत्रालय के अधिकार के तहत भारत में सात सर्वश्रेष्ठ अर्धसैनिक बलों को संदर्भित करता है, जो सेवा, देशभक्ति एवं देश की मिश्रित संस्कृति के आदर्शों का प्रतीक हैं।

सशस्त्र सेनाओं में भरती स्वैच्छिक है एवं इसमें भारत के सभी नागरिक, चाहे वे किसी भी जाति, वर्ग, धर्म एवं समुदाय के हों, आवेदन कर सकते हैं; बशर्ते कि वे शारीरिक, चिकित्सीय एवं शैक्षिक मानदंडों को पूरा करते हों।

सी.ए.पी.एफ. में SI के पदों पर नियुक्ति के लिए चयनित अभ्यर्थी भारत में कहीं भी सेवा करने के लिए उत्तरदायी हैं। आयोग इस परीक्षा के लिए न तो रिक्तियाँ एकत्र करता है और न ही राज्य-वार, क्षेत्र-वार, जोन-वार, शहर-वार आवंटन करता है। मौजूदा सरकारी आदेशों, नियमों-विनियमों तथा दिशा-निर्देशों आदि के अनुसार सी.ए.पी.एफ., गृह मंत्रालय (M.H.A,) और दिल्ली पुलिस द्वारा सभी श्रेणियों के पदों/सेवाओं के लिए अनुसूचित जाति/अनुसूचित जनजाति/अन्य पिछड़ा वर्ग/आर्थिक रूप से कमजोर वर्ग (E.W.S.)/पूर्व सैनिक आदि अभ्यर्थियों के लिए आरक्षण, जहाँ भी लागू और स्वीकार्य हो, निर्धारित और सूचित किया जाता है। कर्मचारी चयन आयोग गृह मंत्रालय, C.A.P.F. और दिल्ली पुलिस में विभिन्न पदों के लिए मंत्रालय द्वारा रिपोर्ट की गई रिक्तियों के अनुसार अभ्यर्थियों का चयन करता है। सी.ए.पी.एफ., एम.एच.ए. और दिल्ली पुलिस में रिक्तियों की संख्या तय करने में आयोग की कोई भूमिका नहीं होती है। आरक्षण नीति का कार्यान्वयन और विभिन्न श्रेणियों के लिए रिक्तियों का निर्धारण सी.ए.पी.एफ., एम.एच.ए. और दिल्ली पुलिस के अधिकार क्षेत्र में आता है।

इन सेवाओं में शारीरिक योग्यता यानी उचित ऊँचाई, वजन, सीना-माप इत्यादि का विशेष महत्त्व है। इन सेवाओं में उत्तम स्वास्थ्य, सचेत-स्वभाव, वीरता व अनुशासनपूर्ण जीवन के अलावा बाहरी काम अधिक रहता है। इन सेवाओं में जानेवालों को संयमित शारीरिक अभ्यास कराया जाता है ताकि वे शारीरिक रूप से सदैव स्वस्थ व सक्रिय रहें। इन नौकरियों में हमेशा जीवन का खतरा बना रहता है विशेषत: जन-आक्रोश व सांप्रदायिक दंगों के समय।

किस स्तर पर प्रवेश करें?

- यदि आप माध्यमिक/मैट्रिक पास या इसके समकक्ष हैं तो इन नौकरियों में आप सिपाही या जवान के पद पर प्रवेश कर सकते हैं।
- इनमें आयु सीमा 18 से 23 वर्ष है।
- यदि आप स्नातक हैं तो सहायक इंस्पेक्टर के पद पर प्रवेश कर सकते हैं।
- यदि आप शारीरिक रूप से दक्ष होने के साथ-साथ कुशाग्र बुद्धि हैं तो प्रतियोगी परीक्षाओं के माध्यम से सहायक कप्तान (असिस्टेंट कमांडेंट) के पद पर चयनित हो सकते हैं।
- सभी सेवाओं में भरतियाँ समाचार-पत्रों में विज्ञापन के माध्यम से की जाती हैं।

इनमें प्रायः दो श्रेणी के पद होते हैं : 1. सामान्य, 2. तकनीकी सेवा, दोनों के लिए योग्यताएँ अलग-अलग होती हैं। तकनीकी सेवाओं के लिए अधिक शैक्षिक व तकनीकी योग्यता की आवश्यकता होती है।

S.S.C. G.D. के तहत बी.एस.एफ., सी.आई.एस.एफ., आई.टी.बी.पी., सी.आर.पी.एफ., एन.सी.बी., एस.एस.एफ., असम राइफल्स के विभिन्न पद आते हैं। इन सभी पदों पर चयन S.S.C. G.D. भरती परीक्षा के द्वारा किया जाता है। S.S.C. G.D. कांस्टेबल चयन प्रक्रिया में 3 चरण शामिल हैं– कंप्यूटर आधारित टेस्ट (सी.बी.टी.), शारीरिक दक्षता परीक्षा (पी.ई.टी.)/शारीरिक मानक परीक्षण (पी.एस.टी.) और चिकित्सा परीक्षा। परीक्षा में कुल 4 विषयों से 80 प्रश्न पूछे जाते हैं। प्रत्येक प्रश्न दो अंक का होता है और इस परीक्षा में 0.50 अंक की नेगेटिव मार्किंग भी होती है। भरती के दूसरे चरण में जाने के लिए अभ्यर्थियों को लिखित परीक्षा उत्तीर्ण करना अनिवार्य है। लिखित परीक्षा में आयोग द्वारा तय कट-ऑफ अंक या उससे ज्यादा अंक प्राप्त करनेवाले अभ्यर्थियों को शारीरिक परीक्षण के लिए बुलाया जाता है। इस परीक्षा के दौरान पुरुष और महिला अभ्यर्थियों की ऊँचाई और वजन की माप ली जाती है, जो अभ्यर्थी इसमें उत्तीर्ण हो जाते हैं उन अभ्यर्थियों की दौड़ परीक्षा आयोजित की जाती है। फिजिकल परीक्षा पास करने

के लिए पुरुष अभ्यर्थियों को 24 मिनट में 4.8 किलोमीटर की दौड़ पूरी करनी होती है, लद्दाख क्षेत्र के लिए यह 6.5 मिनट में 1600 मीटर है जबकि महिला अभ्यर्थियों को 1600 मीटर की दौड़ 8 मिनट 30 सेकेंड में पूरी करनी होती है, लद्दाख क्षेत्र के लिए यह 4 मिनट में 800 मीटर है।

परीक्षा पैटर्न : इस परीक्षा में कुल 2 पेपर होते हैं—

- **पेपर 1 :** पहला पेपर 250 अंकों का होता है, जिसमें जनरल एबिलिटी व इंटेलीजेंस से जुड़े सवाल पूछे जाते हैं। इसका फॉर्मेट बहु-विकल्पीय टाइप होता है।
- **पेपर 2 :** दूसरा पेपर 200 अंकों का होता है, जिसमें जनरल स्टडीज, निबंध व कॉम्प्रिहेंशन से जुड़े सवाल पूछे जाते हैं। इसका फॉर्मेट लिखित होता है।
- **वेतनमान :** 56,100 रुपए

केंद्रीय रिजर्व (आरक्षी) सुरक्षा बल

सीमा सुरक्षा बल की भाँति ही इसमें विभिन्न पदों पर भरतियाँ होती हैं। सिपाही, नायक, हेड कांस्टेबल के लिए हाई स्कूल या 10+2 योग्यता आवश्यक है।

सब-इंस्पेक्टर से सूबेदार के पद पर प्रोन्नति का प्रावधान है। खेलों में प्रवीण, एन.सी.सी. प्रशिक्षित व सेना से अवकाश प्राप्त लोगों को वरीयता दी जाती है। 2022 में आरंभ की गई योजना के बाद 10 प्रतिशत पद अग्निवीरों के लिए आरक्षित हैं। पूर्व में अर्धसैनिक बल में रह चुके अभ्यर्थियों को 5 वर्ष तथा पूर्व अग्निवीरों को तीन वर्ष की छूट मिलेगी। आयु सीमा 18 से 23 वर्ष निर्धारित है। पुरुषों का कद 170 से.मी. तथा महिलाओं का 157 से.मी. अपेक्षित है। इसके अलावा 1.6 कि.मी. की दौड़ पुरुषों को 10 मिनट में तथा महिलाओं को 12 मिनट में तय करनी होती है।

अधिकारियों का चुनाव

गृह मंत्रालय के अंतर्गत एक विशेष चयन बोर्ड उप-पुलिस अधीक्षक व सहायक कंपनी कमांडर के पद हेतु सीमा सुरक्षा बल, केंद्रीय आरक्षी सुरक्षा

बल व इंडो-तिब्बत सीमा पुलिस (आई.टी.बी.पी.) के लिए संयुक्त रूप से परीक्षा आयोजित करता है। एन.सी.सी. के 'बी' और 'सी' सर्टिफिकेट धारकों को इंटरव्यू के समय महत्त्व दिया जाता है। चयन लिखित परीक्षा, शारीरिक दक्षता और इंटरव्यू के आधार पर होता है। इन पदों के लिए निम्न योग्यताएँ अपेक्षित हैं-

- **शिक्षा :** स्नातक, किसी भी मान्यता प्राप्त विश्वविद्यालय से
- **उम्र :** 20-25 वर्ष
- **शारीरिक अर्हताएँ :** ऊँचाई-165 सेमी (कम-से-कम), वजन 50 किग्रा (निम्नतम), सीना-81-86 सेमी, पैर का तलवा सपाट नहीं।

उच्चतर पदों के लिए भारतीय पुलिस सेवा के अधिकारियों की प्रतिनियुक्ति की जाती है।

उपर्युक्त विवरण से ज्ञात होता है कि विभिन्न अर्द्धसैनिक बलों की सेवाएँ श्रमसाध्य हैं, लेकिन उसके साथ-साथ इन सेवाओं में कई सुविधाएँ भी हैं; जैसे जवानों एवं अधिकारियों को लंबी छुट्टियों पर घर जाने का अवसर दिया जाता है तथा भत्ता आदि मिलता है। सरकार की कोशिश रहती है कि इन नौकरियों की तकलीफों को कम-से-कम किया जा सके। हालाँकि, इन नौकरियों में स्थानांतरण होते रहते हैं।

यह सर्वविदित है कि इन जवानों ने विशेषतः केंद्रीय रिजर्व पुलिस बल ने आंतरिक सुरक्षा के क्षेत्र में एक उज्ज्वल इतिहास लिखा है। स्थानीय पुलिस भी केंद्रीय सुरक्षा बलों से कई विशेषताएँ ग्रहण कर सकती है।

अतः जो अभ्यर्थीगण वर्दी में स्वस्थ एवं अनुशासनपूर्वक जीवन व्यतीत करना चाहते हैं, वे अवश्य ही अर्द्धसैनिक बलों में नौकरियों के लिए चेष्टा करें।

देश की आंतरिक सुरक्षा एवं शांति में योगदान कर ये सुरक्षा बल देशवासियों को उत्तम जीवनयापन का अवसर देते हैं।

***

5

बैंकिंग संस्थानों में रोजगार

बैंक आधुनिक वित्त-प्रणाली का मुख्य अंग है। यह संस्था व्यवस्था की धुरी है। सरकार द्वारा राष्ट्रीयकरण के बाद बैंकों की कार्य-प्रणाली में निरंतर सरलीकरण व एकरूपता लाने की कोशिश जारी है। इसीलिए सरकार ने सभी राष्ट्रीयकृत बैंकों के लिए क्षेत्र के आधार पर विकेंद्रीकृत बैंक नियोग परिषदों की स्थापना की है।

बैंक हर साल अपने विभिन्न रिक्त पदों के लिए विवरण जारी करते हैं। प्रतियोगी परीक्षा आम तौर पर दो पदों अर्थात् क्लर्क और स्केल-1 ऑफिसर (प्रोबेशनरी ऑफिसर/स्पेशलिस्ट ऑफिसर) के लिए आयोजित की जाती है। क्लर्क पद के लिए परीक्षा प्रक्रिया दो स्तरीय (प्री + मेन) है जबकि स्केल-1 ऑफिसर पद के लिए तीन स्तरीय प्रक्रिया (प्री + मेन + इंटरव्यू) है। बैंक चयन परीक्षा प्रक्रिया में सामान्यत: तीन चरण होते हैं। पहले दो चरण लिखित परीक्षा हैं—प्रारंभिक एवं मुख्य परीक्षा जबकि तीसरा चरण साक्षात्कार का होता है। पहला चरण, यानी प्रारंभिक परीक्षा वस्तुनिष्ठ प्रकार का प्रश्न-पत्र है। अगले चरण हेतु पात्र होने के लिए अभ्यर्थियों को प्रारंभिक परीक्षा को पास करना होता है।

अगला चरण, यानी मुख्य परीक्षा (Main) वर्णनात्मक पेपर है। दोनों लिखित परीक्षाओं में सफलतापूर्वक उत्तीर्ण होनेवाले अभ्यर्थियों को साक्षात्कार के लिए बुलाया जाता है।

विभिन्न बैंकों के लिए प्रयासों की सीमा अलग-अलग हैं। आई.बी.पी.एस. के लिए न्यूनतम प्रयासों की कोई सीमा नहीं है। हालाँकि, एस.बी.आई. पी.ओ. परीक्षा के लिए सामान्य वर्ग के अभ्यर्थी के लिए अधिकतम चार प्रयास की सीमा है।

बैंक पी.ओ. अभ्यर्थियों को किसी मान्यता प्राप्त विश्वविद्यालय से स्नातक होना चाहिए और अभ्यर्थी की आयु 21 से 30 वर्ष के बीच होनी चाहिए जबकि बैंक क्लर्क पद के अभ्यर्थियों को किसी मान्यता प्राप्त विश्वविद्यालय से स्नातक होना चाहिए तथा अभ्यर्थी की आयु 20 से 28 वर्ष के बीच होनी चाहिए।

किसी भी सार्वजनिक क्षेत्र या सरकारी बैंक में बैंक क्लर्क, प्रोबेशनरी ऑफिसर (पी.ओ.) या विशेषज्ञ अधिकारी (एस.ओ.) के तौर पर शामिल हुआ जा सकता है। सरकारी बैंकों में नौकरी हेतु भारतीय नागरिक होना अनिवार्य है। सरकारी बैंक में नौकरी हेतु परीक्षा का आयोजन **बैंकिंग कार्मिक चयन संस्थान (I.B.P.S.), भारतीय रिजर्व बैंक (R.B.I.)** और **भारतीय स्टेट बैंक (S.B.I.)** आदि संस्थानों द्वारा किया जाता है और इन तीनों संस्थानों में अलग-अलग पात्रता मानदंड हैं—

1. **आई.बी.पी.एस.** पी.ओ., एस.ओ. और लिपिक संवर्ग तथा क्षेत्रीय ग्रामीण बैंकों (आर.आर.बी.) के लिए ग्रुप 'ए' और ग्रुप 'बी' के सहायक पदों हेतु प्रवेश परीक्षा आयोजित करता है, जिसमें लिपिक संवर्ग और पी.ओ. के लिए आयु सीमा 20 से 30 वर्ष है। इसके अतिरिक्त किसी भी विषय में स्नातक होना चाहिए। कंप्यूटर का बुनियादी ज्ञान भी आवश्यक है तथा जिस राज्य के लिए अभ्यर्थी आवेदन कर रहा है, उसकी आधिकारिक भाषा का ज्ञान भी होना चाहिए। आर.आर.बी. के लिए पात्रता मानदंड पी.ओ. के समान हैं। एस.ओ. के लिए आयु सीमा 20 से 30 वर्ष है, लेकिन शैक्षिक योग्यता पद के आधार पर अलग-अलग होती है।

2. **स्टेट बैंक ऑफ इंडिया** मुख्य रूप से पी.ओ. और बैंक क्लर्क पदों के लिए सामान्य लिखित परीक्षा आयोजित करता है। आयु सीमा 20 से 30 वर्ष के बीच है। साथ ही, किसी भी मान्यता प्राप्त विश्वविद्यालय से स्नातक की डिग्री होनी चाहिए। स्नातक के अंतिम वर्ष के छात्र भी आवेदन करने के पात्र हैं।

3. **भारतीय रिजर्व बैंक** ग्रेड 'बी' अधिकारी पदों के चयन के लिए एक सामान्य लिखित परीक्षा आयोजित करता है। आवेदन के लिए अभ्यर्थियों के पास

स्नातक की डिग्री होनी चाहिए। इस पद के लिए आयु सीमा 21 से 30 वर्ष के बीच है (एम.फिल. वाले अभ्यर्थी 32 वर्ष, पीएच.डी. डिग्री वाले 34 वर्ष की आयु तक आवेदन कर सकते हैं।)।

किसी भी सरकारी बैंक में नौकरी पाने के लिए निम्नलिखित परीक्षाओं में से एक को उत्तीर्ण करना पड़ता है—

- I.B.P.S. क्लर्क
- I.B.P.S. PO
- I.B.P.S. SO
- I.B.P.S. R.R.B.
- S.B.I.
- S.B.I. PO
- S.B.I. SO
- R.B.I. अधिकारी ग्रेड 'बी'

ये सभी परीक्षाएँ तीन चरणों में होती हैं—प्रारंभिक परीक्षा, मुख्य परीक्षा और साक्षात्कार। प्रारंभिक परीक्षा उत्तीर्ण कर लेने पर आप मुख्य परीक्षा में शामिल होने के पात्र हो जाते हैं। नौकरी पाने के लिए परीक्षा के प्रत्येक चरण को पास करना आवश्यक है। चयनित अभ्यर्थियों की सूची इन तीनों चरणों में प्राप्त अंकों के आधार पर तैयार की जाती है।

बैंकिंग परीक्षा को पास करने के लिए निम्नलिखित विषयों का अध्ययन एवं अभ्यास आवश्यक है—

- तर्क शक्ति
- संख्यात्मक योग्यता
- अंग्रेजी
- कंप्यूटर ज्ञान
- अर्थव्यवस्था और बैंकिंग के बारे में सामान्य जागरूकता

बैंक परीक्षा चयन प्रक्रिया

बैंक क्लर्क/कार्यालय सहायक
- प्रारंभिक परीक्षा
- मुख्य परीक्षा

बैंक P.O./M.T.
- प्रारंभिक परीक्षा
- मुख्य परीक्षा
- साक्षात्कार

बैंक S.O.
- ऑनलाइन परीक्षा (प्रारंभिक और मुख्य)
- साक्षात्कार

बैंक क्लर्क/कार्यालय सहायक एवं P.O. के पद के लिए प्रारंभिक परीक्षा का पैटर्न

क्लर्क वर्ग और प्रोबेशनरी ऑफिसर के पद के लिए अधिकांश बैंकिंग परीक्षाओं का प्रारंभिक परीक्षा पैटर्न एक जैसा ही होता है, लेकिन परीक्षा में पूछे गए प्रश्नों के स्तर में अंतर होता है। प्रारंभिक परीक्षा का पैटर्न इस प्रकार है—

क्रम सं.	विषय	पूछे जाने वाले प्रश्नों की संख्या	अधिकतम अंक	समयावधि
1.	अंग्रेजी भाषा	30	30	20 मिनट
2.	तर्क शक्ति	35	35	20 मिनट
3.	संख्यात्मक योग्यता	35	35	20 मिनट
	कुल	**100**	**100**	**60 मिनट**

मुख्य परीक्षा का पैटर्न

मुख्य परीक्षा में करेंट अफेयर्स/बैंकिंग जागरूकता/वित्तीय जागरूकता आदि के रूप में सामान्य जागरूकता के अलावा आँकड़ों का निर्वचन एवं विश्लेषण, अंग्रेजी भाषा, तर्कशक्ति परीक्षण एडवांस लेवल के होते हैं। क्लर्क वर्ग की भरती के लिए मुख्य परीक्षा पैटर्न इस प्रकार है—

विषय	पूछे जाने वाले प्रश्नों की संख्या	अधिकतम अंक	समयावधि
अंग्रेजी भाषा	40	40	35 मिनट
संख्यात्मक योग्यता	50	50	45 मिनट
तर्कशक्ति परीक्षण एवं कंप्यूटर जागरूकता	50	60	45 मिनट
सामान्य/वित्तीय जागरूकता	50	50	35 मिनट
कुल	**190**	**200**	**160 मिनट**

P.O. पद के लिए मुख्य परीक्षा का पैटर्न

P.O. मुख्य परीक्षा पैटर्न में वस्तुनिष्ठ पेपर के साथ-साथ वर्णनात्मक पेपर भी शामिल होता है। P.O. मुख्य परीक्षा के वस्तुनिष्ठ पेपर का पैटर्न इस प्रकार है—

विषय	पूछे जाने वाले प्रश्नों की संख्या	अधिकतम अंक	समयावधि
अंग्रेजी भाषा	35	40	40 मिनट
डेटा विश्लेषण एवं व्याख्या	35	60	45 मिनट
तर्कशक्ति परीक्षण और कंप्यूटर योग्यता	45	60	60 मिनट
सामान्य जागरूकता, अर्थव्यवस्था और बैंकिंग जागरूकता	40	40	35 मिनट
कुल	**155**	**200**	**180**

मुख्य परीक्षा के प्रश्न-पत्र में अंग्रेजी भाषा (पत्र-लेखन एवं निबंध खंड) शामिल है। इस खंड से 2 प्रश्न होते हैं, जिनके लिए 30 मिनट का समय दिया जाता है और यह अधिकतम 25 अंक का होता है। प्रारंभिक और मुख्य परीक्षा को सफलतापूर्वक उत्तीर्ण करने के बाद इंटरव्यू होता है।

S.O. परीक्षा पैटर्न

विधि अधिकारी और राजभाषा अधिकारी के पद के लिए

विषय	पूछे जाने वाले प्रश्नों की संख्या	अधिकतम अंक	समयावधि
अंग्रेजी भाषा	50	25	40 मिनट
तर्कशक्ति परीक्षण	50	50	40 मिनट
बैंकिंग उद्योग के विशेष संदर्भ में सामान्य जागरूकता	50	50	40 मिनट
कुल	**150**	**125**	**120 मिनट**

I.T. अधिकारी, एग्रीकल्चर फील्ड ऑफिसर, H.R./पर्सनल ऑफिसर और मार्केटिंग ऑफिसर के पद के लिए

विषय	पूछे जाने वाले प्रश्नों की संख्या	अधिकतम अंक	समयावधि
अंग्रेजी भाषा	50	25	40 मिनट
तर्कशक्ति परीक्षण	50	50	40 मिनट
संख्यात्मक योग्यता	50	50	40 मिनट
कुल	**150**	**125**	**120 मिनट**

बैंक परीक्षाओं की तैयारी हेतु पाठ्यक्रम

बैंक परीक्षाओं की तैयारी करनेवाले अभ्यर्थियों के लिए बैंकिंग पाठ्यक्रम सबसे महत्त्वपूर्ण पहलुओं में से एक है। बैंक परीक्षाएँ विभिन्न पदों के लिए आयोजित की जाती हैं और प्रत्येक पद के लिए पाठ्यक्रम और परीक्षा पैटर्न अलग-अलग होता है। बैंक परीक्षा का पाठ्यक्रम काफी व्यापक है। इसलिए, अभ्यर्थियों को बैंक परीक्षा पाठ्यक्रम का गहन ज्ञान होना चाहिए। सभी बैंक परीक्षाओं के पाठ्यक्रम को प्रारंभिक और मुख्य परीक्षा में विभाजित किया गया है। प्रारंभिक परीक्षा क्वालीफाइंग प्रकृति की होती है और इसमें प्राप्त अंकों को अंतिम मेरिट सूची में नहीं गिना जाता है।

प्रारंभिक परीक्षा पाठ्यक्रम

- अंग्रेजी भाषा
- तार्किक क्षमता
- संख्यात्मक अभियोग्यता

मुख्य परीक्षा पाठ्यक्रम

- अंग्रेजी भाषा
- तर्क क्षमता और कंप्यूटर ज्ञान
- संख्यात्मक अभियोग्यता
- सामान्य जागरूकता

विषयवार बैंक P.O. पाठ्यक्रम

- **अंग्रेजी पाठ्यक्रम :** रीडिंग कॉम्प्रिहेंशन, क्लोज टेस्ट, डबल फिलर्स, एरर स्पॉटिंग, सेंटेंस करेक्शन, पैरा जंबल्स, पैराग्राफ कंप्लीशन, पैरा सारांश, सेंटेंस कनेक्टर और शब्दावली।
- **तर्कशक्ति परीक्षण पाठ्यक्रम :** बैठने की व्यवस्था, सारणीकरण, तार्किक तर्क, सिलोगिज्म, इनपुट-आउटपुट, कोडिंग-डिकोडिंग, अल्फान्यूमेरिक शृंखला, रक्त संबंध, रैंकिंग, डेटा पर्याप्तता, दूरी और दिशा, कोडित असमानताएँ और मौखिक तर्क।
- **गणित पाठ्यक्रम :** सरलीकरण और अनुमान, डेटा व्याख्या, डेटा पर्याप्तता, संख्या शृंखला, अनुपात-समानुपात, द्विघात समीकरण, नाव और धाराएँ, साधारण ब्याज और चक्रवृद्धि ब्याज, प्रतिशत, लाभ और हानि, मिश्रण और एलीगेशन, क्रम-परिवर्तन और संयोजन, समय और दूरी, संभाव्यता, साझेदारी, पाइप और टंकी।
- **सामान्य अध्ययन सिलेबस :** यह खंड तीन अलग-अलग उप-खंडों को संकलित करता है, जो करेंट अफेयर्स, बैंकिंग तथा वित्तीय मामले और स्थैतिक

जागरूकता हैं। करेंट अफेयर्स, स्थैतिक जागरूकता, बैंकिंग/वित्तीय जागरूकता के लिए बैंक P.O. परीक्षा पाठ्यक्रम नीचे दिया गया है—

करेंट अफेयर्स : इसमें महत्त्वपूर्ण बैंक समाचार, आर्थिक मामले, राष्ट्रीय और अंतरराष्ट्रीय समाचार, राज्य मामले, समझौते, दौरे, पुरस्कार और सम्मान, सम्मेलन, शिखर सम्मेलन और श्रद्धांजलि जैसे विषय शामिल हैं।

बैंकिंग और वित्तीय जागरूकता : इस विषय में वित्तीय समाचार, बैंकिंग संक्षिप्ताक्षर, बैंकिंग विनियमन अधिनियम 1949, आर.बी.आई. नीति दरों के बारे में और कार्य, खातों के प्रकार, परक्राम्य लिखत अधिनियम 1881, मुद्रा बाजार उपकरण, प्राथमिकता क्षेत्र ऋण, वित्तीय समावेशन, धन शामिल हैं। बाजार उपकरण, बैंकिंग लोकपाल योजना 2006 और बहुत कुछ।

स्थैतिक जागरूकता : इसमें अंतरराष्ट्रीय संगठन, महत्त्वपूर्ण दिन, पूँजी और मुद्रा, समझौते और सौदे, किताबें और लेखक, सम्मान और पुरस्कार, राष्ट्रीय और अंतरराष्ट्रीय नियुक्तियाँ जैसे विषय शामिल हैं।

बैंक क्लर्क पाठ्यक्रम

भारत के सार्वजनिक क्षेत्र के बैंकों या क्षेत्रीय ग्रामीण बैंकों में लिपिक संवर्ग की स्थिति सुरक्षित करने के लिए अभ्यर्थियों को बैंक क्लर्क पाठ्यक्रम के अनुसार तैयारी करने की आवश्यकता है। बैंक क्लर्क परीक्षा पाठ्यक्रम का पालन करके परीक्षा की तैयारी करने के बाद अभ्यर्थियों को पिछले वर्षों के प्रश्न-पत्रों को भी हल करना होगा। बैंक क्लर्क पाठ्यक्रम इस प्रकार है—

बैंक क्लर्क पाठ्यक्रम		
	परीक्षा का स्तर	**विषयों**
S.B.I. क्लर्क सिलेबस	प्रारंभिक परीक्षा	• तार्किक क्षमता • संख्यात्मक अभियोग्यता • अंग्रेजी भाषा
	मुख्य परीक्षा	• तर्क क्षमता और कंप्यूटर ज्ञान • संख्यात्मक अभियोग्यता

		• अंग्रेजी भाषा • सामान्य जागरूकता
I.B.P.S. क्लर्क पाठ्यक्रम	प्रारंभिक परीक्षा	• तार्किक क्षमता • संख्यात्मक अभियोग्यता • अंग्रेजी भाषा
	मुख्य परीक्षा	• तर्क क्षमता और कंप्यूटर ज्ञान • संख्यात्मक अभियोग्यता • अंग्रेजी भाषा • सामान्य जागरूकता
	साक्षात्कार	—
I.B.P.S. R.R.B. क्लर्क पाठ्यक्रम	प्रारंभिक परीक्षा	• तार्किक क्षमता • संख्यात्मक अभियोग्यता
	मुख्य परीक्षा	• तार्किक क्षमता • संख्यात्मक अभियोग्यता • वित्तीय जागरूकता • कंप्यूटर ज्ञान • अंग्रेजी/हिंदी भाषा

बैंक S.O. पाठ्यक्रम

बैंक S.O. परीक्षा विशेषज्ञ अधिकारी–कानून, आई.टी., राजभाषा, चार्टर्ड अकाउंटेंट, कृषि, विपणन और मानव संसाधन के पद के लिए आयोजित की जाती है। S.O. के लिए बैंक परीक्षा का पाठ्यक्रम P.O. और क्लर्क के बैंकिंग पाठ्यक्रम से अलग है। बैंक S.O. पाठ्यक्रम के व्यावसायिक ज्ञान अनुभाग में उन विशेषज्ञताओं से प्रश्न शामिल हैं, जिनके लिए आवेदक ने फॉर्म भरा है और जिसमें उसकी विशेषता है।

तर्क क्षमता, संख्यात्मक अभियोग्यता और अंग्रेजी भाषा के प्रश्न–पत्र हेतु बैंक पाठ्यक्रम P.O., क्लर्क और S.O. परीक्षाओं के लिए समान है, अतः अभ्यर्थियों को केवल विशेष क्षेत्र में अच्छी तरह से तैयार होना चाहिए।

S.B.I. S.O. पाठ्यक्रम	प्रारंभिक परीक्षा	• अंग्रेजी भाषा • तार्किक क्षमता • संख्यात्मक अभियोग्यता
	मुख्य परीक्षा	पेशेवर ज्ञान
	साक्षात्कार	—
I.B.P.S. S.O. पाठ्यक्रम	प्रारंभिक परीक्षा	• अंग्रेजी भाषा • तार्किक क्षमता • संख्यात्मक अभियोग्यता या सामान्य जागरूकता
	मुख्य परीक्षा	पेशेवर ज्ञान
	साक्षात्कार	—

विषयवार बैंक S.O. पाठ्यक्रम

बोधगम्यता प्रश्न

बैंकिंग अंग्रेजी पाठ्यक्रम : क्लोज टेस्ट, वाक्य सुधार/सुधार, रिक्त स्थान भरना, त्रुटियों का पता लगाना, पैरा जंबल्स, वाक्य पूरा करना/पैरा पूरा करना।

तर्कशक्ति पाठ्यक्रम : पहेलियाँ, बैठने की व्यवस्था, असमानता, डेटा पर्याप्तता, इनपुट-आउटपुट, सिलोगिज्म, ऑर्डर और रैंकिंग, दूरी और दिशा, रक्त संबंध, अल्फा न्यूमेरिक श्रृंखला, मौखिक रीजनिंग आदि।

गणित पाठ्यक्रम : अनुमान/सरलीकरण, संख्या श्रृंखला, क्षेत्रमिति, द्विघात समीकरण, डेटा व्याख्या, डेटा पर्याप्तता, लाभ और हानि, समय और कार्य, अनुपात समानुपात, सरल और चक्रवृद्धि ब्याज, औसत, समय और दूरी, साझेदारी, संभावना।

सामान्य जागरूकता : बैंकिंग जागरूकता, करेंट अफेयर्स, प्रधानमंत्री योजनाएँ, पुस्तकें और लेखक, मुख्यालय, महत्त्वपूर्ण दिन, मुद्राएँ, स्थिर सामान्य ज्ञान (देश, राजधानियाँ, प्रधानमंत्री द्वारा दौरा किए गए देश, नई संधियों में शामिल देश)।

व्यावसायिक ज्ञान : व्यावसायिक ज्ञान पाठ्यक्रम आई.टी. अधिकारी, मानव संसाधन अधिकारी, राजभाषा अधिकारी, विपणन अधिकारी, वित्त अधिकारी, कानून अधिकारी, कृषि अधिकारी जैसे पदों के अनुसार विभिन्न वर्गों में अलग-अलग है।

R.B.I. परीक्षा पाठ्यक्रम

R.B.I. सहायक और R.B.I. ग्रेड 'बी' के लिए भरती आयोजित करता है। R.B.I. के लिए बैंक परीक्षा पाठ्यक्रम इस प्रकार है-

	परीक्षा का स्तर	**विषय**
R.B.I. ग्रेड 'बी' पाठ्यक्रम	प्रारंभिक परीक्षा	• सामान्य जागरूकता • संख्यात्मक योग्यता • तार्किक क्षमता • अंग्रेजी भाषा
	मुख्य परीक्षा	• आर्थिक और सामाजिक मुद्दे • अंग्रेजी (लेखन कौशल) • वित्त एवं प्रबंधन
	साक्षात्कार	—
R.B.I. सहायक पाठ्यक्रम	प्रारंभिक परीक्षा	• तार्किक क्षमता • संख्यात्मक योग्यता • अंग्रेजी भाषा
	मुख्य परीक्षा	• तार्किक क्षमता • संख्यात्मक योग्यता • अंग्रेजी भाषा • कंप्यूटर ज्ञान • सामान्य जागरूकता
	भाषा प्रवीणता परीक्षा	—

अन्य दो महत्त्वपूर्ण विषयों के लिए विस्तृत R.B.I. परीक्षा पाठ्यक्रम इस प्रकार है—

आर्थिक और सामाजिक मुद्दे : वृद्धि और विकास, भारत में आर्थिक सुधार, असमानता में वृद्धि, मानव संसाधन विकास, भारत में सामाजिक संरचना, सतत विकास, रोजगार सृजन, बीमा और पूँजी विपणन, वैश्वीकरण, सरकारी ऋण।

वित्त एवं प्रबंधन : केंद्रीय बजट, जोखिम प्रबंधन, मुद्रा-स्फीति, मौद्रिक नीति, सूचना प्रौद्योगिकी की भूमिका, करियर योजना, प्रोत्साहन की भूमिका, प्रकृति और दायरा प्रबंधन, कॉरपोरेट प्रशासन।

निजी क्षेत्र के बैंकों में नियुक्ति

निजी क्षेत्र के बैंकों में उपलब्ध पदों और आपकी योग्यता के आधार पर, आप व्यक्तिगत वित्त सलाहकार, निजी बैंकर, निवेश बैंकर, व्यवसाय बिजनेस डेवलपमेंट ऑफिसर या रिलेशनशिप मैनेजर के रूप में शामिल हो सकते हैं। अधिकांश निजी बैंकिंग नौकरियों के लिए वित्त, लेखा, बिजनेस या अर्थशास्त्र में स्नातक की डिग्री की आवश्यकता होती है। अधिकांश निजी क्षेत्र के बैंक अपनी पद संबंधी आवश्यकताओं को अपने जॉब पोर्टल पर सूचीबद्ध करते हैं। इसके अलावा, आप बैंकों के करियर अनुभाग को ब्राउज कर सकते हैं या किसी भी जॉब पोर्टल पर देख सकते हैं। बैंकिंग में एम.बी.ए. की डिग्री उच्च-स्तरीय बैंक नौकरियाँ पाने में मदद कर सकती है। साथ ही, करियर की संभावनाओं को बढ़ाने के लिए बैंकिंग में डिप्लोमा भी कर सकते हैं। उत्कृष्ट कंप्यूटर कौशल भी किसी निजी क्षेत्र के बैंक में नौकरी पाने में सहायक है। नियुक्ति प्रक्रिया बैंक-दर-बैंक अलग-अलग होती है। कुछ निजी बैंक अभ्यर्थियों की साइकोमेट्रिक प्रोफाइलिंग को प्राथमिकता दे सकते हैं, जबकि अन्य समूह-चर्चा आयोजित करना पसंद कर सकते हैं। वेतन आपके कौशल, योग्यता और अनुभव पर निर्भर करता है। निजी क्षेत्र के बैंक में नौकरी पाने के लिए आवश्यक कुछ सामान्य कौशल इस प्रकार हैं—ग्राहक सेवा, समस्या को सुलझाना, टीम वर्क, विश्लेषणात्मक सोच, विश्वसनीयता, दृढ़-निश्चय, आत्म-विश्वास आदि।

राष्ट्रीय कृषि और ग्रामीण विकास बैंक (N.A.B.A.R.D.)

राष्ट्रीय कृषि और ग्रामीण विकास बैंक (नाबार्ड) की स्थापना 12 जुलाई, 1982 को संसद के एक अधिनियम द्वारा की गई थी। इसका उद्देश्य है विभिन्न सूक्ष्म वित्त नवोन्मेषों के माध्यम से बैंकिंग सेवाओं से अब तक वंचित ग्रामीण निर्धनों को कम लागत पर दीर्घकालिक रूप में वित्तीय सेवाएँ उपलब्ध कराना। राष्ट्रीय कृषि और ग्रामीण विकास बैंक द्वारा रिक्तियों के लिए अपनी आधिकारिक वेबसाइट www.nabard.org पर अधिसूचना जारी की जाती है। नाबार्ड ग्रेड 'ए' मुख्य परीक्षा में दो प्रश्न-पत्र होते हैं। पहला प्रश्न-पत्र सामान्य अंग्रेजी का होता है, जिसमें अधिकतम अंक 100 और समय सीमा 90 मिनट होती है। दूसरा प्रश्न-पत्र आर्थिक और सामाजिक मुद्दे और कृषि एवं ग्रामीण विकास का होता है, जिसमें वस्तुनिष्ठ और वर्णनात्मक प्रकार के दोनों प्रश्न होते हैं।

नाबार्ड ग्रेड 'ए' परीक्षा पैटर्न (प्रारंभिक परीक्षा)

प्रारंभिक परीक्षा चयन प्रक्रिया का पहला चरण है और इसे क्वालीफाइंग प्रकृति का माना जाता है। इसका मतलब यह है कि प्रारंभिक में प्राप्त अंकों को मेरिट में नहीं जोड़ा जाता है। परीक्षा में 200 बहु-विकल्पीय प्रश्न होते हैं। प्रत्येक गलत उत्तर के लिए, प्रश्न के लिए आवंटित अंकों में से 25% अंक काट लिए जाते हैं। इस परीक्षा को पूरा करने के लिए दो घंटे का समय दिया जाता है।

नाबार्ड ग्रेड 'ए' परीक्षा पैटर्न (मुख्य परीक्षा)

जिन अभ्यर्थियों ने प्रारंभिक परीक्षा उत्तीर्ण कर ली है, वे मुख्य परीक्षा में बैठने के पात्र होते हैं। आम तौर पर, प्रारंभिक परीक्षा के कट-ऑफ अंकों के आधार पर मुख्य परीक्षा के लिए रिक्तियों की कुल संख्या का लगभग चार गुना चयन किया जाता है। मुख्य परीक्षा में दो प्रश्न-पत्र होते हैं। प्रश्न-पत्र 1 सामान्य अंग्रेजी सभी अभ्यर्थियों के लिए अनिवार्य है। यह एक वर्णनात्मक पेपर है, जिसमें essays, comprehension passages, precis writing, and report/letter writing होता है।

प्रश्न-पत्र 2 वर्णनात्मक और वस्तुनिष्ठ दोनों प्रकार का होता है। इसमें सामान्यतः आर्थिक और सामाजिक मुद्दे और कृषि एवं ग्रामीण विकास से संबंधित

विषय शामिल हैं। प्रश्न–पत्र 2 (वस्तुनिष्ठ प्रकार) में प्रत्येक गलत उत्तर के लिए 25% या 1/4 अंक नकारात्मक अंकन के रूप में काटे जाते हैं।

नाबार्ड ग्रेड 'ए' मुख्य परीक्षा में अच्छा प्रदर्शन करनेवाले अभ्यर्थियों को चयन प्रक्रिया के अंतिम चरण साक्षात्कार के लिए शॉर्टलिस्ट किया जाता है। साक्षात्कार में अभ्यर्थी के व्यक्तित्व, संचार कौशल, विषय ज्ञान और नाबार्ड में सहायक प्रबंधक की भूमिका के लिए उपयुक्तता का मूल्यांकन किया जाता है।

बैंक परीक्षा की तैयारी से संबंधित कुछ सामान्य टिप्स या सावधानियाँ

- तैयारी शुरू करने के लिए बैंक परीक्षा पाठ्यक्रम को समझना।
- बैंकिंग पाठ्यक्रम में दिये गए प्रत्येक विषय के वेटेज को जानें।
- बैंक परीक्षा पाठ्यक्रम को कवर करने के लिए सर्वोत्तम पुस्तकों का संदर्भ लें।
- गति और सटीकता में सुधार के लिए नियमित रूप से मॉक टेस्ट का अभ्यास करें।
- अभ्यर्थियों को ध्यान रखना चाहिए कि वर्णनात्मक परीक्षा में प्रश्नों के उत्तर देते समय शब्द सीमा का अतिक्रमण न करें। साथ ही गलत सामग्री या आँकड़े वगैरह न लिखें।
- ऐसा न हो कि एकपक्षीय दलील ही पेश कर दें। ऐसी दलीलों को रचनात्मक सुझाव माना जाता है।
- चूँकि 25 प्रतिशत अंक गलत उत्तर के लिए काटे जाते हैं, अतः अंदाज से उत्तर न दें, रफ काम बुकलेट पर करें, उत्तर–पुस्तिका में नहीं।
- समय सीमा का ध्यान रखें व तय समय के भीतर ही प्रश्नों के उत्तर खत्म कर दें। नहीं तो महत्त्वपूर्ण प्रश्न छूट जाएँगे।
- परीक्षा के दौरान आपका मन शांत रहे, लेकिन हाथों में तेजी होनी चाहिए।

चूँकि आजकल बैंकों में विभिन्न प्रकार के जानकारों की आवश्यकता होती है, जैसे कंप्यूटर, अर्थशास्त्री व कृषि जानकार। इसलिए बैंक की नौकरियों से संबंधित विज्ञापन/ऑनलाइन नोटिफिकेशन पर नजर रखें। विशेषज्ञों

का चुनाव उनके विषय की दक्षता के आधार पर किया जाता है। इसलिए, आपकी अतिरिक्त योग्यता आपको काफी फायदा पहुँचा सकती है। बदलते समय के साथ बैंक अधिकारियों की जिम्मेदारियों का पैमाना भी बदलता जा रहा है।

साक्षात्कार

चयन के लिए साक्षात्कार भी महत्त्वपूर्ण है। साक्षात्कार के कुल 100 अंक निर्धारित हैं। सामान्य अभ्यर्थी के लिए कम-से-कम 40 अंक पाना आवश्यक है, जबकि आरक्षित श्रेणी के अभ्यर्थी के लिए साक्षात्कार में 35 अंक पाना आवश्यक है। साक्षात्कार बोर्ड में कम-से-कम तीन सदस्य होते हैं, जिनके पास आपके द्वारा भरे गए आवेदन-पत्र पर आधारित आपकी संपूर्ण जानकारी होती है। इसलिए, अभ्यर्थी उन सभी मुद्दों पर तैयार होकर जाएँ जिनका उल्लेख उन्होंने बायोडाटा में किया है। उदाहरण के तौर पर, यदि अभ्यर्थी ने किसी विश्वविद्यालय या कॉलेज में दो महीने के लिए कोई विषय पढ़ाया हो तो सदस्यगण उस पर भी सवाल पूछ सकते हैं। यह बात हमेशा ध्यान में रखनी चाहिए कि साक्षात्कार अभ्यर्थी की योग्यता की परीक्षा नहीं है। यह उसके दूसरे गुणों जैसे रुचि, खेलकूद में भाग लेने की क्षमता, परिवेश के प्रति समझ व व्यक्तित्व की परीक्षा है।

***

6

रोजगार के बहुतेरे अवसर देती भारतीय रेल

भारत के पास अमेरिका, रूस और चीन के बाद विश्व की चौथी सबसे बड़ी रेल प्रणाली है, जिसमें कुल 19 रेलवे जोन हैं तथा कुल 7,335 स्टेशनों के साथ कुल ट्रैक की लंबाई 126,366 कि.मी. है। रेलवे संस्थान 24 घंटे गतिमान रहता है। 'या निशा सर्व भूतानां तस्यां जागर्ति संयमी' (अर्थात् जब लोग सोए रहते हैं योगिनी की भाँति भारतीय रेल जागती रहती है।)।

इस प्रकार, रेलवे विभाग को चलाने के लिए सैकड़ों वर्गों में लाखों कर्मचारियों की जरूरत पड़ती है। केंद्र सरकार के 46.2 प्रतिशत से अधिक कर्मचारी रेलवे में काम करते हैं। सन् 1982 मार्च में रेलवे में करीब 15 लाख कर्मचारी थे, जिनमें से 11314 राजपत्रित अधिकारी थे। लगभग यही संख्या आज भी है यदि प्रत्यक्ष व अप्रत्यक्ष रूप से आँका जाए तो देश की जनसंख्या का एक महत्त्वपूर्ण अंश रेलवे पर निर्भर करता है। रेलवे युवाओं को रोजगार के ढेरों अवसर उपलब्ध कराता है।

देखा जाए तो रेलवे नौकरियों की खान है तथा कई प्रकार की नौकरियाँ रेलवे प्रशासन में उपलब्ध हैं। इसका कारण यह है कि एक ओर रेलवे जहाँ उच्च तकनीकी संस्थान है, वहीं दूसरी ओर प्लेटफॉर्मों आदि की व्यवस्था के लिए उसे कर्मचारियों की जरूरत होती है। आइए, रेलवे से जुड़ी नौकरियों पर चर्चा करते हैं–

R.R.B. N.T.P.C. परीक्षा

आर.आर.बी. एन.टी.पी.सी. यानी Railway Recruitment Board Non-technical Popular Categories वह परीक्षा है, जो पूरे देश में रेलवे भरती बोर्ड (R.R.B.) द्वारा आयोजित की जाती है। यह परीक्षा दो प्रकार के पदों, 12वीं उत्तीर्ण और स्नातक के लिए चार चरणों (सी.बी.टी. 1, सी.बी.टी. 2, कौशल परीक्षा और दस्तावेज सत्यापन) में आयोजित की जाती है। चयन प्रक्रिया के सभी चरणों में अर्हता प्राप्त करनेवाले अभ्यर्थी आर.आर.बी. एन.टी.पी.सी. के तहत अधिसूचित विभिन्न पदों पर भरती के लिए पात्र होते हैं। इन पदों के लिए इच्छुक अभ्यर्थी आधिकारिक वेबसाइट पर आर.आर.बी. एन.टी.पी.सी. का आवेदन-पत्र भर सकते हैं।

यह परीक्षा जूनियर क्लर्क सह टाइपिस्ट, लेखा क्लर्क सह टाइपिस्ट, जूनियर टाइम कीपर, ट्रेन क्लर्क, वाणिज्यिक अपरेंटिस, स्टेशन मास्टर आदि अन्य कई पदों के लिए आयोजित की जाती है, जिन्हें दो श्रेणियों में बाँटा गया है—स्नातक और 12वीं उत्तीर्ण। सातवें वेतन आयोग के अनुसार स्नातक और 12वीं उत्तीर्ण दोनों प्रकार के पदों के लिए वेतन इस प्रकार है—

12वीं उत्तीर्ण हेतु पद और वेतन

जूनियर क्लर्क सह टाइपिस्ट	19,900 रुपए
लेखा लिपिक सह टाइपिस्ट	19,900 रुपए
जूनियर टाइम कीपर	19,900 रुपए
ट्रेन क्लर्क	19,900 रुपए
वाणिज्यिक सह टिकट क्लर्क	21,700 रुपए

स्नातक उत्तीर्ण हेतु पद और वेतन

यातायात सहायक	25,000 रुपए
गुड्स गार्ड	29,200 रुपए
वरिष्ठ वाणिज्यिक सह टिकट क्लर्क	29,200 रुपए

वरिष्ठ लिपिक सह टाइपिस्ट	29,200 रुपए
कनिष्ठ लेखा सहायक सह टाइपिस्ट	29,200 रुपए
वरिष्ठ टाइम कीपर	29,200 रुपए
वाणिज्यिक अपरेंटिस	35,400 रुपए
स्टेशन मास्टर	35,400 रुपए

विभिन्न वर्गों के लिए आयु सीमा व छूट

12वीं उत्तीर्ण अभ्यर्थियों के लिए आयु सीमा 18 से 30 वर्ष तथा स्नातक उत्तीर्ण अभ्यर्थियों के लिए 18 से 33 वर्ष है। अनुसूचित जाति/अनुसूचित जनजाति के अभ्यर्थियों के लिए आयु सीमा में 5 वर्ष की तथा अन्य पिछड़ा वर्ग के लिए 3 वर्ष की छूट प्रदान की गई है।

R.R.B. A.L.P. तकनीशियन

रेलवे असिस्टेंट लोको पायलट के लिए न्यूनतम आयु 18 वर्ष और अधिकतम आयु 42 वर्ष तक रखी गई है। जबकि अन्य पिछड़ा वर्ग के लिए अधिकतम आयु 45 वर्ष और अनुसूचित जाति एवं अनुसूचित जनजाति के लिए अधिकतम आयु 47 वर्ष तक है। इसके अतिरिक्त ई.डब्ल्यू.एस. और आरक्षित वर्गों के लिए भी सरकार के नियमानुसार अधिकतम आयु सीमा में छूट है। न्यूनतम शैक्षणिक योग्यता 10वीं उत्तीर्ण है। इसके अलावा अभ्यर्थी के पास संबंधित ट्रेड में आई.टी.आई. डिप्लोमा या डिग्री होनी चाहिए। अभ्यर्थियों का चयन ऑनलाइन सी.बी.टी. परीक्षा, दस्तावेज सत्यापन और मेडिकल परीक्षा के आधार पर किया जाता है। मेरिट सी.बी.टी. में प्राप्त अंकों के 70% अंकों और कंप्यूटर बेस्ड एटीट्यूड टेस्ट के 30% अंकों के आधार पर तैयार की जाती है। सी.बी.टी. परीक्षा 90 मिनट की होती है और इसमें कुल 100 प्रश्न पूछे जाते हैं, जो गणित, सामान्य बुद्धि एवं तर्क, विज्ञान एवं प्रौद्योगिकी, समसामयिकी पर सामान्य जागरूकता, सामान्य विज्ञान एवं इंजीनियरिंग, सामान्य इलेक्ट्रिसिटी और मशीनों इत्यादि से संबंधित होते हैं। गलत उत्तर देने पर 1/3 अंक काटे जाते हैं। परीक्षा में पास होने के लिए सामान्य वर्ग के अभ्यर्थी का न्यूनतम 40% अंक, अन्य पिछड़ा वर्ग और अनुसूचित जाति

के अभ्यर्थी का 30% एवं अनुसूचित जनजाति के अभ्यर्थी का 25% अंक लाना अनिवार्य है। प्रश्न-पत्र हिंदी और अंग्रेजी दोनों भाषाओं में होता है।

आर.आर.बी. ग्रुप 'डी' परीक्षा

यह परीक्षा रेलवे विभाग में विभिन्न पदों के लिए आयोजित की जाती है। आवेदन शुल्क का भुगतान आवेदन-पत्र भरते समय करना होता है, जो कंप्यूटर आधारित परीक्षण (C.B.T.) के पूरा होने पर अभ्यर्थियों को वापस कर दिया जाता है। अनारक्षित श्रेणियों के अभ्यर्थियों को आंशिक रिफंड प्रदान किया जाता है, जबकि आरक्षित श्रेणी के अभ्यर्थियों को पूरा आवेदन शुल्क वापस कर दिया जाता है। परीक्षा के लिए सिविल इंजीनियरिंग, मैकेनिकल, इलेक्ट्रिकल, सिग्नल और टेलीकॉम जैसे तकनीकी विभागों के साथ-साथ रेलवे के कैटरिंग विंग में रुचि रखनेवाले 10वीं कक्षा उत्तीर्ण अभ्यर्थी भी आवेदन कर सकते हैं। आवेदन-पत्र भरने के लिए अभ्यर्थी इन श्रेणियों में से एक होना चाहिए—

1. भारतीय नागरिक
2. नेपाली या भूटानी नागरिक
3. तिब्बती शरणार्थी, जो 1 जनवरी, 1962 से पहले स्थायी रूप से बसने के इरादे से भारत आए थे।
4. भारतीय मूल के व्यक्ति, जो भारत में स्थायी रूप से बसने के इरादे से पाकिस्तान, बर्मा, श्रीलंका, पूर्वी अफ्रीकी देशों (केन्या, युगांडा, संयुक्त गणराज्य तंजानिया, जाम्बिया, मलावी, जैरे, इथियोपिया) या वियतनाम से आए थे।

आयु सीमा/पात्रता

इस परीक्षा के लेवल 1 पदों के लिए निर्धारित आयु सीमा 18 से 33 वर्ष के बीच है। हालाँकि, सरकार द्वारा लागू नियमों और विनियमों के अनुसार आर.आर.बी. ग्रुप 'डी' हेतु आयु सीमा में छूट प्रदान की जाती है। तकनीकी विभागों में आवेदन करनेवाले अभ्यर्थियों के लिए कक्षा 10 (हाई स्कूल) उत्तीर्ण होना और राष्ट्रीय व्यावसायिक प्रशिक्षण परिषद् द्वारा जारी राष्ट्रीय प्रशिक्षुता प्रमाण-पत्र (N.A.C.) होना आवश्यक है। इसके अतिरिक्त, आई.टी.आई. योग्यता रखनेवाले अभ्यर्थियों को भी परीक्षा के लिए पात्र माना जाता है।

आर.आर.बी. ग्रुप 'डी' पाठ्यक्रम

अंक शास्त्र	संख्या प्रणाली, प्रतिशत, बोडमास, लघुत्तम समापवर्त्य, महत्तम समापवर्तक, सरल और चक्रवृद्धि ब्याज, बीजगणित, लाभ और हानि, आदि।
सामान्य बुद्धिमत्ता और तर्क	उपमाएँ, डेटा पर्याप्तता, न्यायलेखन, कोडिंग-डिकोडिंग, रिश्ते वगैरह
सामान्य विज्ञान	सी.बी.एस.ई. कक्षा 10 स्तर के भौतिकी, रसायन विज्ञान और जीव विज्ञान
सामान्य जागरूकता	करेंट अफेयर्स, विज्ञान और प्रौद्योगिकी, खेल, संस्कृति, व्यक्तित्व, अर्थशास्त्र, राजनीति

परीक्षा पैटर्न

सी.बी.टी. की अवधि 90 मिनट है और अभ्यर्थियों को प्रत्येक सही उत्तर के लिए एक अंक मिलता है। नकारात्मक अंकन भी है, जहाँ प्रत्येक गलत उत्तर के लिए 1/3 अंक काटे जाते हैं। यह परीक्षा अंग्रेजी और हिंदी के अलावा 15 भाषाओं में आयोजित की जाती है। परीक्षा उत्तीर्ण करनेवाले अभ्यर्थियों को शारीरिक दक्षता परीक्षा (पी.ई.टी.) के लिए आमंत्रित किया जाता है, जिसके बाद दस्तावेज सत्यापन और चिकित्सा परीक्षा होती है।

सी.बी.टी. 1 परीक्षा पैटर्न	
विषय	**प्रश्नों की संख्या**
सामान्य विज्ञान	25
अंक शास्त्र	25
सामान्य बुद्धिमत्ता और तर्क	30
सामान्य जागरूकता और करेंट अफेयर्स	20
कुल	**100**

परीक्षा उत्तीर्ण करनेवाले अभ्यर्थियों को सातवें सी.पी.सी. वेतन मैट्रिक्स के अनुसार 18,000 रुपए का मूल मासिक वेतन दिया जाता है। मूल वेतन के

अलावा अभ्यर्थी को महँगाई भत्ता (D.A.), दैनिक भत्ता, परिवहन भत्ता, मकान किराया भत्ता (H.R.A.), नाइट ड्यूटी भत्ता, चिकित्सा सुविधाएँ, ओवरटाइम भत्ता तथा और भी बहुत-सी सुविधाएँ दी जाती हैं।

R.R.B. J.E. परीक्षा

यह परीक्षा भारतीय रेलवे में जूनियर इंजीनियर (I.T.), जूनियर इंजीनियर (J.E.), रासायनिक सामग्री अधीक्षक (D.M.S.), रासायनिक और धातुकर्म सहायक (C.M.A.) जैसे तकनीकी पदों को भरने के लिए आयोजित केंद्र सरकार की परीक्षा है। इसे भारत में इंजीनियरिंग छात्रों के लिए आयोजित की जानेवाली सबसे बड़ी परीक्षाओं में से एक माना जाता है। आर.आर.बी. जे.ई. भरती का मुख्य लक्ष्य उत्कृष्ट बुद्धि और अविश्वसनीय फिटनेस वाले अभ्यर्थियों का चयन करना है।

इस परीक्षा हेतु न्यूनतम आयु सीमा 18 वर्ष है, जबकि अधिकतम आयु सीमा 33 वर्ष है। विभिन्न श्रेणियों के लिए रेलवे भरती बोर्ड द्वारा आयु में प्रदान की जानेवाली छूट अलग-अलग है।

शैक्षिक योग्यता

पद नाम	शैक्षिक योग्यता
जूनियर इंजीनियर (J.E.)	इंजीनियरिंग में डिप्लोमा/ डिग्री
जूनियर इंजीनियर (I.T.)	कंप्यूटर साइंस या आई.टी. में पी.जी. डी.सी.ए./बी.एस.सी./बी.टेक./बी.सी.ए.
डिपो मैटीरियल सुपरिंटेंडेंट (D.M.S.)	इंजीनियरिंग में डिप्लोमा/ डिग्री
कैमिकल एवं मेटालर्जिकल असिस्टेंट (C.M.A.)	स्नातक में (विज्ञान विषय में फिजिक्स और केमिस्ट्री के साथ) 45% अंक

परीक्षा पैटर्न

परीक्षा के पहले और दूसरे चरण में कंप्यूटर आधारित वस्तुनिष्ठ परीक्षा होती है जिसकी अवधि 1 घंटा 30 मिनट है। जो छात्र पहले चरण को पास करते हैं वही सी.बी.टी.-II में शामिल होते हैं।

C.B.T.-I परीक्षा पैटर्न

विषय	प्रश्न संख्या	अंक
गणित	30	30
सामान्य बुद्धि एवं तर्कशक्ति	25	25
सामान्य जागरूकता	15	15
सामान्य विज्ञान	30	30
कुल	**100**	**100**

CBT-II परीक्षा पैटर्न

CBT-II परीक्षा में सामान्य जागरूकता, भौतिकी और रसायन विज्ञान, कंप्यूटर अनुप्रयोग का बुनियादी ज्ञान, पर्यावरण और प्रदूषण के मूल सिद्धांत तथा तकनीकी योग्यता विषयों पर प्रश्न पूछे जाते हैं। प्रश्नों की कुल संख्या तथा कुल अंक 150 हैं। परीक्षा की अवधि 120 मिनट होती है।

R.R.B. R.P.F. कांस्टेबल/एस.आई. परीक्षा

रेलवे सुरक्षा बल (R.P.F.) भारतीय रेलवे के लिए गठित केंद्रीय सुरक्षा बल है। रेलवे सुरक्षा बल के कांस्टेबल पद का आवेदन करनेवाले सभी अभ्यर्थियों का किसी भी मान्यता प्राप्त विद्यालय से कक्षा 10वीं और 12वीं उत्तीर्ण होना और एस.आई. पद का आवेदन करने के लिए किसी भी मान्यता प्राप्त विश्वविद्यालय से स्नातक होना अनिवार्य है।

कांस्टेबल पद के लिए न्यूनतम आयु 18 वर्ष तथा अधिकतम आयु 25 वर्ष निर्धारित है तथा एस.आई. पद के लिए न्यूनतम आयु 20 वर्ष तथा अधिकतम आयु 25 वर्ष है।

रेलवे सुरक्षा बल (R.P.F.) में चयनित होने के लिए अभ्यर्थियों को चार चरणों से गुजरना पड़ता है। पी.ई.टी. परीक्षा के लिए उन्हीं अभ्यर्थियों को बुलाया जाता है, जो लिखित परीक्षा में उत्तीर्ण होते हैं।

कांस्टेबल हेतु पी.ई.टी.

वर्ग	पुरुष अभ्यर्थियों के लिए	महिला अभ्यर्थियों के लिए
दौड़	1600 मीटर (5 मिनट 45 सेकंड में)	800 मीटर (3 मिनट 40 सेकंड में)
ऊँची कूद	4 फीट	3 फीट
लंबी कूद	14 फीट	9 फीट

एस.आई. के लिए पी.ई.टी.

वर्ग	पुरुष उम्मीदवार	महिला उम्मीदवार
दौड़	1600 मीटर (6 मिनट 30 सेकंड में)	800 मीटर (4 मिनट में)
ऊँची कूद	3 फीट 9 इंच	3 फीट
लंबी कूद	12 फीट	9 फीट

परीक्षा की तैयारी

रेलवे के उच्च पदों की परीक्षा के लिए तैयारी सर्वभारतीय परीक्षाओं की ही तरह करनी पड़ती है; जैसे सिविल सेवा परीक्षा या भारतीय इंजीनियरिंग परीक्षा आदि। अधिकतर परीक्षाओं के लिए बाजार में विभिन्न गाइड/पुस्तकें उपलब्ध हैं। हालाँकि, इन गाइड/पुस्तकों से परीक्षा के विषय में जानकारी भले ही मिल जाए, लेकिन वास्तविक तैयारी अभ्यर्थी की अपनी ही होती है। उसने क्या व कैसे पढ़ा, वह परीक्षा में प्रत्यक्ष या अप्रत्यक्ष रूप से सामने आ जाता है। इसलिए केवल कोचिंग के चक्कर में न पड़ें। सामान्य अंग्रेजी व सामान्य ज्ञान को दुरुस्त करें तथा हाई स्कूल या इंटरमीडिएट की पुस्तकों को भी बीच-बीच में दोहराते रहें।

सलाह

अधिकांश लोग नौकरियों के क्षेत्र में यह भ्रम फैलाते हैं कि जैसे चारों ओर देश में भ्रष्टाचार का बोलबाला है, उसी तरह भ्रष्ट तरीके अपनाए बिना या सिफारिश के बिना कोई नौकरी नहीं मिलती है, लेकिन यह सच नहीं है। रेलवे प्रशासन उत्कृष्ट विभागों में से एक है। अतः ऐसी बातें मन में न लाएँ। मेहनत करें, सफलता अवश्य मिलेगी।

***

7

मानव को तराशता है शिक्षक

ईश्वर ने मनुष्य को बनाया पर मनुष्य को मानवता व जिम्मेदारी का पाठ पढ़ाया अध्यापक ने। जैसे खान से निकले हीरे की कीमत केवल उसके तराशे जाने के बाद ही होती है, वैसे ही शिक्षक भी बच्चों को परिमार्जित कर जिम्मेदार नागरिक बनाता है। किसी भी देश के निर्माण में शिक्षकों की भूमिका अहम है। इसलिए, शिक्षक का पेशा संतोष देनेवाला पेशा है।

शिक्षक समाज के अंतर्गत पूर्व-प्राथमिक व प्राथमिक अध्यापक, माध्यमिक स्कूल अध्यापक, विषय विशेष के अध्यापक, सामान्य अध्यापक, शारीरिक शिक्षा अध्यापक, विज्ञान, वाणिज्य, चिकित्सा, इंजीनियरिंग व प्रौद्योगिकी अध्यापक, भाषा व्याख्याता तथा कॉलेज व विश्वविद्यालयों के प्राख्याता आदि आते हैं। लगभग 40 लाख से अधिक व्यक्ति इस क्षेत्र में काम कर रहे हैं जो कि संगठित क्षेत्र में रोजगारों के अवसर का करीब 16 प्रतिशत है। शिक्षण व्यवस्था में महिलाओं को भी काफी अच्छे अवसर प्राप्त हो रहे हैं। यहाँ तक कि पूर्व-प्राथमिक व प्राथमिक विद्यालयों में महिला शिक्षकों की संख्या अधिक है, वह भी गाँवों के मुकाबले शहरों में। साथ ही, केंद्रीय व राजकीय शिक्षकों के वेतनमान सम्मानजनक हो गए हैं। स्कूलों के शैक्षिक सत्र में

20–25 घंटे प्रति सप्ताह शिक्षण कार्य करना होता है, जबकि कॉलेज स्तर पर सप्ताह में केवल 8 से 10 घंटे का शिक्षण कार्य होता है।

अगर आप सरकारी शिक्षक बनना चाहते हैं, तो C.T.E.T. परीक्षा उसका एक माध्यम है। C.T.E.T. परीक्षा को पास करने के बाद आप राज्य सरकार या केंद्र सरकार के विद्यालयों में शिक्षक पद पर नियुक्ति के लिए आवेदन कर सकते हैं। इस परीक्षा को उत्तीर्ण करने के अन्य फायदे—

- आप केंद्रीय विद्यालयों, आर्मी पब्लिक स्कूल भरती, N.V.S. आर्मी शिक्षक भरती, D.S.S.B. शिक्षक भरती, एकलव्य मॉडल आवासीय विद्यालय शिक्षक भरती, E.R.D.O. आदि विभागों में शिक्षक पद के लिए आवेदन कर सकते हैं। C.T.E.T. प्रमाण–पत्र सरकारी शिक्षण कार्य हेतु न्यूनतम पात्रता है तथा सरकारी केंद्रीय शिक्षक भरती आवेदन हेतु यह प्रमाण–पत्र होना आवश्यक है।
- एक बार C.T.E.T. परीक्षा पास कर लेने के बाद आप आजीवन शिक्षक भरती के लिए आवेदन कर सकते हैं, निजी विद्यालयों में भी। यह परीक्षा उत्तीर्ण करनेवाले अभ्यर्थियों को निजी विद्यालयों में भी शिक्षक पद के लिए वरीयता प्रदान की जाती है।

इस परीक्षा में 2 पेपर होते हैं जिसे हम C.T.E.T. पेपर-1 और C.T.E.T. पेपर-2 के नाम से जानते हैं। अगर आप प्राथमिक विद्यालय में शिक्षक बनना चाहते हैं, जो कि कक्षा 1 से कक्षा 5 तक के बच्चों को पढ़ाने का कार्य करते हैं तो आपको पेपर-1 के लिए आवेदन करना होगा और अगर आप उच्च प्राथमिक विद्यालय में जो कि कक्षा 6 से लेकर कक्षा 8 तक के बच्चों को पढ़ाने का कार्य करते हैं, के शिक्षक बनना चाहते हैं तो आपको पेपर-2 के लिए आवेदन करना होगा। पेपर–2 के दो भाग हैं एक सामाजिक विज्ञान तथा दूसरा गणित व विज्ञान। आप अपनी रुचि व योग्यता के अनुसार दोनों में से किसी एक का चुनाव कर सकते हैं।

यह केंद्र द्वारा आयोजित क्वालीफाइंग परीक्षा है। प्राथमिक और उच्च प्राथमिक स्तर के सरकारी अध्यापक बनने के लिए डिग्री/डिप्लोमा के बाद C.T.E.T. एक प्रवेश परीक्षा है, जिसकी मान्यता लगभग सभी राज्यों में है। लेकिन कुछ राज्य इसे मान्यता नहीं देते हैं, जैसे बिहार। अलग–अलग राज्यों द्वारा अपने–अपने राज्य में भी T.E.T. (अध्यापक योग्यता परीक्षण) की परीक्षा ली जाती है जिन्हें अलग–अलग नामों जैसे U.P.T.E.T., H.T.E.T. या B.S.T.E.T.

के नाम से जाना जाता है। इनका वेतनमान जिस राज्य में नौकरी के लिए चुनाव होता है, उसी के अनुसार होता है।

शैक्षणिक संस्थाओं को विभिन्न प्रकार के नामों से जाना जाता है; जैसे स्कूल, पॉलीटेक्निक कॉलेज, यूनिवर्सिटी, व्यावसायिक महाविद्यालय, प्रौद्योगिकी संस्थान, कला व शिल्प महाविद्यालय आदि। इनके अलावा किंडरगार्टन, नर्सरी, प्राथमिक, उच्च प्राथमिक, माध्यमिक व उच्च माध्यमिक विद्यालय। इसी तरह चिकित्सा, इंजीनियरिंग व कमर्शियल आर्ट व क्राफ्ट के कॉलेज जहाँ क्षेत्र विशेष में दक्षता के लिए प्रशिक्षण दिया जाता है।

इन संस्थाओं में शिक्षण व प्रशिक्षण देनेवाले व्यक्तियों को शिक्षक, अध्यापक, रीडर, प्रोफेसर, डिमांस्ट्रेटर आदि नामों से जाना जाता है।

एक संस्था में कई शिक्षक होते हैं। शिक्षक को उनकी शैक्षिक योग्यता व प्राप्त प्रशिक्षण के आधार पर पदनाम दिया जाता है।

पूर्व-प्राथमिक स्कूल अध्यापक (नर्सरी)

इन कक्षाओं को पढ़ाने के लिए पूर्व-प्राइमरी या नर्सरी अध्यापक का प्रशिक्षण प्रमाण-पत्र प्राप्त करना आवश्यक है। पूर्व-प्राथमिक अध्यापक के लिए 'नर्सरी टीचर ट्रेनिंग' की जाती है, जो 1 वर्ष का कोर्स है। इसे करने के बाद आप नर्सरी कक्षा के बच्चों को आसानी से पढ़ा सकते हैं तथा निजी या सरकारी स्कूल में शिक्षक पद के लिए आवदेन कर सकते हैं। इस पाठ्यक्रम में प्रवेश पाने के लिए मैट्रिक या इंटरमीडिएट पास स्तर की योग्यता होनी चाहिए। प्रशिक्षण प्रदान करने के लिए देश में काफी संख्या में प्रशिक्षण संस्थान खोले गए हैं।

प्राथमिक स्कूल अध्यापक (कक्षा 1–5)

C.T.E.T. पेपर-1 में आवेदन के लिए 12वीं कक्षा में कम-से-कम 50% अंक होना अनिवार्य है और साथ में एलिमेंट्री एजुकेशन (D.El.Ed.) में 2 वर्ष का डिप्लोमा होना चाहिए, या 12वीं में कम-से-कम 50% अंक के साथ स्नातक के दो वर्ष पूर्ण हों यानी आप स्नातक के तीसरे वर्ष के दौरान C.T.E.T. का फॉर्म भर सकते हैं, या 12वीं में कम-से-कम 50% अंकों के साथ आपके पास चार वर्ष की बैचलर ऑफ एलिमेंट्री एजुकेशन (B.El..Ed.) की डिग्री होनी चाहिए।

इसके अतिरिक्त जिन राज्यों में C.T.E.T. मान्य नहीं है वहाँ राज्य द्वारा आयोजित प्राथमिक विद्यालय अध्यापक परीक्षा (T.E.T.) के मानदंडों की पूर्ति आवश्यक है। T.E.T. परीक्षा को पास करके केवल राज्य विशेष के विद्यालयों में शिक्षक की नौकरी प्राप्त की जा सकती है।

प्राथमिक विद्यालय राज्य सरकारों, स्वायत्त निकायों, नगर पालिकाओं, नगर-निगमों, केंद्रीय विद्यालय संगठन, शिक्षा विभाग व रोजगार कार्यालयों के माध्यम से चलते हैं। आजकल प्राइमरी स्कूल के अध्यापक का वेतनमान भी काफी अच्छा हो गया है, अतः युवा इस नौकरी में भी भाग्य आजमा सकते हैं।

प्रत्येक राज्य की प्राथमिक अध्यापक (1 से 5 कक्षा के लिए) परीक्षा का पैटर्न अलग-अलग होता है।

उच्च प्राथमिक स्कूल अध्यापक (कक्षा 6-8)

उच्च प्राथमिक स्कूल अध्यापक के लिए बी.एड. के साथ-साथ स्नातक की की शैक्षिक योग्यता आवश्यक है।

C.T.E.T. पेपर-2 में आवेदन के लिए स्नातक में कम-से-कम 50% अंक और साथ में बी.एड. होना चाहिए, या स्नातक में 50% अंक और साथ में 2 वर्ष का एलिमेंट्री एजुकेशन में डिप्लोमा होना चाहिए, या 12वीं में कम-से-कम 50% अंक और 4 वर्ष का एलिमेंट्री एजुकेशन कोर्स होना चाहिए।

माध्यमिक स्कूल अध्यापक (कक्षा 9–10)

माध्यमिक स्कूल यानी कक्षा 9-10 में अध्यापन के लिए स्नातक + बी. एड. करना होता है। बी. एड. स्नातक के बाद किया जा सकता है। यह दो साल का शिक्षक प्रशिक्षण कार्यक्रम है। सरकारी स्कूलों में कक्षा 9-10 के अध्यापक नियुक्त होने के लिए बी. एड. होना आवश्यक है। साथ ही राज्य सरकार द्वारा संचालित T.E.T. परीक्षा देनी होती है, जो हर राज्य के लिए अलग-अलग होती है। कुछ राज्यों में कक्षा 9-12 के विद्यार्थियों को P.G.T. (Post Graduate Teachers) शिक्षक पढ़ाते हैं, लेकिन दिल्ली में कक्षा 6-10 तक की कक्षाओं को T.G.T. (Trained Graduate Teachers) शिक्षक पढ़ाते हैं।

उच्च माध्यमिक स्कूल अध्यापक (कक्षा 11-12)

इस स्तर का अध्यापक बनने के लिए स्नातकोत्तर होने के साथ-साथ बी.एड. की डिग्री अनिवार्य है। कक्षा 11-12 के छात्र/छात्राओं को जो अध्यापक पढ़ाते हैं, उन्हें P.G.T. कहा जाता है। 11वीं-12वीं को पढ़ाने के लिए M.A./M. Sc./M.Com. के साथ बी.एड. अनिवार्य है। यदि आप सरकारी, K.V.S., N.V.S. आदि विद्यालयों में 12वीं कक्षा को पढ़ाना चाहते हैं तो आपका स्नातकोत्तर + बी.एड. होना अनिवार्य है तथा C.T.E.T. भी उत्तीर्ण करना होगा।

शारीरिक शिक्षा अनुदेशक

किसी भी स्कूल में शारीरिक शिक्षा अनुदेशक बनने के लिए किसी भी विषय से स्नातक पूरा करने के बाद आप दो वर्षीय बैचलर इन फिजिकल एजुकेशन यानी बी.पी.एड. कोर्स पूरा कर किसी भी स्कूल में शारीरिक शिक्षा अनुदेशक के तौर पर करियर शुरू कर सकते हैं। देश भर के अनगिनत सरकारी व निजी संस्थानों में बी.पी.एड. कोर्स संचालित किया जाता है। बी.एड. की भाँति देश में केवल उन संस्थानों को ही बी.पी.एड. कोर्स संचालित करने का अधिकार है, जिन्हें एन.सी.टी.ई. यानी नेशनल कांउसिल फॉर टीचर्स एजुकेशन से मान्यता प्राप्त है। ऐसे में दाखिले से पहले एन.सी.टी.ई. की वेबसाइट पर उक्त संस्थान का मान्यता संबंधी विवरण अच्छी तरह देख-परख लें, ताकि आगे चलकर आपको कोई असुविधा ना हो।

P.T.I. टीचर के अंतर्गत विभिन्न प्रकार की पोस्ट होती हैं; जैसे स्पोर्ट्स कोच, शारीरिक प्रशिक्षक, स्वास्थ्य कोच, क्रिकेट कोच आदि। P.T.I. अध्यापक बनने के लिए प्रमुख कोर्स हैं—

- D.P.Ed. (Diploma in Physical Education) : यह कोर्स कक्षा 1 से 8 तक के विद्यार्थियों के लिए शारीरिक शिक्षक बनने के लिए है। इस कोर्स की अवधि 2 वर्ष है।
- B.P.Ed. (Bachelor of Physical Education) : यह कोर्स कक्षा 6-10 तक के विद्यार्थियों के लिए शारीरिक शिक्षक तैयार करने एवं कक्षा 11-12 के विद्यार्थियों की शारीरिक शिक्षा तथा खेल-कूद आयोजित कराने के लिए है। इस कोर्स की अवधि 2 वर्ष है।

- M.P.Ed. (Master of Physical Education): यह कोर्स कक्षा 11 व 12 के छात्रों के लिए शारीरिक शिक्षक तैयार करने का व्यवसायिक कोर्स है। यह विश्वविद्यालयों और कॉलेजों में प्रोफेसर/निदेशक/खेल अधिकारी एवं शारीरिक शिक्षक तथा कॉलेजों/शारीरिक विश्वविद्यालय के विभागों में शारीरिक शिक्षकों को प्रशिक्षण देने हेतु शिक्षक तैयार करने के लिए होता है। इस कोर्स की अवधि दो वर्ष है।

शारीरिक शिक्षा प्रदान करने के लिए कुछ विशेष शारीरिक शिक्षा महाविद्यालय हैं; जैसे लक्ष्मीबाई राष्ट्रीय शारीरिक शिक्षा विद्यालय (ग्वालियर), नेताजी सुभाष राष्ट्रीय खेल संस्थान (मोनीबमा, पटियाला) तथा वाई.एम.सी.ए. कॉलेज ऑफ फिजिकल एजुकेशन (चेन्नई), इंदिरा गांधी इंस्टीट्यूट ऑफ फिजिकल एजुकेशन एंड स्पोर्ट्स साइंसेज (दिल्ली), आदि। इस पाठ्यक्रम में दाखिले के लिए अभ्यर्थी की खेलों में रुचि या खेल-कूद में दक्षता अनिवार्य है। शारीरिक शिक्षा अध्यापकों के लिए एन.सी.सी. या स्काउटिंग में प्रशिक्षण को भी अतिरिक्त महत्त्व दिया जाता है।

चित्रकारी (अध्यापक)

चित्रकारी या ड्रॉइंग टीचर बनने के लिए मैट्रिक या माध्यमिक स्कूल प्रमाण-पत्र प्राप्त कर लेने के बाद चित्रकला, कला और शिल्प, ललित कला या व्यावसायिक कला आदि में प्रमाण-पत्र या डिप्लोमा या डिग्री आवश्यक है। इन पाठ्यक्रमों की अवधि दो से पाँच साल होती है।

नृत्य व संगीत

नृत्य या संगीत अध्यापक बनने के लिए नृत्य/संगीत में डिग्री या डिप्लोमा प्राप्त करना होता है। इस व्यवसाय में वास्तविक महत्त्व झुकाव और रुचि का होता है। इन क्षेत्रों में प्रशिक्षण प्रदान करने के लिए बहुत-सी सरकारी, अर्द्ध-सरकारी एवं निजी संस्थाएँ (सरकारी मान्यता प्राप्त) काम कर रही हैं; जैसे प्रयाग संगीत समिति, प्रयागराज।

भाषा अध्यापक

भाषा के अनुसार हिंदी अध्यापक, संस्कृत अध्यापक, अंग्रेजी अध्यापक, उर्दू अध्यापक, फ्रांसीसी, रूसी, स्पेनी भाषा के अध्यापक इत्यादि को सामान्यतया संबद्ध भाषा में स्नातक या स्नातकोत्तर डिग्री प्राप्त करनी होती है। चूँकि आजकल उत्तर भारत तथा कई राज्यों में राज्य में प्रचलित भाषा के इतर अन्य भारतीय भाषाओं को पढ़ाने का चलन बढ़ रहा है। अतः तमिल, तेलुगू, कन्नड़ तथा मलयालम भाषी राज्यों में भी हिंदी भाषा जाननेवालों को नौकरी मिल जाती है। किसी विशेष या विदेशी भाषा का अध्यापक बनने के लिए संबद्ध भाषा में एडवांस डिप्लोमा या डिग्री प्राप्त करनी होती है। अतः विभिन्न विश्वविद्यालयों तथा निजी शैक्षणिक संस्थाओं में विदेशी भाषाओं के पाठ्यक्रम चलाए जा रहे हैं। पाठ्यक्रम की अवधि एक से तीन वर्ष है।

शिल्प अध्यापक

शिल्प अध्यापक बनने के लिए अभ्यर्थी को किसी औद्योगिक प्रशिक्षण संस्थान या तकनीकी व व्यावसायिक स्कूल से मान्यता प्राप्त पाठ्यक्रम उत्तीर्ण होना चाहिए। शिक्षा के व्यवसायीकरण के कारण इन अध्यापकों की माँग दिन-प्रतिदिन बढ़ रही है।

वाणिज्य अनुदेशक

इसके लिए स्टेनोग्राफी या वाणिज्य की पद्धतियों; उदाहरण के लिए सचिवालय पत्राचार आदि में डिप्लोमा प्रमाण-पत्र प्राप्त करना चाहिए। इन डिप्लोमा या प्रमाण-पत्र पाठ्यक्रमों की अवधि क्रमशः एक से दो वर्ष है। यह प्रशिक्षण पाठ्यक्रम औद्योगिक प्रशिक्षण संस्थानों, वाणिज्यिक व सचिवालय संस्थानों और महिला पॉलीटेक्निक में उपलब्ध है।

दिव्यांग-जनों के लिए विशेष अध्यापक

दृष्टिहीन विद्यार्थियों का अध्यापक बनने के लिए 'ब्रेल लिपि' सीखना आवश्यक है जबकि बधिर तथा मंदबुद्धि बच्चों का अध्यापक बनने के लिए संबद्ध शिक्षा में मान्यता प्राप्त विश्वविद्यालय से प्रमाण-पत्र या डिप्लोमा प्राप्त

करना होता है। इन अध्यापकों के प्रशिक्षण के लिए कई बड़े शहरों जैसे दिल्ली, मुंबई, कोलकाता व चेन्नई में विशेष संस्थान भी खोले गए हैं।

विश्वविद्यालय प्राध्यापक/व्याख्याता

प्राध्यापक/व्याख्याता बनने के लिए अभ्यर्थी को यू.जी.सी. नेट परीक्षा उत्तीर्ण करनी पड़ती है अथवा डॉक्टरेट की उपाधि या उच्च स्तर के अनुसंधान कार्य का अनुभव होना चाहिए। इसके लिए संबद्ध विषय में मास्टर्स उपाधि या किसी विदेशी विश्वविद्यालय की समकक्ष उपाधि होनी चाहिए। सर्वभारतीय परीक्षा नेट (N.E.T.) विश्वविद्यालय अनुदान आयोग द्वारा आयोजित की जाती है। यदि उम्मीदवार स्नातकोत्तर के बाद नेट की परीक्षा उत्तीर्ण करता है तो वह किसी भी सरकारी कॉलेज में लेक्चरर के पद के लिए आवेदन कर सकता है। इसके अतिरिक्त नेट परीक्षा उत्तीर्ण करके किसी निजी कॉलेज या विश्वविद्यालय में भी अध्यापन कार्य किया जा सकता है। देश के विभिन्न अनुसंधान संस्थानों में भी इस श्रेणी के लोगों को प्राथमिकता दी जाती है। कुछ उम्मीदवार अंतरराष्ट्रीय संगठनों में चले जाते हैं।

अध्यापन क्षेत्र में आजकल इतनी प्रतियोगिता है कि बिना प्रशिक्षण के नौकरी पाना मुश्किल है। अतः प्रत्येक विश्वविद्यालय या उनसे संबंधित संस्थानों में बी.एड. तथा एम.एड. के पाठ्यक्रम चलाए जा रहे हैं, जिनमें प्रवेश के लिए प्रवेश परीक्षा के जरिए चुनाव होता है। कुछ निजी प्रशिक्षण संस्थान भी हैं, जिनमें इस तरह के सामान्य पाठ्यक्रमों के अलावा कई पत्राचार पाठ्यक्रम भी चल रहे हैं।

पत्राचार पाठ्यक्रम से बी.एड. तथा एम.एड. आदि डिग्रियाँ प्राप्त करने के लिए कुछ प्रमुख संस्थाएँ इस प्रकार हैं–

1. इंदिरा गांधी राष्ट्रीय मुक्त विश्वविद्यालय
2. उत्तर प्रदेश राजर्षि टंडन मुक्त विश्वविद्यालय
3. अन्नामलाई यूनिवर्सिटी
4. रबींद्रनाथ टैगोर यूनिवर्सिटी
5. यशवंत राव चव्हाण महाराष्ट्र मुक्त विश्वविद्यालय

6. डॉ. बी.आर. अंबेडकर मुक्त विश्वविद्यालय
7. आंध्र विश्वविद्यालय, आंध्र प्रदेश
8. केंद्रीय अंग्रेजी व विदेशी भाषा संस्थान, हैदराबाद (केवल अंग्रेजी में बी.एड.)

शिक्षण में स्वनियोजन

नर्सरी व प्राइमरी कक्षाओं को पढ़ाने योग्य व्यक्ति नर्सरी या प्राइमरी स्कूल खोलकर अपने क्षेत्र के बच्चों को पूर्व-प्राथमिक या प्राथमिक स्तर तक की शिक्षा दे सकते हैं। शहरों में इस प्रकार के स्कूल व संस्थाएँ काफी लोकप्रिय हैं, क्योंकि ये स्कूल पब्लिक स्कूलों की तरह आधुनिक तरीके से शिक्षा देते हैं।

शिक्षा में सूचना और संचार प्रौद्योगिकी का उपयोग

आजकल शिक्षा में सूचना और संचार प्रौद्योगिकी यानी इंटरनेट के जरिए छात्रों को विश्व से जोड़नेवाले यंत्रों व तकनीकी जैसे लैपटॉप, टेबलेट, मोबाइल, कंप्यूटर, प्रोजेक्टर, ई-मेल, ई-गवर्नेंस, ई-एजुकेशन का बड़े पैमाने पर उपयोग हो रहा है। अतः इस क्षेत्र में कुशल शिक्षकों की बड़ी माँग है। कई स्त्रियाँ घर बैठकर भी यह काम सफलतापूर्वक कर रही हैं।

कोरोना के समय इस तकनीकी का पूरे देश में उपयोग किया गया और अब यह तकनीक शिक्षा क्षेत्र का नेतृत्व कर रही है। कक्षा शिक्षण के अलावा दूरस्थ शिक्षा में भी आई.सी.टी. उपकरणों या इलेक्ट्रॉनिक साधनों में प्रभावकारी बदलाव आए हैं। दूरस्थ शिक्षा में प्रयोग में लाए जानेवाले उपकरण हैं—टेलीकॉन्फ्रेंसिंग, इंटरनेट, वीडियो, ऑडियो, कंप्यूटर असिस्टेड इंस्ट्रक्शन, मोबाइल इत्यादि।

ऑनलाइन एजुकेशन

ऑनलाइन लर्निंग में विद्यालय जाने के बजाय इंटरनेट कनेक्शन द्वारा विद्यालय के संपर्क में रहा जा सकता है। इस नई तकनीक ने एक ओर छात्र-शिक्षक संवाद का विस्तार किया है, वहीं दूसरी ओर इससे छात्रों द्वारा स्व-अध्ययन के अवसरों को बढ़ावा मिला है।

***

8

आत्म-सम्मान व उद्यम का प्रतीक है स्व-रोजगार

स्व-रोजगार वह उद्यम है जिसे करने के लिए उद्यमी स्वप्रेरित हो। उस उद्यम को चलाने की योग्यता परिवार से विरासत में मिल सकती है, या स्वयं भी शुरुआत की जा सकती है।

ऐसे कुछ उद्यमों के नाम दिये जा रहे हैं, जिनके लिए सरकार प्रस्ताव स्वीकार करती है।

बिजली के सामान जैसे : बल्ब वगैरह का उत्पादन, पेन/पेंसिल का उत्पादन, कृषि यंत्र निर्माण, ऑटो मैकेनिक दुकान, साइकिल मरम्मत दुकान, ब्यूटी सैलून, बैटरी निर्माण, ईंट-भट्टा, बाँस के सामान, चूड़ी निर्माण, बेकरी व कन्फेक्शनरी, होजरी, प्रिंटिंग व बाटिक, बिल्डिंग मैटीरियल, गुड़ व खांडसारी उद्योग, सीमेंट, जाली, ग्रिल, अगरबत्ती, मोमबत्ती, बढ़ईगिरी, चाट/नमकीन उत्पादन, कटपीस दुकान, कोयला डिपो, कैंटीन, चप्पल निर्माण, लेडीज बैग, पैथोलॉजिकल प्रयोगशाला, साइकिल रिक्शा/ऑटोरिक्शा, नारियल बिक्री, कॉफी, पैकिंग, कार्डबोर्ड बॉक्स निर्माण, ड्राईक्लीनिंग की दुकान, डेयरी, रसायन निर्माण, डीजल मेकेनिक, डायमंड कटिंग, इलेक्ट्रिशियन, इलेक्ट्रॉनिक मरम्मत, कॉपी निर्माण, इलेक्ट्रोप्लेटिंग, इंजीनियरिंग वर्कशॉप,

फ्रूट जूस उत्पादन, मत्स्य उत्पादन, मत्स्य पालन, मत्स्य नेट निर्माण, मसाला/आटा चक्की, हस्तशिल्प निर्माण, प्लास्टिक के सामान, आभूषणों का निर्माण, गोबर गैस संयंत्र, टी.वी. केबल, स्याही/फाइल निर्माण, पटसन (जूट) उत्पाद, आइस्क्रीम फैक्टरी, लेथ वर्कशॉप, चमड़े की वस्तुओं का निर्माण, साबुन/डिटर्जेंट निर्माण, टाइपिंग, जेरॉक्स मशीन, कंप्यूटर टाइपिंग, चश्मों का निर्माण, पोल्ट्री, पॉटरी, आयुर्वेदिक औषधि व प्रसाधन सामग्री, पेंटिंग, बोरों की बिक्री, फोटोग्राफी, पोटेटो वेफर्स, पापड़, अचार, खिलौने, टी.वी. मरम्मत, रेडियो पार्ट्स, मसाला, मांस वगैरह की बिक्री, स्कूटर मैकेनिक, रेशम उत्पाद, सिलाई मशीन निर्माण, खेलने के सामान, स्टील फर्नीचर, ट्रक, टेंपो, ट्रैक्टर मरम्मत, स्वेटर निर्माण, वीडियो लाइब्रेरी, मोबाइल मरम्मत, कंप्यूटर, लैपटॉप तथा प्रिंटर मरम्मत वगैरह।

भारत सरकार की 'प्रधानमंत्री रोजगार योजना' शिक्षित बेरोजगारों के लिए सुनहरा अवसर है। यह योजना 2 अक्टूबर, 1993 को ग्रामीण व शहरी क्षेत्रों में एक साथ लागू की गई। इस योजना के अंतर्गत बैंक से ऋण लेकर उद्योग, सेवा, व्यापार और स्व-रोजगार उद्यम स्थापित किए जा सकते हैं। ऋण लेने के लिए किसी वस्तु को गिरवी नहीं रखना पड़ता। ऋण द्वारा निर्मित संपत्ति ही कर-बंधक मानी जाती है। इसके अतिरिक्त ब्याज दर काफी कम है तथा 7 वर्षों के भीतर आसान किस्तों पर ऋण-वापसी की छूट भी दी गई है।

कौशल विकास योजना भी इसका ही एक अंग है। आजकल इसका स्वरूप विशाल हो गया है। उच्च एवं नई तकनीकी लेकर आए युवाओं के स्टार्टअप या यूनीकॉर्न के लिए भी सरकार सहायता कर रही है।

योग्यता/पात्रता हेतु मानदंड

देश के ग्रामीण या शहरी किसी भी भाग में रहनेवाला कोई भी बेरोजगार शिक्षित युवक/युवती जो योजना की शर्तों को पूरा करता हो, इसका लाभ उठा सकता है। कुछ आवश्यक तथ्य इस प्रकार हैं–

- 18 से 35 साल के बीच वे सभी युवक/युवतियाँ योजना के पात्र हैं, जो कम-से-कम आठवीं पास हैं तथा बेरोजगार हैं।
- मैट्रिक/इंटरमीडिएट (उत्तीर्ण या अनुत्तीर्ण), आई.टी.आई. उत्तीर्ण या जिन्होंने सरकार के प्रायोजित प्रशिक्षण कार्यक्रम के अंतर्गत कम-से-कम छह महीने का तकनीकी पाठ्यक्रम किया हो, वे भी इस योजना के अंतर्गत लाभ के पात्र हैं।
- यह योजना महाप्रबंधक, जिला उद्योग केंद्र के जरिए कार्यान्वित की जाती है। इसलिए प्रार्थी संबंधित जिला उद्योग केंद्र के क्षेत्र में कम-से-कम तीन वर्ष का स्थायी निवासी होना चाहिए।
- जिले में स्थायी निवास प्रमाणित करने के लिए राशन कार्ड या इसके न होने पर इस योजना को संचालित करनेवाली समिति या कार्यालय की संतुष्टि के लिए कोई भी अन्य दस्तावेज; जैसे पंचायत प्रधान सदस्य या वार्ड आयुक्त की ओर से प्रमाणित निवास स्थान प्रमाण-पत्र वैध माना जाता है।
- इसके अंतर्गत प्रार्थी के माता-पिता और पति या पत्नी समेत पारिवारिक आय के सभी स्रोतों, जैसे मजदूरी, वेतन, पेंशन, कृषि, व्यापार, मकान, किराया वगैरह को मिलाकर वार्षिक पारिवारिक आय ₹ 40,000 होनी चाहिए।
- प्रार्थी को किसी राष्ट्रीयकृत बैंक/वित्तीय संस्थान/सहकारी बैंक का कर्जदार नहीं होना चाहिए।
- इस योजना के अंतर्गत महिलाओं व कमजोर वर्गों के सदस्यों को वरीयता दी जाती है। इस योजना में अनुसूचित जाति व जनजाति के लिए 22.5 प्रतिशत व अन्य पिछड़े वर्ग के लिए 27 प्रतिशत आरक्षण की व्यवस्था है।
- अनुसूचित जाति व जनजाति तथा महिलाओं के लिए आयु सीमा 35 वर्ष के स्थान पर 45 वर्ष कर दी गई है।
- योजना के अंतर्गत व्यवसाय/सेवा क्षेत्र के लिए 1 लाख रुपए तथा औद्योगिक क्षेत्र के लिए दो लाख रुपए तक की लोन योजना मंजूर की

जा सकती है। लेकिन, यदि दो या दो अधिक युवक/युवती साझा उद्यम लगाना चाहें तो इस राशि से अधिक लागत की योजना भी स्वीकार की जाती है। बशर्ते योजना में हर व्यक्ति की हिस्सेदारी एक लाख या उससे कम हो।

- लागत का 95 प्रतिशत कर्ज भारतीय रिजर्व बैंक के निर्देश के अनुसार चालू ब्याज दर पर बैंक द्वारा मंजूर किया जाता है। हालाँकि, उद्यमी को परियोजना लागत का पाँच प्रतिशत अपनी ओर से योजना में लगाना होता है।
- कर्ज हेतु लाभार्थी को गारंटी के लिए दर-दर नहीं भटकना पड़ता। योजना के अंतर्गत प्रार्थी की जो भी संपत्ति हो, उस पर ही बैंक कर्ज देता है। उसे किसी जमानतदार की आवश्यकता नहीं होती। ऋण हेतु कोई प्रसंस्करण शुल्क (Processing fee) नहीं लगता।
- योजना में प्रावधान है कि भारत सरकार हरेक पात्र उद्यमी को योजना की 15 प्रतिशत लागत सरकारी छूट के तौर पर देगी, जिसकी अधिकतम सीमा 7,500 रुपए है। अभी तक इस योजना के अंतर्गत ₹ 50,000 तक की उद्यम योजना ज्यादा लोकप्रिय हुई है। यदि एक से अधिक उद्यमी मिलकर भागीदारी में कोई योजना आरंभ करते हैं तो योजना लागत पर प्रत्येक साझीदार पर 15 प्रतिशत की दर से अलग-अलग छूट दी जाएगी। इसकी अधिकतम सीमा ₹ 7,500 (प्रति भागीदार) होगी। पूर्वोत्तर राज्यों के लिए यह 15,000 रुपए है।
- बैंक कर्ज की अदायगी छह से 18 महीने तथा तीन से सात साल के बीच होगी। इस पर कर-रियायतें भी हैं।

प्रशिक्षण

यह केंद्र द्वारा संचालित एक आकर्षक योजना है, जिसके अंतर्गत शिक्षित बेरोजगार युवक/युवतियों को स्थायी स्व-रोजगार के अवसर प्रदान किए जाते

हैं तथा प्रशिक्षण भी दिया जाता है, क्योंकि ज्यादातर युवक/युवतियाँ प्रशिक्षण की कमी से उद्यम चलाने में नाकाम रहते हैं और कर्ज में डूब जाते हैं। इसलिए, बेहतर यही होगा कि प्रशिक्षण लेने के बाद ही कोई उद्यम शुरू किया जाए। योजना प्रस्ताव स्वीकार होने के बाद उद्यमी के लिए अनिवार्य प्रशिक्षण व्यवस्था है। प्रशिक्षण की अवधि में प्रशिक्षार्थी को 500 रुपए का भत्ता भी मिलता है। कौशल विकास योजना के अंतर्गत मशीनी प्रशिक्षण से लेकर कंप्यूटर प्रशिक्षण भी उपलब्ध है। इस योजना के माध्यम से देश में एक विशाल प्रशिक्षित वर्ग तैयार किया जा रहा है, जो इक्कीसवीं सदी में भारत को सफल बनाने के लिए आवश्यक है।

विशेष सुविधाएँ

राज्य व केंद्र शासित प्रदेश की सरकारें योजना को आधारभूत सुविधा व अन्य सहायता जैसे औद्योगिक स्थलों की व्यवस्था, पानी वगैरह भी उपलब्ध कराती हैं। कर्ज स्वीकृत होने पर उद्यमियों को प्राथमिकता के आधार पर बिजली कनेक्शन भी दिया जाता है, जिसके लिए जमानत राशि या दूसरी चीजों का खर्च भी नहीं लिया जाता है।

महत्त्वपूर्ण परामर्श

सबसे महत्त्वपूर्ण यह है कि किसी भी उद्यम को आरंभ करने से पहले उत्पाद की बिक्री की समुचित व्यवस्था करें और उद्यम वही लगाएँ, जिसकी बाजार में माँग हो या निकट भविष्य में हो सकती हो। इसके अतिरिक्त उद्यम उस क्षेत्र में लगाना ही उचित होगा, जहाँ से निर्मित व कच्चा माल लाना व ले जाना आसान हो। किसी भी उद्यम की कामयाबी दो-तीन बातों पर निर्भर करती है–

- उत्पाद की गुणवत्ता में निरंतर सुधार।
- बाजार में उसकी समुचित माँग व बिक्री।
- उद्यम के स्वास्थ्य की, खासकर वित्तीय स्वास्थ्य की निरंतर निगरानी एवं 'बचत'।

बैंक के कर्ज का भुगतान समय पर कर देने पर संबंधित जिलाधिकारी से मिलकर उनसे आगे के लिए सहायता प्राप्त की जा सकती है।

कुल मिलाकर, प्रत्येक उद्यमी को अपने परिवेश, रुचि व स्थानीय बाजार को ध्यान में रखकर उद्यम की शुरुआत करनी चाहिए, क्योंकि सही परियोजना का चुनाव ही आपकी सफलता का आधार है।

इसके अतिरिक्त, एक बार आरंभ करने के बाद योजना के अमल में जितनी भी बाधाएँ आएँ उनसे बिना थके जूझना चाहिए।

नोटः अधिक जानकारी के लिए अपने जिला उद्योग केंद्र या लघु उद्योग निदेशालय, राज्य सरकार से संपर्क करें।

❋❋❋

9

उद्यम व नौकरियों के बहुतेरे अवसर देती हैं निर्यात इकाइयाँ

मौजूदा दौर निर्यात का दौर है अत: देश के विकास के लिए निर्यात को प्रोत्साहन देना होगा। वैसे भी जिस किसी विकासशील देश ने आर्थिक तरक्की की है, निर्यात का ही सहारा लिया। चीन ने भी पिछले कुछ वर्षों में निर्यात के क्षेत्र में अभूतपूर्व प्रगति की है। हालाँकि, विश्व व्यापार में हमारी हिस्सेदारी पहले की अपेक्षा बढ़ी है। 1990 में विश्व निर्यात में भारत के व्यापारिक निर्यात का हिस्सा 0.5 प्रतिशत था जो वर्ष 2021 में बढ़कर लगभग 1.77 प्रतिशत हो गया। निर्यात के बढ़ते आँकड़ों को देखते हुए कहा जा सकता है कि भारत एशिया में एक बड़ी व्यापारिक शक्ति के तौर पर उभर रहा है। लेकिन, यह पूर्णरूपेण तभी संभव है जब देश का हर व्यक्ति इस क्षेत्र में रुचि ले। विभिन्न व्यवसायों या तकनीकी में दक्ष लोग अब आसानी से दूसरे देशों में नौकरी के लिए जा सकते हैं। पश्चिमी या विकसित देश जो एक समय अपनी उच्च तकनीकी के बल पर विकासशील देशों को जिन वस्तुओं का निर्यात करते थे, अब बढ़ते उत्पादन व श्रम मूल्य के चलते उन्हें उन्हीं उत्पादों का आयात करना पड़ रहा है। इस बदलाव का भारत जैसे देश अपने पक्ष में उपयोग कर सकते हैं और कर रहे हैं। ऐसे में नौजवानों के पास करियर बनाने के लिए बहुतेरे अवसर हैं, जो परंपरागत नौकरियों से हटकर जरूर हैं लेकिन तरक्की के मौके देते हैं। आइए, कुछ क्षेत्रों पर गौर

करते हैं। इन क्षेत्रों में प्रमुख रूप से–रसायन, इंजीनियरिंग वस्तुएँ, आभूषण व हीरे- जवाहरात, चमड़े के सामान, कालीन, रेडीमेड कपड़े, खेल के सामान, समुद्री उत्पाद, खाद्य उत्पाद, रूई व सूती कपड़े आदि शामिल हैं।

विदेश व्यापार का ढाँचा

भारत सरकार के वाणिज्य मंत्रालय द्वारा सन् 1990 में एक वाणिज्य बोर्ड का गठन किया गया था, जो विदेशों में देशी उत्पाद की संभावनाओं का पता लगाकर निर्यात इकाइयों को शत–प्रतिशत प्रोत्साहन देता है। इसके लिए देश में सात जगहों पर निर्यात प्रोत्साहन केंद्र (E.P.Z.) खोले गए। इनकी संरचना विशेष आर्थिक क्षेत्र S.E.Z. के समान थी। लेकिन E.P.Z. की ढाँचागत एवं नौकरशाही चुनौतियों के निवारण हेतु वर्ष 2000 में सरकार द्वारा S.E.Z. की शुरुआत की गई। ये देश के भीतर ऐसे विशेष आर्थिक क्षेत्र हैं, जो प्रायः शुल्क मुक्त होते हैं। इन क्षेत्रों में निवेश को प्रोत्साहित करने तथा रोजगार उत्पन्न करने के लिए व्यापार और वाणिज्य कानून हैं, जिनसे व्यापार में आसानी होती है। सेज अधिनियम 2005 में पारित हुआ और 2006 में सेज की शुरुआत हुई।

भारत की आयात संरचना को तीन श्रेणियों—कच्चा माल, पूँजीगत सामान और उपभोक्ता उत्पाद तथा निर्यात संरचना को दो श्रेणियों—पारंपरिक निर्यात और गैर–पारंपरिक निर्यात में विभाजित किया जाता है। विभिन्न अध्ययनों के दौरान किए गए सर्वेक्षण के अनुसार पिछले पाँच दशकों में भारतीय विदेशी व्यापार के पैमाने, संरचना और तरीके में काफी बदलाव देखे गए हैं। भारत का बड़े पैमाने पर प्राथमिक वस्तुओं के निर्यातक देश से गैर–प्राथमिक वस्तुओं के निर्यातक देश में परिवर्तन उल्लेखनीय है। पूँजीगत वस्तुओं और खाद्यान्नों के आयात में भी देश की निर्भरता कम हो गई है। इनमें से अधिकांश संशोधन अर्थव्यवस्था की विकास आवश्यकताओं के अनुरूप हैं, जिसका तात्पर्य है कि भारतीय अर्थव्यवस्था संरचनात्मक परिवर्तनों से गुजर रही है।

भारत विश्व के सभी राष्ट्रों को विशेषतः रूस, अमेरिका, यूरोपीय साझा समुदाय, ओ.पी.ई.सी. राष्ट्रों, पूर्वी यूरोपीय देशों समेत दक्षिण–पूर्व के देशों को निर्यात कर रहा है। इस दिशा में विभिन्न प्रदर्शनियों का आयोजन करके भी सरकार निर्यात को बढ़ावा देती है।

इनके अलावा विभिन्न संगठन जैसे 'फिक्की', 'सी.ई.आई.' भी निर्यात की संभावनावाले उत्पाद के बारे में जानकारी देते हैं। भारतीय विदेश व्यापार संस्थान (I.I.F.T.) भी विदेशी व्यापार के बारे में प्रशिक्षण देता है।

भारतीय विदेश व्यापार संस्थान (I.I.F.T.) की स्थापना 1963 में भारत सरकार के वाणिज्य और उद्योग मंत्रालय के अंतर्गत एक स्वायत्त निकाय के रूप में की गई थी। पिछले छह दशकों में नीति अनुसंधान और कौशल निर्माण के माध्यम से इसने अंतरराष्ट्रीय व्यापार क्षेत्र में महत्त्वपूर्ण योगदान दिया है तथा देश में अग्रणी बिजनेस स्कूल है, जिसे देश के शीर्ष 10 बिजनेस स्कूलों में स्थान दिया गया है।

इस प्रकार, भारत को एक वैश्विक विनिर्माण केंद्र के रूप में विकसित करने और रोजगार सृजन में तेजी लाने के लिए सरकार द्वारा सन् 2020 से 14 क्षेत्रों में उत्पादन लिंक्ड प्रोत्साहन (P.L.I.) योजनाओं की शुरुआत की गई है, जिनका उद्‌देश्य घरेलू विनिर्माण को बढ़ावा देना और साथ ही भारत के निर्यात क्षेत्र को आगे बढ़ाना है। भारतीय निर्यात को विश्व स्तर पर और अधिक प्रतिस्पर्धी बनाने के लिए भारत सरकार ने राष्ट्रीय रसद नीति भी जारी की है, जो प्रौद्योगिकी प्रक्रियाओं और कुशल जन-शक्ति का लाभ उठाकर परिवहन के कई तरीकों के निर्बाध एकीकरण का प्रावधान करती है। यह नीति प्रधानमंत्री गतिशक्ति राष्ट्रीय मास्टर प्लान के अनुरूप है, जो भारत के 200 बिलियन अमेरिकी डॉलर लॉजिस्टिक्स क्षेत्र को भारी बढ़ावा देगी। इससे घरेलू और अंतरराष्ट्रीय स्तर पर माल की सुचारू आवा-जाही संभव हो सकेगी। संघीय सरकार ने भारतीय निर्यात को बढ़ावा देने के लिए कई क्षेत्रों में स्वचालित मार्ग के तहत 100 प्रतिशत एफ.डी.आई. को मंजूरी दे दी है।

अंतरराष्ट्रीय व्यापार में स्नातक व स्नातकोत्तर कार्यक्रम

आज की वैश्विक और खुली अर्थव्यवस्था के दौर में फॉरेन ट्रेड यानी विदेश व्यापार ने करियर के विकल्प के तौर पर काफी लोकप्रियता हासिल की है। अगर युवा विदेश व्यापार में विशेषज्ञता प्राप्त करना चाहते हैं तो लंबी या छोटी अवधि के कोर्स में से किसी एक को चुन सकते हैं। ये कोर्सेज देश के कई संस्थानों में अलग-अलग स्तर पर उपलब्ध हैं। स्नातक स्तर के कोर्स के लिए न्यूनतम 50 प्रतिशत अंकों के साथ बारहवीं उत्तीर्ण होना अनिवार्य है। बैचलर ऑफ बिजनेस

एडमिनिस्ट्रेशन (B.B.A.) इन फॉरेन ट्रेड तीन वर्ष की स्नातक डिग्री है, जो छात्रों को विदेशी व्यापार के मूल सिद्धांतों और भारतीय अर्थव्यवस्था में इसके महत्त्व के बारे में पढ़ाने पर केंद्रित है। इसके बाद फॉरेन ट्रेड एनालिस्ट, एक्सपोर्ट मैनेजर, रिलेशनशिप मैनेजर, फॉरेन ट्रेड मैनेजर आदि पदों के लिए आवेदन किया जा सकता है।

इसके बाद अंतरराष्ट्रीय व्यापार में दो वर्ष की अवधि का स्नातकोत्तर कार्यक्रम (M.I.B. या M.B.A.) भी कर सकते हैं, जो अंतरराष्ट्रीय व्यापार में क्षमताओं को विकसित करता है तथा युवाओं के करियर को गति देता है।

स्नातकोत्तर की डिग्री प्राप्त करने के लिए किसी मान्यता प्राप्त कॉलेज या विश्वविद्यालय से सांख्यिकी, गणित, जीव विज्ञान, कंप्यूटर अनुप्रयोग आदि में कम-से-कम 60% अंकों के साथ स्नातक की डिग्री होनी चाहिए तथा अपनी पसंद के विश्वविद्यालय में प्रवेश पाने के लिए कैट/एक्स.ए.टी./जीमैट/मैट/सीमैट में से किसी एक प्रवेश परीक्षा को उत्तीर्ण करना आवश्यक है। अनुसूचित जाति/अनुसूचित जनजाति और अन्य पिछड़ा वर्ग से संबंधित अभ्यर्थियों को अनिवार्य प्रक्रिया के रूप में पाठ्यक्रम कार्यक्रम में 5% छूट प्रदान की जाती है। प्रवेश परीक्षा में उत्तीर्ण होने के बाद साक्षात्कार होता है और यदि छात्र उसमें अच्छा स्कोर करते हैं तो स्कॉलरशिप भी मिल सकती है। अधिकतम आयु सीमा 28 वर्ष है।

अंतरराष्ट्रीय व्यापार में प्रमुख स्नातकोत्तर डिप्लोमा कार्यक्रम हैं—इंटरनेशनल ट्रेड में डिप्लोमा, इंटरनेशनल ट्रेड में एडवांस्ड डिप्लोमा, फॉरेन ट्रेड मैनेजमेंट में डिप्लोमा, एडवांस्ड डिप्लोमा इन फॉरेन ट्रेड।

अंतरराष्ट्रीय व्यापार में स्नातकोत्तर डिप्लोमा कार्यक्रम हेतु प्रमुख कॉलेज

- भारतीय विदेश व्यापार संस्थान, नई दिल्ली
- जगदीश सेठ स्कूल ऑफ मैनेजमेंट, बेंगलुरु, कर्नाटक
- इंस्टीट्यूट ऑफ मैनेजमेंट स्टडीज, बी.एच.यू., वाराणसी, उत्तर प्रदेश
- सिम्बायोसिस इंस्टीट्यूट ऑफ इंटरनेशनल बिजनेस (S.I.I.B.), पुणे
- बिड़ला इंस्टीट्यूट ऑफ मैनेजमेंट एंड टेक्नोलॉजी (बिमटेक), ग्रेटर नोएडा
- लोयोला इंस्टीट्यूट ऑफ बिजनेस एडमिनिस्ट्रेशन (L.I.B.A.) चेन्नई

- के.जे. सोमैया प्रबंधन संस्थान, सोमैया विद्याविहार विश्वविद्यालय, मुंबई
- इंटरनेशनल स्कूल ऑफ बिजनेस एंड रिसर्च, बेंगलुरु, कर्नाटक
- वेलिंगकर इंस्टीट्यूट ऑफ मैनेजमेंट डेवलपमेंट, माटुंगा, मुंबई
- पांडिचेरी विश्वविद्यालय, पांडिचेरी
- इंडियन इंस्टीट्यूट ऑफ पैकेजिंग (I.I.P.), मुंबई, चेन्नई, कलकत्ता व दिल्ली।
- ट्रेड डेवलपमेंट अथॉरिटी, नई दिल्ली
- स्मॉल इंडस्ट्रीज सर्विस इंस्टीट्यूट, नई दिल्ली
- प्रोडक्टिविटी काउंसिल
- इंडियन इंस्टीट्यूट ऑफ मैनेजमेंट कोलकाता, अहमदाबाद, बेंगलुरु, लखनऊ
- स्मॉल इंडस्ट्रीज एक्सटेंशन ट्रेनिंग इंस्टीट्यूट, हैदराबाद
- इंडिया इंटरनेशनल ट्रेड सेंटर, मुंबई

इनके अतिरिक्त और भी बहुतेरे निजी व सरकारी संस्थान हैं, जो इस क्षेत्र के लिए सूचनाएँ व प्रशिक्षण देते हैं।

अंतरराष्ट्रीय व्यापार में स्नातकोत्तर डिप्लोमा या डिग्री कार्यक्रम के बाद अग्रलिखित पदों पर आवेदन कर सकते हैं—बिजनेस हेड, ग्लोबल प्रोजेक्ट मैनेजर, पॉलिसी एनालिस्ट, इंपोर्ट/एक्सपोर्ट मैनेजर, रिस्क एनालिस्ट आदि।

निर्यात मार्केटिंग में सर्टिफिकेट कोर्स उन अभ्यर्थियों के लिए है, जो कहीं काम कर रहे हैं और केवल सायंकाल में ही कक्षाएँ ले सकते हैं। यह कोर्स साल में केवल चार महीने ही चलता है। इसके लिए स्नातक की डिग्री जरूरी है।

भारतीय विदेश व्यापार संस्थान (I.I.F.T.) के अलावा दिल्ली स्कूल ऑफ इकोनॉमिक्स भी अंतरराष्ट्रीय मार्केटिंग में स्नातकोत्तर डिप्लोमा देता है। यह एक साल का कोर्स है, जिसके लिए स्नातक परीक्षा में कम-से-कम 55 प्रतिशत अंक आवश्यक हैं।

पंजाब विश्वविद्यालय भी 50 प्रतिशत अंक पानेवाले को अंतरराष्ट्रीय व्यापार में स्नातकोत्तर डिप्लोमा प्रदान करता है।

महत्त्वपूर्ण परामर्श

चूँकि निर्यात व्यापार में गलाकाट प्रतियोगिता है, अतः इसके लिए व्यक्ति में नेतृत्व की क्षमता, शीघ्र परिणाम लाने की प्रवृत्ति व और भी कई जरूरी योग्यताएँ होनी चाहिए। विदेशी भाषा जानना विदेश व्यापार में काफी मदद करता है।

निर्यात के लिए महत्त्वपूर्ण क्षेत्र

- चाय, खाद्य पदार्थों पर आधारित (खासकर गेहूँ के उत्पाद)
- फल, जूस, मांस-उत्पाद, ताजे फल व सब्जियाँ
- समुद्री उत्पाद, लौह अयस्क
- चमड़ा व चमड़े के उत्पाद
- हस्तनिर्मित वस्त्र व आभूषण
- इलेक्ट्रॉनिक व कंप्यूटर उपकरण
- रसायन
- रेडीमेड कपड़े, ऊनी कपड़े व वस्त्र
- ग्रेनाइट-1

संपर्क संस्थाएँ

विभिन्न उत्पादों के लिए विभिन्न संगठन पथ-प्रदर्शन करते हैं। कुछ मुख्य उत्पादों के लिए केंद्र निम्न हैं–

उत्पाद	संस्थाएँ
इंजीनियरी वस्तुएँ व अभ्रक वगैरह	इंजीनियरिंग एक्सपोर्ट प्रमोशन काउंसिल, वर्ल्ड ट्रेड सेंटर, 14/IB, इजरा स्ट्रीट, कोलकाता-1
आभूषण, हीरे, जवाहरात	जेम एंड ज्वेलरी एक्सपोर्ट प्रमोशन काउंसिल, डायमंड प्लाजा, 5वाँ फ्लोर, 391-ए, डी.बी. मार्ग, मुंबई- 400004

चमड़ा व चमड़े के उत्पाद	काउंसिल फॉर लेदर एक्सपोर्ट्स, थर्ड फ्लोर, सी.एस.डी.ए. टावर, गांधी-इरविन ब्रिज रोड, एगमोर, चेन्नई-600008
रसायन, काँच, पेंट, टायर, रबर, पेपर व पुस्तकों का निर्यात	केमिकल्स एंड एलायड प्रोडक्ट्स एक्सपोर्ट प्रमोशन काउंसिल, वाणिज्य भवन, इंटरनेशनल ट्रेड सेंटर, थर्ड फ्लोर 1/1 वुड स्ट्रीट कोलकाता-700016
लाख व उसके उत्पाद	शेलाक एक्सपोर्ट प्रमोशन काउंसिल, वर्ल्ड ट्रेड सेंटर, 14/IB इजरा स्ट्रीट, कोलकाता-1
रेडीमेड कपड़े	एपारेल एक्सपोर्ट प्रमोशन काउंसिल, एपारेल हाउस, इंस्टीट्यूशनल एरिया, सेक्टर-44, गुरुग्राम, हरियाणा
रेशम व उससे निर्मित कपड़ा	इंडियन सिल्क एक्सपोर्ट प्रमोशन काउंसिल, 62, मित्तल चैंबर्स, नरीमन प्वाइंट, मुंबई-21
हस्तशिल्प	एक्सपोर्ट प्रमोशन काउंसिल हैंडीक्राफ्ट, पॉकेट 6 व 7, सेक्टर-सी बसंत कुंज, नई दिल्ली-110070
चाय	टी बोर्ड, 14, विप्लवी त्रैलोक्य महाराज सरणी, कोलकाता-1
तंबाकू व तंबाकू उत्पाद	टोबैको बोर्ड, गुंटूर, आंध्र प्रदेश, 522004
मछली व मत्स्य उत्पाद	मरीन प्रोडक्ट्स, एक्सपोर्ट डेवलपमेंट अथॉरिटी, पनांपिली नगर, कोच्चि, केरल-682036

***

10

विधि-क्षेत्र में करियर

विधि अथवा कानूनों से समाज में न्याय की स्थापना होती है। जहाँ न्याय है, वहाँ धर्म है। यदि एक व्यक्ति के किसी काम से किसी अन्य व्यक्ति अथवा समाज के हितों को हानि पहुँचती है तो उसके उस कार्य से आहत या क्षतिग्रस्त दूसरा पक्षकार कानून से सहायता चाहता है। लोकतंत्र का आधार है—विधि का शासन। माना जाता है कि सभी नागरिकों को विधि के प्रावधानों का ज्ञान है। अतः कोई भी एक-दूसरे के क्षेत्र में अतिक्रमण नहीं करेगा, लेकिन वास्तविकता यह नहीं है। इसलिए, विवादग्रस्त पक्षकार अपना पक्ष प्रस्तुत करने के लिए कानून का सहारा लेता है और वकील विधि की व्याख्या कर पक्षकार के हितों की रक्षा करता है। कानून की समुचित व्याख्या और विश्लेषण करनेवाले इन विधिवेत्ताओं को वकील, एडवोकेट, अधिवक्ता, सॉलिसिटर, अटॉर्नी (न्यायकारी) या न्यायाधीश कहते हैं।

भारत में वकील और न्यायाधीशों के माध्यम से कानून लागू होता है। ज्यादातर वकील निजी तौर पर प्रैक्टिस करते हैं तथा लगभग डेढ़ प्रतिशत विधि स्नातक ही सरकारी या प्राइवेट नौकरियों में अवसर पाते हैं। कुछ वकील सरकारी वकील के रूप में केंद्र व राज्य सरकारों या स्थानीय प्राधिकरणों के लिए काम करते हैं। कुछ अन्य वकील व्यावसायिक फर्मों में कानूनी सलाह देने और कंपनी के पक्ष को कोर्ट में प्रस्तुत करने के लिए नियुक्त किए जाते हैं।

आजकल प्राय: न्यायिक सक्रियता की स्थिति देखी जाती है, इसलिए भी अधिक-से-अधिक लाभ उठाने के लिए लोग इस व्यवसाय की ओर बढ़ रहे हैं। अमेरिका, इंग्लैंड या दूसरे विकसित देशों में तो आज भी वकालत का पेशा सर्वश्रेष्ठ और उच्च आमदनी का स्रोत माना जाता है। भारत की संसद् व राज्य की विधान सभाओं में भी विधिवेत्ताओं का एक बड़ा अंश था, लेकिन धीरे-धीरे इस पेशे को भी भ्रष्टाचार ने डस लिया। परंतु आज भी इस पेशे की अनिवार्यता बनी हुई है। इस पेशे में भी सिविल, फौजदारी, संवैधानिक, कर, उपभोक्ता कानून एवं पंचाट प्रक्रिया जैसे क्षेत्रों में विशिष्ट योग्यता प्राप्त करना आवश्यक है।

विधिज्ञ परिषद् (Bar Council)

भारत में विधि व्यवसाय का नियंत्रण अधिवक्ता अधिनियम, 1961 के अंतर्गत होता है। विधि व्यवसाय के संबंध में एक पूर्ण विधि संहिता भी है, जिसमें राज्य विधिज्ञ परिषद् और भारतीय विधिज्ञ परिषद् गठित करने के संबंध में व्यवस्था है। किसी भी विधिज्ञ परिषद् में अधिवक्ता के रूप में सूचीबद्ध व्यक्ति भारत में कहीं भी विधि व्यवसाय कर सकता है। किसी भी व्यक्ति को एक से अधिक विधिज्ञ परिषद् में सूचीबद्ध नहीं किया जाता। विधिज्ञ परिषदों को अधिवक्ताओं के विरुद्ध उनकी सूचीबद्धता के संबंध में अनुशासनिक कार्रवाई करने का अधिकार होता है, किंतु अधिवक्ता कार्रवाई के विरुद्ध भारतीय विधिज्ञ परिषद् में अपील कर सकते हैं और वहाँ पर असफल या असंतुष्ट रहने पर उन्हें सर्वोच्च न्यायालय में अपील करने का अधिकार है। पेशे के मुताबिक अधिवक्ताओं की दो श्रेणियाँ हैं–(1) वरिष्ठ अधिवक्ता (2) अन्य अधिवक्ता।

सर्वोच्च न्यायालय में दर्ज अधिवक्ता अभिवचन (Pleading) और बहस दोनों काम कर सकते हैं। अपने विधिक कार्य के लिए वे बिना किसी ऐसे अधिवक्ता के उपस्थित नहीं होंगे, जिसका नाम सर्वोच्च न्यायालय में या किसी न्यायालय या अधिकरण की राज्य सूची भाग 'दो' में अधिवक्ता के रूप में दर्ज न हो। अपनी वरिष्ठता, योग्यता और विधिज्ञ परिषद् में अपनी स्थिति के आधार पर यदि कोई अधिवक्ता विशिष्टता प्राप्त करता है तो उसे हाई कोर्ट/सर्वोच्च न्यायालय वरिष्ठ अधिवक्ता का पदनाम देता है। वरिष्ठ

अधिवक्ता उन कुछ प्रतिबंधों का पालन करने के लिए बाध्य होते हैं, जिनका निर्धारण विधिज्ञ परिषद् व्यवसाय के हित में उनके कार्य करने के लिए करती है। बेहतर एडवोकेट बनने के लिए किसी अनुभवी एडवोकेट या सॉलिसिटर या विधि फर्म के जूनियर की भाँति काम करना अनिवार्य है।

विधि और कानून मंत्रालय के विधिक कार्य विभाग ने अपने आंतरिक कार्य की सुविधा के लिए भारतीय विधिक सेवा का प्रावधान किया है।

राज्य लोक सेवा आयोग के माध्यम से भरती

केंद्रीय सेवाओं में विभिन्न पदों पर भरती के अलावा राज्य पुलिस/राजस्व/न्यायिक विभागों में विभिन्न वरिष्ठ पदों पर विधिक स्नातकों की भरती के लिए राज्यों में आवधिक सिविल सेवा परीक्षाएँ (न्यायिक) आयोजित की जाती हैं। इन पदों के लिए मूल योग्यता विधि में स्नातक है। इसके अलावा कला/विज्ञान/वाणिज्य/कृषि में भी डिग्री होना अनिवार्य है। आयु सीमा 21 से 30 वर्ष के बीच होनी चाहिए। अलग-अलग पदों का वेतनमान अलग-अलग होता है। एक राज्य से दूसरे राज्य के वेतनमान में भी अंतर है। परीक्षा में दो प्रकार के विषय होते हैं– (1) अनिवार्य, एवं (2) वैकल्पिक।

अनिवार्य विषयों में सामान्य अंग्रेजी, सामान्य ज्ञान, सामान्य अध्ययन और संबंधित राज्य की भाषा और बुद्धि परीक्षा आदि आते हैं जबकि वैकल्पिक विषयों की सूची लंबी है, जिसमें से दो या तीन विषय चुनने होते हैं।

समय-समय पर जब भी रिक्तियाँ होती हैं, परीक्षा आयोजित की जाती है। परीक्षा में सम्मिलित होने के लिए अभ्यर्थी को एक आवेदन फॉर्म भरना होता है तथा उसके साथ निर्धारित शुल्क भी अदा करना होता है। परीक्षा का आयोजन संबंधित राज्य लोक सेवा आयोग करता है। इन परीक्षाओं के माध्यम से जिन पदों को भरा जाता है, वे हैं– दंडाधिकारी, मुंसिफ, उप-दंडाधिकारी, लोक अभियोजक और इसी स्तर के अन्य पद। बीच-बीच में उच्च पदों जैसे सेशन जज आदि के लिए भी अनुभवी एडवोकेट्स की सीधी नियुक्तियाँ की जाती हैं, जिनका आयोजन सामान्यतः संबंधित उच्च-न्यायालय का प्रशासनिक विभाग करता है।

कार्य-स्थल

वकील अधीनस्थ न्यायालयों, प्रशासनिक अधिकरण, उच्च न्यायालयों और उच्चतम न्यायालय में न्यायाधीश के समक्ष अपने मुवक्किलों के पक्ष को रखते हुए उनकी पैरवी करते हैं।

सर्वोच्च न्यायालय (Supreme Court)

सर्वोच्च न्यायालय में एक मुख्य न्यायाधीश और 33 अन्य न्यायाधीश होते हैं। उन सभी की नियुक्ति भारत के राष्ट्रपति करते हैं।

उच्च न्यायालय (High Court)

किसी भी राज्य के न्यायिक प्रशासन में उच्च न्यायालय सर्वोपरि होता है। हमारे देश में 25 उच्च न्यायालय हैं। न्यायाधीश बनने के लिए व्यक्ति को भारत के किसी भी न्यायिक पद पर 10 वर्ष कार्य करने का या किसी भी उच्च न्यायालय में लंबी अवधि तक वकालत करने का अनुभव होना चाहिए। उच्च न्यायालयों में रजिस्ट्रार का पद भी होता है, जो अधीनस्थ न्यायालयों से संबंधित सभी प्रशासनिक मामलों में सरकार, उच्च न्यायालय और जिला व अधीनस्थ न्यायालयों के साथ पत्राचार करता है।

अधीनस्थ न्यायालय (Subordinate Courts)

इन न्यायालयों में जिला न्यायालय और विभिन्न श्रेणियों के सिविल न्यायालय आते हैं, जिनमें मजिस्ट्रेट (श्रेणी 1, 2 और 3), मुंसिफ, महानगरीय दंडाधिकारी, न्यायाधीश, क्षेत्र न्यायाधीश और जिलाधिकारी होते हैं।

प्रशासनिक न्यायाधिकरण (Administrative Tribunals)

केंद्र सरकार के कर्मचारियों के लिए केंद्रीय प्रशासनिक न्यायाधिकरण होते हैं। इसी प्रकार, राज्य सरकारों के अंतर्गत आनेवाले राज्य प्रशासनिक न्यायाधिकरण, राज्य सरकारों और इसके अंतर्गत कार्यरत कर्मचारियों के विवादों में अपना निर्णय देते हैं। प्रशासनिक न्यायाधिकरण का प्रमुख अध्यक्ष (चेयरमैन) होता है।

दंडाधिकारी (Magistrate)

दंडाधिकारी दंड न्यायालय का मुख्य अधिकारी होता है। वह अपने न्यायालय में दर्ज या आंतरिक न्यायिक मामले सुलझाता है तथा उन पर अपना निर्णय देता है।

जिला और सत्र न्यायाधीश (District and Session Judge)

यह जिले में राजस्व न्यायालयों से भिन्न अन्य सभी सिविल और दंड न्यायालयों का नियंत्रण प्रमुख न्यायाधिकारी के रूप में करता है। वह सिविल व आपराधिक मामलों में निर्णय देता है।

उप-दंडाधिकारी (Munsiff Magistrate)

यह अपने न्यायालय में प्रस्तुत किए गए उप-प्रभाग के सिविल मामलों के मुकदमों का संचालन कराता है तथा उन पर अपना निर्णय देता है।

लोक अभियोजक (Public Prosecutor)

सरकारी अधिवक्ता अथवा लोक अभियोजक सत्र न्यायालयों में सरकार का प्रतिनिधित्व करते हैं। जिले के अधिकारी उनसे विधिक मामलों में सलाह लेते हैं। वह सत्र न्यायालय में मजिस्ट्रेट के भेजे गए मामलों के रिकॉर्ड्स का अध्ययन करते हैं तथा उन भूलों व अनियमितताओं को सुनिश्चित करते हैं जो न्यायालय में चल रही कार्रवाई को विकृत कर सकती हैं।

अधिवक्ता (Solicitor)

अधिवक्ता सामान्यतः सरकार के विधिक मामलों में सलाह देते हैं। इसके अतिरिक्त महत्त्वपूर्ण मामलों पर भारत के महान्यायवादी का मत जानने और यदि आवश्यक हो तो उसे उच्चतम न्यायालय में दिखाने के लिए प्रस्तुत करते हैं।

महान्यायवादी (Attorney General)

भारत के महान्यायवादी की नियुक्ति राष्ट्रपति द्वारा की जाती है। उसकी योग्यता सर्वोच्च न्यायालय में जज नियुक्त किए जाने के बराबर होनी चाहिए।

महाधिवक्ता (Solicitor General)

जिस प्रकार केंद्र में महान्यायवादी का पद होता है, उसी प्रकार प्रत्येक राज्य का अपना एक महाधिवक्ता होता है। उसकी नियुक्ति राज्य का राज्यपाल करता है तथा उसके भी वही सब अधिकार और कर्तव्य होते हैं, जो केंद्र में महान्यायवादी के होते हैं।

नोटरी एवं शपथ आयुक्त (Notary and Oath Commissioner)

इसकी नियुक्ति केंद्र या राज्य सरकार करती है। अपने पद के आधार पर वह दैनिक जीवन में उपयोग किए जानेवाले किसी भी विलेख का निष्पादन करने, सत्यापन करने, अभिप्रमाणित करने और साक्ष्यांकन करने के लिए अधिकृत होता है।

शपथ आयुक्त भी नोटरी की ही तरह एक अधिकृत प्राधिकारी होता है और विधिसम्मत शुल्क लेकर न्यायिक कार्यवाही के लिए अदालत में पेश किए जानेवाले विभिन्न प्रकार के दस्तावेजों को साक्ष्यांकित करने के लिए प्राधिकृत होता है।

अनेक बड़े व्यापारिक प्रतिष्ठानों एवं वाणिज्यिक संगठनों द्वारा भी अपने कारोबार के हित में बचाव पक्ष प्रस्तुत करने के लिए विधि व्यवसायियों को नौकरी पर रखा जाता है। जीवन बीमा निगम, सामान्य बीमा निगम एवं भारतीय यूनिट ट्रस्ट ऐसे अन्य संगठन हैं, जो अपनी-अपनी विधिक जटिलताओं एवं समस्याओं को सुलझाने के लिए विधिक सलाहकार, विधि अधिकारी और विधिक सहायक नियुक्त करते हैं। साथ ही, विधि अधिकारी, विधिक सहायक के सक्रिय सहयोग से मुकदमा तैयार करते हैं और उसे न्यायालय में दायर करते हैं।

रोजगार के अवसर

कुछ ऐसे महत्त्वपूर्ण व्यावसायिक पाठ्यक्रम हैं, जो विधि स्नातकों को लाभप्रद रोजगार प्राप्त करने में सहायक होते हैं। इन रोजगारों के लिए विधि की डिग्री के साथ-साथ अन्य व्यावसायिक योग्यता की अनिवार्यता अपेक्षित होती है। ये व्यावसायिक पाठ्यक्रम इस प्रकार हैं–

1. व्यापार प्रबंधन/प्रशासन
2. कंपनी सचिव
3. चार्टर्ड लेखाकार
4. अंतरराष्ट्रीय संबंध में डिप्लोमा
5. श्रम विधि और व्यवहार में डिप्लोमा।

विधि व्यवसायी के लिए केंद्र व राज्य सरकार के सभी विभागों, विधिक न्यायालयों, राज्य उच्च न्यायालयों, उच्चतम न्यायालयों, बैंकिंग संस्थानों, स्वायत्त संगठनों, सरकारी उद्यमों, श्रम न्यायालयों एवं अधिकरणों में रोजगार के अवसर उपलब्ध हैं।

संक्षेप में, विधि व्यवसायी/वकील, विधिक परामर्शदाता होता है और अपने मुवक्किलों का विश्वासपात्र होता है तथा इसी विश्वास के आधार पर उनकी उन समस्याओं के संबंध में भी परामर्श देता है, जो बिलकुल निजी होती हैं।

विधि-क्षेत्र में प्रवेश

भारत में कई स्थानों पर राष्ट्रीय विधि महाविद्यालयों/विश्वविद्यालयों की स्थापना ने विधि-क्षेत्र में क्रांति ला दी है तथा पहले की अपेक्षा इस क्षेत्र में अधिक मेधावी छात्र प्रवेश कर रहे हैं, क्योंकि इन महाविद्यालयों से निकले छात्रों को देशी-विदेशी विधि-फर्मों, संगठनों या व्यापारिक प्रतिष्ठानों में काफी अधिक वेतन मिलता है।

प्रति वर्ष कंसोर्टियम ऑफ नेशनल लॉ यूनिवर्सिटीज (C.N.L.U.) द्वारा आयोजित C.L.A.T. (Common Law Admission Test) एक राष्ट्रीय स्तर की प्रवेश परीक्षा है, जिसके माध्यम से देश की नेशनल लॉ यूनिवर्सिटीज (N.L.U.) तथा अन्य प्राइवेट लॉ स्कूलों में एडमिशन लिया जा सकता है। C.L.A.T. परीक्षा दो तरह की होती है-

- C.L.A.T. U.G.
- C.L.A.T. P.G.

C.L.A.T. U.G. स्नातक स्तर के कोर्स (जैसे B.A. L.L.B.) में प्रवेश के लिए आयोजित की जाती है और किसी भी स्ट्रीम के 12वीं पास विद्यार्थी इस प्रवेश परीक्षा में शामिल हो सकते हैं।

C.L.A.T. P.G. स्नातकोत्तर स्तर के पाठ्यक्रम (जैसे L.L.M.) में प्रवेश के लिए आयोजित की जाती है और किसी भी मान्यता प्राप्त विश्वविद्यालय से विधि में स्नातक उत्तीर्ण विद्यार्थी इस प्रवेश परीक्षा में शामिल हो सकते हैं।

इस प्रवेश परीक्षा के लिए 12वीं में 45% अंक होने चाहिए। इस परीक्षा में अनुसूचित जनजाति, अनुसूचित जाति एवं आर्थिक रूप से कमजोर (E.W.S.) विद्यार्थियों के लिए आरक्षण की व्यवस्था की गई है। C.L.A.T. का आवेदन शुल्क अनुसूचित जाति, अनुसूचित जनजाति और गरीबी रेखा से नीचे आनेवाले अभ्यर्थियों के लिए ₹ 3,500, जबकि अन्य सभी श्रेणियों (General/O.B.C./PwD/N.R.I.) के लिए 4,000 है। परीक्षा में वस्तुनिष्ठ प्रकार के कुल 120 प्रश्न पूछे जाते हैं। परीक्षा की अवधि 2 घंटे है। प्रत्येक प्रश्न के लिए एक अंक निर्धारित है तथा किसी एक प्रश्न का उत्तर गलत होने पर 0.25 नकारात्मक अंक भी दिये जाते हैं। परीक्षा ओ.एम.आर. शीट पर होती है। परीक्षा के पाठ्यक्रम को मुख्यतः पाँच भागों में विभाजित किया गया है—

1. करेंट अफेयर्स
2. सामान्य ज्ञान (G.K.)
3. इंग्लिश भाषा (English Language)
4. तर्कशक्ति परीक्षण (Reasoning)
    - Legal Reasoning
    - Logical Reasoning
5. क्वांटिटेटिव टेकनीक (Quantitative Techniques)

C.L.A.T. परीक्षा पास करने के बाद आप निम्नलिखित में से किसी भी एक कोर्स में एडमिशन ले सकते हैं—

- B.A. LL.B.
- B.Com. LL.B.
- B.Sc. LL.B.

- B.B.A. LL.B.
- B.S.W. LL.B. (Bachelor of Social Work LL.B.)

इन सभी कोर्स में से आर्ट्स के विद्यार्थियों के लिए B.A.L.L.B. करना सबसे आसान और बेहतर होता है। यह पाँच वर्ष की अवधि का एक स्नातक कोर्स है, जिसमें कुल दस सेमेस्टर होते हैं। किसी भी नेशनल लॉ यूनिवर्सिटी (N.L.U.) या प्रमुख निजी लॉ कॉलेज से B.A.LL.B. करने के बाद विद्यार्थियों के कैंपस से ही जॉब हेतु चयन की संभावना बढ़ जाती है।

प्रमुख लॉ यूनिवर्सिटीज

1. नेशनल लॉ स्कूल ऑफ इंडिया यूनिवर्सिटी (N.L.S.I.U.), बेंगलुरु
2. नेशनल एकेडमी ऑफ लीगल स्टडीज एंड रिसर्च (N.A.L.S.A.R.), हैदराबाद
3. नेशनल लॉ इंस्टीट्यूट यूनिवर्सिटी (N.L.I.U.), भोपाल
4. वेस्ट बंगाल नेशनल यूनिवर्सिटी ऑफ जुरीडीकल साइंसेज (W.B.N.U.J.S.), कोलकाता
5. हिदायतुल्ला नेशनल लॉ यूनिवर्सिटी (H.N.L.U.), रायपुर
6. नेशनल लॉ यूनिवर्सिटी (N.L.U.), जोधपुर
7. गुजरात नेशनल लॉ यूनिवर्सिटी (G.N.L.U.), गांधीनगर
8. राम मनोहर लोहिया नेशनल लॉ यूनिवर्सिटी (R.M.L.N.L.U.), लखनऊ
9. राजीव गांधी नेशनल लॉ यूनिवर्सिटी (R.G.N.L.U.), पटियाला
10. चाणक्य नेशनल लॉ यूनिवर्सिटी (C.N.L.U.), पटना

यदि आप कानून की पढ़ाई के इच्छुक हैं तो विधि विश्वविद्यालय में प्रवेश पाने के लिए C.L.A.T. के अलावा नीचे दी गई कोई भी कानून प्रवेश परीक्षा दे सकते हैं—

अखिल भारतीय कानून प्रवेश परीक्षा A.I.L.E.T.

नेशनल लॉ यूनिवर्सिटी, दिल्ली, अपने बी.ए.एलएल.बी., एलएल.एम. और पीएच.डी. पाठ्यक्रमों में प्रवेश देने के लिए इस परीक्षा का आयोजन करती है।

इस परीक्षा के माध्यम से, बी.ए. एलएल.बी. कार्यक्रम के लिए 110 सीटें और एलएल.एम. पाठ्यक्रम के लिए 70 सीटें भरी जाती हैं।

एल.एस.ए.टी. (Law School Admission Test)

एल.एस.ए.टी. जिंदल ग्लोबल लॉ स्कूल, एशियन लॉ स्कूल, यूनिवर्सिटी ऑफ एनर्जी एंड पेट्रोलियम स्टडीज, स्कूल ऑफ लॉ, एलायंस यूनिवर्सिटी, जी.डी. गोयनका यूनिवर्सिटी, वी.आई.टी. स्कूल ऑफ लॉ और बिट्स स्कूल ऑफ लॉ जैसे विभिन्न विश्वविद्यालयों में प्रवेश के लिए आयोजित एक ऑनलाइन परीक्षा है, जो 2 घंटे 20 मिनट की होती है और जिसमें बोधगम्यता, विश्लेषणात्मक योग्यता और तार्किक क्षमता का परीक्षण किया जाता है।

एमएच. सी.ई.टी. लॉ (Maharashtra Common Entrance Test for Law)

महाराष्ट्र कॉमन एंट्रेंस टेस्ट फॉर लॉ महाराष्ट्र स्थित लॉ कॉलेजों में प्रस्तावित कानून पाठ्यक्रमों में प्रवेश प्रदान करने के लिए राज्य सी.ई.टी. सेल, महाराष्ट्र द्वारा आयोजित एक राज्य स्तरीय परीक्षा है। प्रश्न-पत्र में 2 घंटे की समय अवधि के साथ 150 प्रश्न शामिल होते हैं। प्रवेश परीक्षा में नकारात्मक अंकन नहीं होता है।

डी.यू. एलएल.बी. (Delhi University LL.B.)

दिल्ली विश्वविद्यालय विधि संकाय में प्रस्तावित 3 वर्षीय एलएल.बी. पाठ्यक्रम के लिए डी.यू. एलएल.बी. प्रवेश परीक्षा का आयोजन करता है। परीक्षा ऑनलाइन मोड में आयोजित की जाती है और इसमें बहु-विकल्पीय प्रश्न होते हैं। यह परीक्षा वर्ष में एक बार आयोजित की जाती है।

जी.जी.एस. आई.पी.यू. सी.ई.टी. कानून (G.G.S. I.P.U. C.E.T. Law)

गुरु गोबिंद सिंह इंद्रप्रस्थ विश्वविद्यालय सामान्य कानून प्रवेश परीक्षा, कानून आयोजित करता है। इस प्रवेश परीक्षा के माध्यम से छात्र विश्वविद्यालय के स्नातक स्तर के लॉ पाठ्यक्रमों में प्रवेश पा सकते हैं।

S.L.A.T. सिम्बायोसिस लॉ एडमिशन टेस्ट

सिम्बायोसिस इंटरनेशनल यूनिवर्सिटी द्वारा आयोजित S.L.A.T. एक अन्य कानून प्रवेश परीक्षा है, जिसके माध्यम से छात्र सिम्बायोसिस विश्वविद्यालय में बी.ए. एलएल.बी. और बी.बी.ए. एलएल.बी. पाठ्यक्रमों में प्रवेश पा सकते हैं। परीक्षा में तार्किक क्षमता, विश्लेषणात्मक तर्क, कानूनी तर्क, बोधगम्यता और सामान्य ज्ञान से 150 वस्तुनिष्ठ प्रश्न शामिल होते हैं।

कंसोर्टियम ऑफ नेशनल लॉ यूनिवर्सिटी की एक प्रेस कॉन्फ्रेंस में बताए गए आँकड़ों के अनुसार भारत में प्रतिवर्ष 2,000 से ज्यादा छात्र अखिल भारतीय स्तर पर आयोजित C.L.A.T. परीक्षा देते हैं।

परामर्श

विधि स्नातकों को प्राय: विभिन्न प्रशासकीय व श्रम-मामलों से संबंधित पदों पर वरीयता दी जाती है, क्योंकि प्राय: विधि स्नातक नौकरी में आने के बाद प्रशासन में सफल होते हैं। विधि शिक्षित व्यक्ति अपने प्रत्येक निर्णय में विधि के सभी पक्षों को ध्यान में रखते हैं, जिससे प्रशासकीय पदों पर उनकी सफलता का प्रतिशत अधिक होता है। आजकल इस पेशे को नया स्वरूप देने के लिए विभिन्न सरकारी एवं गैर-सरकारी स्तरों पर प्रयत्न किए जा रहे हैं। आशा है कि यह अपना प्राचीन स्वरूप प्राप्त कर वास्तव में श्रेष्ठ पेशा सिद्ध होगा।

***

11

पत्रकारिता–एक करियर

आधुनिक काल सूचना–क्रांति का दौर है। चारों ओर सूचनाएँ तैर रही हैं और लोग अपनी आवश्यकतानुसार सूचना एकत्र कर रहे हैं। बहुत ही कम व्यक्ति ऐसे होंगे जो समाचार–पत्र, पत्रिकाएँ, रेडियो या टेलीविजन से प्रत्यक्ष या अप्रत्यक्ष तौर पर संबंध न रखते हों। समाचार पढ़कर ही लोग अपनी योजना में परिवर्तन करते हैं। ऐसे में पत्रकारों का उत्तरदायित्व है कि जनता को भूकंप, बाढ़, तूफान, सूखा, खराब मौसम तथा राजनीतिक–सामाजिक बदलाव की खबरों से अवगत कराते रहें।

समाचार–पत्र के क्षेत्र में वस्तुपरक होने के लिए पेशेवर पत्रकारों की आवश्यकता होती है, इसलिए ख्यातिप्राप्त समाचार–पत्र उन पत्रकारों को ही प्राथमिकता देते हैं, जो उन्हें समयानुसार व जनता की रुचि के अनुकूल समाचार दे सकें तथा खोजपूर्ण रपटों के जरिए जनता का मार्गदर्शन कर सकें। प्रतिष्ठित पत्र–पत्रिकाओं के पत्रकारों का वेतन भी किसी व्यावसायिक कंपनी या फर्म से कम नहीं है। स्वाभाविक है आकर्षक वेतनमान ने पत्रकारिता के क्षेत्र में भी कड़ी प्रतिस्पर्धा उत्पन्न कर दी है।

प्रतिपल परिवर्तित होनेवाले जीवन और जगत् का दर्शन व चित्रण पत्रकारिता द्वारा ही संभव है। परिस्थितियों के अध्ययन, चिंतन–मनन और आत्माभिव्यक्ति की प्रवृत्ति तथा दूसरों का कल्याण अर्थात् लोकमंगल की भावना ने ही पत्रकारिता

को जन्म दिया। पत्रकारिता को लोकतंत्र का चौथा स्तंभ भी कहा जाता है। सार्थक पत्रकारिता का उद्देश्य है कि वह प्रशासन और समाज के बीच एक महत्त्वपूर्ण कड़ी की भूमिका निभाए। इंटरनेट और सूचना के अधिकार (आर.टी.आई.) ने पत्रकारिता को बहुआयामी बना दिया है। अतः कोई भी जानकारी पलक झपकते ही उपलब्ध हो जाती है। यही कारण है कि आज मीडिया बहुत सशक्त, स्वतंत्र और प्रभावकारी हो गया है। संचार-क्रांति तथा सूचना के अधिकार के अलावा आर्थिक उदारीकरण जैसे विज्ञापनों से होनेवाली कमाई ने पत्रकारिता को काफी हद तक व्यावसायिक बना दिया है। इसी व्यावसायिक दृष्टिकोण का नतीजा है कि उसका ध्यान सामाजिक सरोकारों से भटक गया है। मुद्दों पर आधारित पत्रकारिता के बजाय आज इन्फोटेंमेंट अर्थात् सूचना और मनोरंजन-आधारित मीडिया का चलन अधिक है।

पत्रकारिता में करियर बनाने के लिए 12वीं के बाद आप विभिन्न डिग्री एवं डिप्लोमा कोर्स कर सकते हैं। कई विश्वविद्यालय इन कोर्सेज में एडमिशन के लिए प्रवेश परीक्षा का आयोजन करते हैं जबकि कुछ विश्वविद्यालय मेरिट लिस्ट या डायरेक्ट मोड में भी प्रवेश प्रदान करते हैं। अगर आप स्नातक डिग्री प्राप्त कर चुके हैं तब भी आप स्नातकोत्तर कोर्स एवं डिप्लोमा करके इस क्षेत्र में आगे बढ़ सकते हैं।

पत्रकारिता के क्षेत्र में प्रमुख स्नातक, स्नातकोत्तर एवं डिप्लोमा कोर्सेज की सूची निम्नानुसार है—

- बैचलर इन जर्नलिज्म एंड मास कम्युनिकेशन
- बैचलर इन जर्नलिज्म
- बी.ए. इन मास मीडिया
- बी.ए. इन जर्नलिज्म
- डिप्लोमा इन जर्नलिज्म
- एम.ए. इन मास कम्युनिकेशन एंड जर्नलिज्म
- एम.ए. इन जर्नलिज्म
- पोस्ट ग्रेजुएशन डिप्लोमा इन जर्नलिज्म

पत्रकारिता के अध्ययन के लिए कुछ प्रमुख संस्थान

पत्रकारिका के अध्ययन के लिए इंडियन इंस्टीट्यूट ऑफ मास कम्युनिकेशन सबसे बेहतर विकल्प है, जो जर्नलिज्म और मास कम्युनिकेशन में पीजी डिप्लोमा की डिग्री प्रदान करता है।

जामिया मिलिया इस्लामिया से ग्रेजुएशन और मास्टर्स दोनों कर सकते हैं, जामिया के A.J.K. मास कम्युनिकेशन सेंटर से मास कम्युनिकेशन में मास्टर्स का बेहतरीन विकल्प उपलब्ध है।

मास कम्युनिकेशन की पढ़ाई के लिए सिम्बायोसिस इंस्टीट्यूट ऑफ मीडिया एंड कम्युनिकेशन भी अच्छा विकल्प है। सी.एन.एन., आई.बी.एन. और जी नेटवर्क में मास कम्युनिकेशन के लिए प्लेसमेंट दिलाने के मामले में यह कॉलेज काफी अच्छा है।

इसके अलावा लेडी श्रीराम कॉलेज फॉर वीमेन, क्राइस्ट कॉलेज, माखनलाल चतुर्वेदी विश्वविद्यालय (बेंगलुरु), कॉलेज ऑफ आर्ट्स एंड कॉमर्स, कमला नेहरू कॉलेज (नई दिल्ली), मणिपाल इंस्टीट्यूट ऑफ कम्युनिकेशन और मद्रास क्रिश्चियन कॉलेज हैं, जिनसे पत्रकारिता के क्षेत्र में अध्ययन किया जा सकता है।

पत्रकारिता के क्षेत्र में उपाधियाँ

(क) डिग्री

(ख) डिप्लोमा

(ग) स्नातकोत्तर डिग्री

सामान्यतः विश्वविद्यालयों में डिग्री या डिप्लोमा का कोर्स एक वर्ष का होता है। कुछ विश्वविद्यालयों में पत्रकारिता में स्नातक डिग्री के साथ ही तीन वर्ष तक इसे विषय के रूप में भी पढ़ाया जाता है। डिग्री या डिप्लोमा के बाद स्नातकोत्तर (मास्टर्स) दो वर्ष का होता है।

कुछ ख्यातिप्राप्त समाचार-पत्र एवं पत्र-समूह जैसे टाइम्स ऑफ इंडिया, हिंदुस्तान टाइम्स और इंडियन एक्सप्रेस भी पत्रकारिता का प्रशिक्षण देते हैं।

चूँकि पत्रकारिता का क्षेत्र अत्यन्त वृहद है, अतः इसमें पूरा जीवन भी लगा दें तो कम है। पत्रकारिता के क्षेत्र में विशेषज्ञता के लिए कई क्षेत्र होते हैं,

विभिन्न पत्र-पत्रिकाएँ व्यापार, विदेशी-रपट, खेल-जगत्, चित्रपट, पर्यावरण, अपराध, कानून, महिला या परिवार से जुड़े संस्करण या पृष्ठ भी निकालती हैं, अतः इन क्षेत्रों में भी अनुसंधान कर लेख लिखे जा सकते हैं।

सरकारी क्षेत्र में अवसर

पत्रकारिता क्षेत्र में डिप्लोमा या डिग्री प्राप्त अभ्यर्थियों को केंद्र व राज्य सरकारों की विभिन्न समितियों या विभागों में सूचना अधिकारी के पद पर नौकरी मिल सकती है। कुछ परिस्थितियों में सूचना अधिकारी मंत्रियों के व्यक्तिगत सचिवों या विभागीय सचिवों से भी अधिक क्षमता संपन्न हो जाते हैं। चूँकि आजकल जन-जागृति और सोशल मीडिया का युग है। यही कारण है कि सभी को समान रूप से जनता के सामने आने का अवसर प्राप्त होता है, जिससे बड़े मीडिया संस्थानों का एकाधिकार शनैः शनैः कम होता जा रहा है। राजनीतिक दल भी अपने सोशल मीडिया या सूचना प्रौद्योगिकी प्रभाग के द्वारा जनता से सीधे जुड़ने का प्रयास कर रहे हैं। इन दिनों सरकारी क्षेत्र में भी धारणा बन गई है कि बिना जन-सहयोग के सरकार की कोई भी योजना ठीक से लागू नहीं की जा सकती है, इसलिए विभागों व उप-विभागों में सूचना अधिकारी नियुक्त किए जा रहे हैं। हालाँकि, वरीयता पत्रकारिता में डिप्लोमा या डिग्री वाले को ही दी जाती है। भारत सरकार के सूचना व संचार मंत्रालय के अंतर्गत विभिन्न निदेशालय आते हैं, जिनका काम जनसंपर्क, जन-जागृति व सरकारी नीतियों का जनता में प्रचार-प्रसार करना है। उनमें भी पत्रकारिता विषय के अभ्यर्थियों को वरीयता दी जाती है। आकाशवाणी व दूरदर्शन में भी इस दिशा में संभावनाओं के व्यापक क्षेत्र हैं। ये भी अपने सोशल मीडिया प्रभागों पर ध्यान केंद्रित कर रहे हैं। पर्यटन विभाग में भी सूचना अधिकारियों की बड़ी माँग है। ऐसी प्रबल संभावना है कि कुछ वर्षों में पर्यटन भारत का एक प्रमुख उद्योग होगा। इस क्षेत्र में असीमित अवसर खुल रहे हैं। कॉरपोरेट व सरकारी उपक्रम भी जनसंपर्क अधिकारी के रूप में विशेषतः समाचार एजेंसियों से जुड़े लोगों की नियुक्ति करना चाहते हैं। निश्चित तौर पर मीडिया के क्षेत्र में, आर्थिक एवं गुणवत्ता की दृष्टि से देश में जो उन्नति हो रही है, वह किसी अन्य क्षेत्र में नहीं दिखाई देती है।

स्वतंत्र पत्रकारिता

आजकल सभी क्षेत्रों में प्रतियोगिता है, अतः प्रतियोगिता में बने रहने के लिए आवश्यक है कि व्यक्ति दिन-प्रतिदिन अपनी योग्यता को निखारता रहे, वरना पीछेवाला आगे निकल जाएगा। इसी कारण, आज पत्रकारिता के क्षेत्र में भी 'स्वतंत्र पत्रकारिता' बहुत लोकप्रिय हो रही है, यानी पत्रकार अपने खर्चे पर कोई कहानी, रपट या लेख लिखेगा, कोई चित्र लेगा या किसी दुर्गम स्थान पर जाएगा, फिर अपनी उस कहानी, रपट या लेख को किसी मीडिया संस्थान को देकर अपने श्रम व साहस की कीमत वसूलेगा। अतः इस क्षेत्र में स्वतंत्र रूप से काम करनेवालों की काफी माँग है। इसे सरकारी शर्तों व बाध्यताओं से अभी तक अच्छी तरह से बाँधा नहीं जा सका है। संविधान के अनुच्छेद 19(1) में जो प्रावधान हैं, वह भारत में प्रेस की स्वाधीनता का मैग्नाकार्टा है, इसलिए पत्र व पत्रकार लोकतंत्र में स्वतंत्रता का उपयोग करते ही रहेंगे।

इस क्षेत्र में सफलता के लिए आवश्यक है कि व्यक्ति में समाचार को हृदयंगम करने की मेधा हो। वह कठिन व व्यस्त जीवन का साहसपूर्वक सामना कर सके। समाज के विभिन्न वर्गों के कल्याण के प्रति उसके मन में आंतरिक लगाव हो एवं भाषा पर बुनियादी अधिकार भी आवश्यक है।

❋❋❋

12

हिंदी और जीविका

भारत के संविधान के भाग 17 में राजभाषा के संबंध में विभिन्न प्रावधान हैं। अनुच्छेद 343 (1) में हिंदी (देवनागरी) को संघ की राजभाषा घोषित किया गया है। हालाँकि, हिंदी भारत की राष्ट्रभाषा नहीं बन पाई है। राष्ट्रभाषा किसी भी देश की राष्ट्रीयता की पहचान होती है। अतः संविधान के इस भाग में विभिन्न प्रावधानों द्वारा इस दिशा में कोशिश करने का आग्रह है ताकि भारत की बहुसंख्यक जनता द्वारा बोली एवं समझी जानेवाली भाषा हिंदी अपना न्यायोचित स्थान पा सके। हिंदी को राष्ट्रभाषा बनाने के पूर्व उसे संपर्क या राजभाषा के रूप में समृद्ध करने के उद्देश्य से ही संविधान सभा द्वारा उसे राजभाषा घोषित किया गया था। राष्ट्रभाषा के बिना देश गूँगा माना जाता है। अतः स्वतंत्रता प्राप्ति एवं हिंदी को राजभाषा बनाए जाने के बाद से ही सारे देश में हिंदी के प्रचार-प्रसार की विशेष व्यवस्था की गई। इस व्यवस्था के कुछ अंग इस प्रकार हैं–

(i) केंद्र सरकार से हिंदी भाषी क्षेत्रों (क क्षेत्रों) अर्थात् उत्तर प्रदेश, मध्य प्रदेश, बिहार, राजस्थान, हरियाणा, हिमाचल प्रदेश, दिल्ली तथा अंडमान-निकोबार द्वीपसमूह का पत्राचार हिंदी भाषा में होगा। (ख क्षेत्रों) जैसे महाराष्ट्र, पंजाब, गुजरात एवं चंडीगढ़ के साथ भी पत्राचार की भाषा हिंदी होगी।

(ii) केंद्रीय मंत्रालयों या विभागों के बीच पत्राचार हिंदी या अंग्रेजी में हो सकता है।

(iii) हिंदी में प्राप्त पत्र का उत्तर हिंदी में ही दिया जाए।

(iv) केंद्र सरकार का कोई भी कर्मचारी फाइल में नोट या टिप्पणी अंग्रेजी या हिंदी में कर सकता है।

(v) केंद्र सरकार के सभी पत्र एवं बोर्ड इत्यादि हिंदी और अंग्रेजी में प्रकाशित होंगे।

चूँकि, अंग्रेजी में सरकारी काम करनेवाली मशीनरी के लिए यह अत्यंत कष्टकारक एवं श्रमसाध्य कार्य था, अतः अंग्रेजी से हिंदी में अनुवाद का बड़ा काम सामने आया एवं इस कार्य में हिंदी-शिक्षित लोगों के लिए अनगिनत रोजगार के अवसर खुले, जो आज भी बरकरार हैं।

हिंदी भाषा के प्रचार-प्रसार के लिए सरकार द्वारा किए गए उपाय इस प्रकार हैं–

(i) विभिन्न कार्यालयों में हिंदी अनुवाद एवं हिंदी में कार्य करने के लिए विभिन्न अधिकारियों, अनुवादकों एवं कर्मचारियों की नियुक्ति की गई।

(ii) शिक्षकों एवं पाठ्य-पुस्तकों के उत्पादन के लिए विभिन्न प्रशिक्षण कार्यक्रम आयोजित किए गए।

(iii) हिंदी-अंग्रेजी एवं विभिन्न भारतीय भाषाओं में शब्दकोश तैयार करना तथा सभी भारतीय भाषाओं में प्रायः संस्कृत से लेकर अन्य भाषाओं में एक समानता उत्पन्न करना, विशेषतः पारिभाषिक तकनीकी शब्दकोशों में।

प्रायः संपूर्ण राष्ट्र में माध्यमिक से लेकर विश्वविद्यालय स्तर तक हिंदी पढ़ाई जाती है। यहाँ तक कि दक्षिण भारत के प्रायः सभी विद्यालयों एवं महाविद्यालयों में भी हिंदी पठन-पाठन की व्यवस्था है। विभिन्न हिंदी प्रचार सभाएँ हिंदी भाषा के प्रसार की व्यवस्था करती हैं। उदाहरणार्थ, दक्षिण भारत की 'हिंदी प्रचार सभा' इंटरमीडिएट स्तर की विशारद परीक्षा एवं बी.ए. स्तर की प्रवीण परीक्षा का आयोजन करती है।

सेवारत हिंदी प्रशिक्षण

गृह मंत्रालय के अंतर्गत राजभाषा विभाग हिंदी टाइपिंग, स्टेनोग्राफी एवं सरकारी अधिकारियों तथा कर्मचारियों के प्रशिक्षण के लिए नई दिल्ली, मुंबई, जबलपुर, कोलकाता और चेन्नई में पाँच क्षेत्रीय कार्यालयों का संचालन करता है। इन कार्यालयों के अंतर्गत हिंदी एवं टंकण सीखने के लिए कई केंद्र चलाए जाते हैं, जिसमें हिंदी प्रशिक्षक रखे जाते हैं।

हिंदी प्रशिक्षकों का चुनाव ऑनलाइन जारी रिक्तियों के माध्यम से विभिन्न कर्मचारी चयन आयोग करते हैं। इस पद के लिए आवश्यक योग्यता इस प्रकार है–

- हिंदी में एम.ए. तथा डिग्री स्तर पर अंग्रेजी आवश्यक।
- हिंदी के अतिरिक्त एक आधुनिक भारतीय भाषा का ज्ञान तथा अनुवाद का अनुभव।
- उम्र–21 से 30 वर्ष तक।

इन पदों पर क्रमशः सहायक निदेशक एवं उप-निदेशक पदों पर भी प्रोन्नति के अवसर हैं।

वरिष्ठ अनुवादक के 75 प्रतिशत पद कनिष्ठ अनुवादकों की पदोन्नति से भरे जाते हैं। इसी प्रकार पचास प्रतिशत सहायक निदेशक के पद योग्य वरिष्ठ अनुवादकों के बीच में से चयन कर भरे जाते हैं।

इसके अतिरिक्त, केंद्रीय अनुवाद ब्यूरो में विभिन्न कोड, मैन्यूल्स के अनुवाद के लिए विभिन्न पदों पर नियुक्तियाँ होती हैं। केंद्रीय सरकारी उपक्रमों में उपर्युक्त ढाँचे पर आधारित हिंदी के प्रचार-प्रसार के लिए पद होते हैं। बैंकों में भी इस प्रकार के पद हैं जिन पर कई कर्मचारी एवं अधिकारी नियुक्त किए जाते हैं।

विभिन्न सरकारी, गैर-सरकारी एवं निजी विद्यालयों विशेषतः केंद्रीय विद्यालयों में हिंदी के अध्यापक अनिवार्य रूप से रखे जाते हैं। कुछ निजी

कार्यालय भी इस प्रकार के अनुवादकों को नियोजित करते हैं। जो पद अध्यापन से संबंधित होते हैं, उन पदों पर आवेदन के लिए अभ्यर्थी का बी.एड. होना आवश्यक होता है।

अन्य क्षेत्रों में अवसर

हिंदी के प्रसार को देखते हुए कई क्षेत्रों में हिंदी भाषा के अभ्यर्थियों के लिए उत्तम अवसर उपलब्ध हो रहे हैं–

1. **आकाशवाणी एवं दूरदर्शन**-आकाशवाणी एवं दूरदर्शन को समय-समय पर हिंदी उद्घोषकों की आवश्यकता होती है तथा विभिन्न पदों पर अनुवादक एवं संपादक भी नियुक्त किए जाते हैं।

आकाशवाणी एवं दूरदर्शन द्वारा प्रमुख पदों पर निकाली गई रिक्तियों के लिए आयु सीमा इस प्रकार है–

पद	उम्र
कनिष्ठ उद्घोषक	19–35 वर्ष
कनिष्ठ संपादक	19–30 वर्ष
मॉनीटर	20–35 वर्ष
सहायक संपादक	21–35 वर्ष
सहायक संपादक (अनुवाद)	21–40 वर्ष
अनुवादक एवं उद्घोषक	20–35 वर्ष

उपर्युक्त सभी पदों की सेवा-शर्तें केंद्र सरकार के अन्य कर्मचारियों की भाँति ही होती हैं।

2. विभिन्न कंपनियों एवं प्रतिष्ठानों में जनसंपर्क अधिकारी।
3. विभिन्न विज्ञान एवं तकनीकी विषयों की पुस्तकों आदि पर अनुवाद कार्य–विभिन्न सरकारी विभागों द्वारा।
4. पर्यटन के क्षेत्र में पथ-प्रदर्शक इत्यादि।

5. विभिन्न पत्र-पत्रिकाओं के कार्यालयों में अनुवादक के पदों पर नियुक्ति। उदाहरणार्थ, भारत की प्रसिद्ध पत्रिका 'इंडिया टुडे' का अनुवाद करके भी प्रकाशन किया जा रहा है।
6. विधि के क्षेत्र में विशेषत: हिंदी भाषा-भाषी क्षेत्र में विभिन्न वकीलों के साथ एवं अदालत संबंधी कार्यों में भी इनकी माँग होती है।
7. विभिन्न भारतीय विदेशी मिशनों एवं दूतावासों में।
8. विभिन्न कर्मचारियों के लिए हिंदी प्रशिक्षण कार्यक्रमों अथवा निजी प्रशिक्षण कार्यक्रमों में, जैसे दक्षिण भारत में हिंदी अनुवादकों की आवश्यकता होती है।

अनुवाद के क्षेत्र में शिक्षा

अनुवाद के क्षेत्र में विभिन्न डिप्लोमा या स्नातकोत्तर डिप्लोमा प्राप्त करने के लिए निम्न संस्थानों में व्यवस्था या अवसर विद्यमान हैं-

1. महर्षि दयानंद विश्वविद्यालय, रोहतक
2. पंजाब विश्वविद्यालय, चंडीगढ़
3. दिल्ली विश्वविद्यालय (हिंदी विभाग)
4. कोचीन विश्वविद्यालय, कोचीन
5. भारतीय विद्या भवन, दिल्ली
6. केंद्रीय हिंदी संस्थान, श्री अरविंद मार्ग, नई दिल्ली
7. केरल हिंदी प्रचार सभा, त्रिवेंद्रम
8. पुणे विश्वविद्यालय, पुणे
9. दक्षिण भारत हिंदी प्रचार सभा, चेन्नई
10. पुणे विद्यापीठ, पुणे

11. आगरा विश्वविद्यालय, आगरा

12. कर्नाटक विश्वविद्यालय, धारवाड़

इनके अतिरिक्त बहुत से अन्य संस्थान भी अनुवाद में डिप्लोमा कार्यक्रम का संचालन करते हैं।

स्पष्ट है कि हिंदी को वास्तविक रूप से राष्ट्रभाषा के आसन पर प्रतिष्ठित करने के लिए सरकार द्वारा हजारों हिंदी सेवकों की व्यवस्था की गई है, परंतु उन्हें यह कार्य पूर्ण लगन एवं सेवा भावना से करना चाहिए। भाषा या साहित्य का प्रचार-प्रसार मात्र सरकारी कार्यालयों के प्रयास, जो प्रायः इस ओर उदासीन भाव ही रखते हैं, नहीं हो सकता। उसके लिए मानव संवेदना एवं सहयोग की भावना अपेक्षित है। अकसर देखा जाता है कि कर्मचारी वर्ग हिंदी के साथ न्याय नहीं करता। वे अनुवाद के कार्य में देरी करते हैं, इस कारण विभागाध्यक्ष सरकारी कागजों को अंग्रेजी में ही आगे बढ़ा देता है, क्योंकि कार्यालय के लिए समयानुसार कार्य होना आवश्यक होता है। यह एक कारण है कि इन पदों की संख्या में कमी आई है। हालाँकि, कुछ स्वैच्छिक संस्थानों जैसे हिंदी प्रचार सभा चेन्नई तथा केरल हिंदी प्रचार सभा ने इस क्षेत्र में उत्तम कार्य किया है। आज भारत के लगभग 70 प्रतिशत लोग हिंदी पढ़, लिख और समझ सकते हैं। संभव है कि कुछ लोग हिंदी लिखना और पढ़ना न जानते हो लेकिन समझ अवश्य लेते हैं, अतः हिंदी के प्रचार-प्रसार पर जोर दिया जाना चाहिए ताकि यह संपूर्ण राष्ट्र की भाषा बन सके, राष्ट्रभाषा बन सके। जहाँ तक हिंदी भाषा के प्रचार-प्रसार की बात है तो दक्षिण भारत के केरल अथवा तमिलनाडु में यह उतनी तेजी से नहीं हो रहा जितना कि अन्य राज्यों में, जिसके कई राजनीतिक कारण हैं।

***

13

वन्य-क्षेत्र में नौकरी के अवसर

आजकल पर्यावरण संरक्षण एक गंभीर विषय बन गया है और वन हमारे पर्यावरण को स्वच्छ रखने में महत्त्वपूर्ण भूमिका निभाते हैं, अतः मानव-जाति को अपना जीवन सुचारू रूप से चलाने के लिए वनों के संरक्षण पर ध्यान देना चाहिए। कुल भौगोलिक क्षेत्र के एक तिहाई क्षेत्र में वनों को संरक्षित रखना आवश्यक है। 2021 की वन रिपोर्ट के अनुसार हमारे देश में वन प्रतिशत घटकर 24.62% प्रतिशत रह गया है। देश में वन का प्रतिशत पर्याप्त ढंग से बढ़ाने के लिए–

(i) वनों की रक्षा अर्थात् वन संरक्षण, और

(ii) वन-वृद्धि अर्थात् वनारोपण अत्यंत आवश्यक है।

इसके साथ-साथ वन्य जीव-जंतुओं का संरक्षण भी वन-विभाग का दायित्व है, जो पर्यावरण संरक्षण के लिए आवश्यक है।

दोनों कार्यों में काफी जन-बल की आवश्यकता होती है। यही कारण है कि आजकल वन-विभाग में स्थायी एवं अस्थायी नौकरी एवं काम के सुनहरे अवसर उपलब्ध हैं। लेकिन, इन सभी नौकरियों में मेज-कुरसी पर बैठकर काम करने के बजाय आपको बाहर रहकर काम करना होता है। अतः जो व्यक्ति प्रकृति से प्रेम करता है, जो बाहर भाग-दौड़ कर सकता है तथा जिसे वन्य जीव-जंतुओं से भय नहीं लगता, उसे ही वन विभाग में नौकरी के लिए प्रयत्न करना चाहिए।

पात्रता मानदंड : वन विभाग में नौकरी के लिए आपको किसी भी एक विषय में स्नातक होना चाहिए। वन, कृषि या फिर पर्यावरणीय विज्ञान में भी स्नातक कर सकते हैं।

चूँकि परीक्षा में सभी प्रश्न वन से संबंधित होते हैं तो अगर आप पहले से ही वन से संबंधित पढ़ाई करेंगे तो आपको परीक्षा की तैयारी अलग से नहीं करनी पड़ेगी।

परीक्षा में वस्तुनिष्ठ प्रकार के प्रश्न पूछे जाते हैं। हर प्रश्न 1 अंक का होता है। गलत उत्तर देने पर प्रश्न का एक तिहाई अंक काट लिया जाता है। परीक्षा की अवधि 90 मिनट है तथा परीक्षा हिंदी व अंग्रेजी दोनों भाषाओं में होती है।

यदि अभ्यर्थी पुरुष है तो उसकी ऊँचाई कम-से-कम 163 सेमी. होना जरूरी है। इसके अतिरिक्त, छाती बिना फुलाए 84 सेंटीमीटर है और फुलाकर 89 सेंटीमीटर होनी चाहिए। 4 घंटे के अंदर 25 किलोमीटर दौड़ना या फिर तेज चलना होता है तभी आप शारीरिक परीक्षा उत्तीर्ण कर पाते हैं। लेकिन यदि आप महिला हैं तो आपकी ऊँचाई 150 सेंटीमीटर होनी चाहिए और 4 घंटे में 16 किलोमीटर दौड़ना या फिर तेज चलना होता है।

वन-विभाग के अंतर्गत उपलब्ध नौकरी के अवसर

भारतीय वन अधिकारी : यह इस विभाग के सर्वोत्तम पद पर नौकरी के लिए दी जानेवाली परीक्षा है जो कि प्रतिवर्ष संघ लोक सेवा आयोग द्वारा आयोजित की जाती है। यह परीक्षा प्रायः सिविल सेवा परीक्षा अर्थात् आई.ए.एस. की परीक्षा की भाँति ही कठिन है। इस नौकरी में वेतनमान भी आई.ए.एस. के समकक्ष है।

परीक्षा के लिए योग्यता : स्नातक स्तर पर वनस्पति विज्ञान, रसायनशास्त्र, भूगर्भ-विज्ञान, गणित, भौतिकी या जीवविज्ञान का एक विषय होना अनिवार्य है। कृषि या इंजीनियरिंग में भी स्नातक डिग्री मान्य है। आई.ए.एस. की भाँति भारतीय वन सेवा (IFoS) अखिल भारतीय सेवा है।

उम्र सीमा : 21–26 वर्ष। अधिकतम आयु सीमा में अन्य पिछड़ा वर्ग के अभ्यर्थियों को तीन वर्ष, अनुसूचित जाति/अनुसूचित जनजाति के अभ्यर्थियों को पाँच वर्ष तथा दिव्यांग अभ्यर्थियों को दस वर्ष की छूट दी गई है।

इस सेवा के लिए चुने हुए अभ्यर्थियों को लाल बहादुर शास्त्री राष्ट्रीय प्रशासनिक अकादमी एवं इंदिरा गांधी वन अकादमी, देहरादून में प्रशिक्षण दिया जाता है। भारतीय वन सेवा के चुने हुए सदस्य आगे चलकर वन-संरक्षक, मुख्य वन-संरक्षक एवं प्रमुख वन संरक्षक अरण्यपाल पदों को सुशोभित करते हैं। यह इस विभाग के सर्वोच्च जिम्मेदारी के पद हैं। सचिवालय में इनसे ऊपर सचिव या प्रमुख सचिव का पद होता है।

सहायक वन संरक्षक : यह मंडलीय वन अधिकारी की जंगल की निगरानी, लकड़ी की बिक्री एवं वनारोपण में मदद करता है तथा नीचेवाले कर्मियों का पथ-प्रदर्शन करता है। यह पद राज्य सरकार के अंतर्गत आता है। आवेदन करने के लिए अभ्यर्थी को विज्ञान, कृषि या इंजीनियरिंग में स्नातक होना चाहिए।

आयु सीमा 21–30 वर्ष है, आरक्षित श्रेणी के अभ्यर्थियों के लिए आयु सीमा में छूट है।

यह पद राज्य में सिविल सेवा की भाँति होता है। परीक्षा में सफल अभ्यर्थियों को देहरादून, कोयंबटूर तथा बर्नीहाट में प्रशिक्षण हेतु भेजा जाता है।

वन-पालक (फॉरेस्ट रेंजर) : यह एक रेंज का प्रभारी होता है तथा इसका काम है—राजस्व अदायगी, लकड़ी की बिक्री करना एवं वन-रक्षकों आदि के काम की निगरानी करना। आवेदन के लिए अभ्यर्थी को विज्ञान, अर्थशास्त्र, इंजीनियरिंग में स्नातक होना चाहिए।

आयु सीमा 21–26 वर्ष है, कुछ विशेष श्रेणियों को छूट भी दी गई है।

इस परीक्षा में सफल अभ्यर्थियों को बहाघाट, चंद्रपुर, कोयंबटूर तथा कर्सियोंग रेंजर कॉलेज में प्रशिक्षण हेतु भेजा जाता है।

फारेस्टर : एक रेंज में चार-पाँच फारेस्टर होते हैं। इनका काम जंगलों की रक्षा करना होता है। आवेदन करने के लिए अभ्यर्थी का 10+2 परीक्षा विशेषत: विज्ञान विषयों के साथ उत्तीर्ण करना आवश्यक है।

आयु सीमा 18-30 वर्ष है। विशिष्ट श्रेणियों, जाति एवं उपजातियों के लिए छूट दी गई है।

वन-रक्षक (गार्ड) : एक वन रक्षक में चार से छह बीट होती हैं। यह विभाग का सबसे नीचे का अधिकारी होता है। यह जंगल की रक्षा एवं उसकी वृद्धि में सहयोग करता है। यह जंगल में पहरेदारी का काम भी करता है।

इस पद पर आवेदन के लिए अभ्यर्थी उच्च माध्यमिक अर्थात् 12वीं उत्तीर्ण होना अनिवार्य है।

भारतीय वन-सेवा के अंतर्गत प्रत्येक सेवा की शर्तें राज्य के अनुसार बदलती रहती हैं, हालाँकि, सभी का आधार उपर्युक्त जैसा ही है।

इसके अतिरिक्त वन विभाग में अग्नि-निरीक्षक, संग्राहक, वुड-कटर, ग्रास-कटर आदि कर्मचारियों के पद भी होते हैं, जो जंगलों में विभिन्न प्रकार की मजदूरी का काम करते हैं। केंद्रीय वन एवं पर्यावरण मंत्रालय के अंतर्गत अनेक पद वैज्ञानिकों के हैं, जिनका चुनाव संघ लोक सेवा आयोग के माध्यम से होता है। राज्य सरकारों ने भी वन विभाग में इस प्रकार के कई पद सृजित किए हैं, क्योंकि आजकल वन एवं पर्यावरण के संरक्षण पर जोर दिया जा रहा है।

शिक्षण संस्थान

प्रत्येक राज्य के विभिन्न विश्वविद्यालयों में विज्ञान, वनस्पति विज्ञान आदि विषयों के पढ़ाने की व्यवस्था है। इसके अतिरिक्त प्राय: प्रत्येक राज्य में कृषि विश्वविद्यालय तथा कृषि शिक्षण संस्थाएँ हैं, जो तीन-चार वर्ष के पाठ्यक्रम के साथ कृषि एवं वन विद्या में डिग्री देती हैं। इनमें से कुछ प्रसिद्ध नाम— बिरसा विश्वविद्यालय (राँची), कृषि महाविद्यालय, पंतनगर, हिसार, लुधियाना, अकोला, कोयंबटूर, धारवाड़, हेब्बल, त्रिचूर एवं श्रीनगर हैं। भोपाल में एक भारतीय वन प्रबंधन संस्थान है, जिसकी स्थापना पर्यावरण, वन एवं वन्य जीव मंत्रालय, भारत सरकार द्वारा सन् 1982 में की गई थी। इस संस्थान द्वारा सन् 1988 में वन प्रबंधन में दो वर्ष का स्नातकोत्तर डिप्लोमा प्रारंभ किया था। इसमें प्रवेश के लिए अखिल भारतीय स्तर पर एक प्रतियोगी परीक्षा का आयोजन होता है, जो वस्तुनिष्ठ प्रकार की होती है। इसके पश्चात् लिखित

परीक्षा में सफल अभ्यर्थियों को साक्षात्कार के लिए बुलाया जाता है, जोकि बेंगलुरु, भोपाल, मुंबई, कोलकाता, दिल्ली, गुवाहाटी, हैदराबाद, लखनऊ, चेन्नई, पटना आदि स्थानों पर आयोजित होता है।

चयनित अभ्यर्थियों को सीधे मंत्रालय या राज्यों के विभिन्न निगमों एवं विभागों में काम करने का अवसर प्राप्त होता है। विभिन्न वित्तीय संस्थाएँ, वनीय उद्योग, ग्रामीण विकास विभाग, राष्ट्रीय परती भूमि विकास बोर्ड एवं निजी संस्थाओं में भी नौकरी के अवसर हैं।

भविष्य

आजकल सामाजिक वानिकी क्षेत्र में बढ़ते निवेश और कई निजी कंपनियों के भी इस क्षेत्र में प्रवेश से संभावनाएँ बढ़ी हैं। राष्ट्रीय कृषि एवं ग्रामीण विकास बैंक (नाबार्ड) भी बड़े पैमाने पर स्वयंसेवी संस्थाओं को सहायता प्रदान कर रहा है। पूर्व में केवल वन की रक्षा करना ही मुख्य कार्य माना जाता था, किंतु जंगलों की कटाई को देखकर यह तय हो गया है कि यदि कटाई के साथ-साथ उससे दो गुना वन नहीं लगाए गए तो देश में पर्यावरण की रक्षा करना असंभव होगा और हमारा जीवन दूभर हो जाएगा। अतः केंद्र एवं राज्य सरकारें इस विषय को लेकर काफी सचेत हैं। अंतरराष्ट्रीय संस्थाएँ भी भारत के इस क्षेत्र में निवेश के लिए अग्रसर हैं। अतः इस क्षेत्र में दिन-प्रतिदिन प्रशिक्षित सेवाकर्मियों की आवश्यकता होगी।

इस तरह, भारतीय वन क्षेत्र में नौकरियों का भविष्य बहुत उज्ज्वल है एवं यह एक निरंतर बढ़ता हुआ विभाग है। इसलिए, इस क्षेत्र के स्नातकों के लिए उत्तम अवसर प्रतीक्षा कर रहे हैं। परंतु, इस क्षेत्र में प्रवेश की अनिवार्य शर्त यह है कि आप प्रकृति प्रेमी हों, शहरी चमक-दमक के आदी लोग इस क्षेत्र में अपना भविष्य नहीं तलाश सकते। यदि भारत को अपनी प्राचीन अरण्य-संस्कृति को पुनर्जीवित करना है तो इस क्षेत्र में ईमानदारी एवं कुशलता से काम करनेवालों की अपरिहार्य आवश्यकता है।

***

14

रोजगार के अवसर देता कंप्यूटर

बीसवीं सदी गुजरने के साथ विज्ञान व तकनीकी ने कंप्यूटर के रूप में मानव जाति को अपना सबसे बड़ा उपहार दिया। आज वैज्ञानिक कंप्यूटर को मौखिक आदेश देकर उससे काम करा रहे हैं। जीवन के प्रत्येक क्षेत्र में कंप्यूटर ने अपने अस्तित्व का डंका बजा दिया है। चाहे वह पुस्तकालय हो, युद्ध का मैदान, यातायात अन्वेषण, कार्यालय, अनुसंधान क्षेत्र या फिर वित्तीय लेखा-जोखा, यहाँ तक कि जन्मपत्रियाँ व विवाह संबंध भी कंप्यूटर के माध्यम से तय होने लगे हैं। यही कारण है कि घरों या छोटी-छोटी दुकानों में भी कंप्यूटर/लैपटॉप मौजूद हैं। सभी व्यापारिक प्रतिष्ठानों एवं संगठनों के प्रबंधक के लिए महत्त्वपूर्ण व गुप्त सूचनाएँ अपने पास रखना जरूरी हो गया है, जो मोबाइल/लैपटॉप/कंप्यूटर से ही संभव है ताकि समय पर उन्हें वे सूचनाएँ आसानी से प्राप्त हो सकें और उनके लिए वे अधीनस्थ कर्मचारियों पर निर्भर न रहें। दरअसल, विकासशील देशों में कंप्यूटर की जरूरत कर्मचारियों के ढीले-सुस्त रवैये के कारण उत्पन्न हुई और धीरे-धीरे यह आवश्यकता में बदलती गई। चूँकि कंप्यूटर तकनीकी के क्षेत्र में भारत विश्व में अग्रणी देश है, इसलिए इसमें नौकरी के बहुतेरे अवसर मौजूद हैं। वैसे भी नौकरियों का स्वर्णिम सिद्धांत है कि नए क्षेत्र में जो भी प्रवेश करेगा, वह जल्दी शिखर पर पहुँचेगा, क्योंकि उसे तरक्की के लिए व्यापक अवसर मिलेगा। इस क्षेत्र में भारत की विश्व में अग्रणी आई.टी. कंपनियाँ प्रति वर्ष नौकरियों के लाखों बेहतरीन अवसर दे रही हैं। बी.टेक. या बी.ई. इस

क्षेत्र में प्राप्त की जानेवाली प्राथमिक डिग्री है। इस उद्योग में हर वर्ष काफी वृद्धि हो रही है। आई.टी. एवं दूरसंचार विभाग के अंतर्गत भारत की निजी आई.टी. कंपनियाँ प्रति वर्ष लाखों करोड़ों की विदेशी मुद्रा अर्जित कर रही हैं तथा उनके द्वारा अर्जित विदेशी मुद्रा का प्रभाव भारत में बढ़ती समृद्धि के रूप में दिखाई दे रहा है। कुछ अग्रणी आई.टी. कंपनियाँ टी.सी.एस., इन्फोसिस, एच.सी.एल., विप्रो, महिंद्रा टेक आदि हैं। भारत में तकनीकी रूप से सजग छात्रों व अभ्यर्थियों के लिए यह एक बेहतरीन क्षेत्र है, जो उन्हें खुला निमंत्रण दे रहा है। कंप्यूटर के क्षेत्र में भारत का देशी बाजार भी विश्व में अग्रणी है तथा यहाँ पर प्रति व्यक्ति इंटरनेट का उपयोग अमेरिका और चीन के समकक्ष है।

रोजगार के अवसर

कंप्यूटर में दो प्रकार के क्षेत्रों में रोजगार के अवसर उपलब्ध हैं– 1. हार्डवेयर, 2. सॉफ्टवेयर।

हार्डवेयर : इस क्षेत्र में कंप्यूटर/लैपटॉप का निर्माण होता है। इस क्षेत्र के लिए भारत में तकनीकी रूप से दक्ष व्यक्ति कम वेतन पर मिल जाते हैं। वैसे भी 'निर्माण क्षेत्र' का सिद्धांत है कि जो विकसित देश तकनीकी खोजते हैं वे ही कुछ साल के बाद उस तकनीकी पर आधारित उत्पाद का आयात करते हैं; क्योंकि उनके देश की अपेक्षा विकासशील देशों में निर्माण खर्च कम पड़ता है। यानी तकनीकी के निर्यातक देश उसी उत्पाद का पहले निर्यात करते हैं, फिर आयात। कंप्यूटर के विषय में तो यह बात अक्षरश: सत्य सिद्ध हुई है। कंप्यूटर के निर्माण के लिए विभिन्न प्रकार के इंजीनियरों खासकर सामग्री इंजीनियरों व गणितज्ञों की आवश्यकता होती है। इन्हें 'सिस्टम इंजीनियर' कहते हैं, जो कंप्यूटर की मरम्मत आदि का काम करते हैं।

सॉफ्टवेयर : यह क्षेत्र प्रोग्रामिंग का है। इसके अंतर्गत विभिन्न प्रकार के डाटा प्रोसेसिंग के काम आते हैं। एक कार्यक्रमकर्ता विभिन्न प्रकार के आदेशों को कंप्यूटर के पर्दे पर लिखता है फिर उससे आवश्यक परिणाम निकालता है। इस तरह, विभिन्न प्रकार की गणना व समस्याओं का समाधान हो जाता है।

कंप्यूटर के क्षेत्र में उपलब्ध नौकरियाँ

कार्यक्रम संचालक (Programmer)

संचालक का काम है कि वह सूचना को कंप्यूटर में फीड करे और तकनीकी समस्या का समाधान निकाले। वह सूचनाओं का विश्लेषण करके उनके लिए 'फॉलो चार्ट' तैयार करता है, जिसे इनपुट कहते हैं तथा जो हल निकलता है, उसे आउटपुट कहते हैं। कंप्यूटर एक मशीन है यानी जैसा इनपुट होगा, उसी हिसाब से नतीजा निकलेगा। यदि कंप्यूटर में गलत तरीके से या गलत जानकारी भरी जाएगी तो नतीजे भी गलत निकलेंगे। कार्यक्रम संचालक अपने काम को पूरा करने के लिए अधीनस्थ डाटा प्रबंधकों पर निर्भर होता है और उनका आवश्यक पथ-प्रदर्शन करता है। प्रोग्रामर बनने के लिए विज्ञान, इंजीनियरी, गणित या सांख्यिकी में डिग्री या किसी मान्यता प्राप्त कंप्यूटर संस्थान से कंप्यूटर प्रोग्रामिंग में डिप्लोमा आवश्यक है। वर्तमान में इस पद का वेतनमान लगभग तीस हजार प्रति माह के करीब है, जो व्यक्ति की योग्यता व अनुभव पर भी निर्भर करता है।

सिस्टम विश्लेषक (System Analyst)

सिस्टम विश्लेषक डाटा प्रोसेसिंग के सभी कामों की निगरानी करता है। वह विशिष्ट संस्थान या फर्म में कंप्यूटर संचालन विधि को वैज्ञानिक ढंग से स्थिर करता है। समय-समय पर उसमें सुधार व विकास करता रहता है। वह व्यावसायिक फर्म या कार्यालय में काम के तौर-तरीके को सरल बनाने के लिए भी प्रयत्नशील रहता है।

इसके लिए सांख्यिकी, गणित, वाणिज्य या कंप्यूटर विज्ञान में स्नातकोत्तर डिग्री आवश्यक है। इसके अतिरिक्त कंप्यूटर प्रोग्रामिंग में तीन या चार साल का अनुभव भी वेतन के बढ़ने का आधार है। इस पद के लिए प्रति मास वेतनमान लगभग चालीस हजार रुपए से ज्यादा है। सरकारी इंजीनियरिंग कॉलेजों व आई.आई.टी. से निकलनेवाले इंजीनियरिंग स्नातकों के लिए यह क्षेत्र सहर्ष खुला है।

सिस्टम प्रबंधक (System Manager)

सिस्टम कंप्यूटर का ही दूसरा नाम है। सिस्टम प्रबंधक या मैनेजर सभी के ऊपर होता है।

योग्यता : पी.एचडी. या तीन साल का अनुभव, एम.ई., एम.टेक. या चार-पाँच वर्ष का अनुभव, बी.टेक. या एम.एस.सी. कंप्यूटर इंजीनियरिंग या विज्ञान, स्नातकोत्तर डिप्लोमा या एम.फिल., कंप्यूटर विज्ञान या ऑपरेशन रिसर्च में आठ साल का अनुभव।

वेतन : वेतनमान रुपए 50,000–80,000 प्रति माह या अधिक। यह कंप्यूटर तकनीकी के क्षेत्र में सर्वोच्च पद है। इस पद पर अभ्यर्थी का साक्षात्कार लेकर या प्रतिष्ठान की आवश्यकता के अनुसार भरती की जाती है।

परामर्शदाता ऑपरेटर

यह कंप्यूटर के मुख्य नियंत्रण कक्ष का संचालन करता है तथा उसे सुचारू रूप से चलाने के दायित्व का भी निर्वाह करता है। कार्यक्रमों की आवश्यकता के अनुसार वह कंप्यूटर के संचालन में सुधार करता रहता है। वह अपने अधीनस्थ ऑपरेटरों, कंप्यूटर ऑपरेटरों व मरम्मतकर्ताओं के कामों की देख-रेख करता है।

योग्यता : कंप्यूटर विज्ञान, सांख्यिकी, भौतिकी, गणित या इंजीनियरिंग में स्नातक या स्नातकोत्तर डिग्री।

वेतनमान : रुपए 30,000–40,000 प्रति माह के करीब।

तकनीकी प्रबंधक या सिस्टम इंजीनियर (Technical Manager/System Engineer)

यह कंप्यूटर के क्षेत्र में हुए नए-नए अनुसंधान से अपने प्रतिष्ठान को परिचित कराता है तथा नए-नए सॉफ्टवेयर के विषय में अनुसंधान को संचालित करता है। इस पद के लिए योग्यता किसी प्रतिष्ठित इंजीनियरिंग कॉलेज से कंप्यूटर में स्नातक डिग्री के समकक्ष है। हालाँकि, वेतन प्रतिष्ठान की आवश्यकता व पद की गरिमा के अनुसार निर्धारित होता है।

फील्ड इंजीनियर (Field Engineer)

यह कंपनी के भीतर या बाहर स्थित कंप्यूटरों की मरम्मत एवं रख-रखाव के अलावा देखभाल का काम भी करता है और उनमें किसी तरह की समस्या आने पर सुलझाने की कोशिश करता है।

योग्यता : इलेक्ट्रॉनिक या अन्य इंजीनियरिंग विषयों में स्नातक।

अनुभव : चार या पाँच साल का।

विभिन्न तकनीकी कार्यकर्ता इसके मातहत काम करते रहते हैं, जो विभिन्न आई.टी.आई. या पॉलिटेक्निक कॉलेजों के डिप्लोमाधारी होते हैं।

इसके अतिरिक्त, इससे निचले स्तर पर डाटा एंट्री ऑपरेटर व तकनीकी सहायक या कंप्यूटर ऑपरेटर जैसे कई पद होते हैं, जिनका वेतन तीस हजार रुपए प्रति माह से कम होता है।

अनुसंधान के क्षेत्र में अवसर

आजकल कंप्यूटर के क्षेत्र में नई खोज एवं विकास के अनंत अवसर मौजूद हैं, इसलिए स्नातक व स्नातकोत्तर अभ्यर्थियों के लिए आर.एंड.डी. (रिसर्च एंड डेवलपमेंट) एक व्यापक क्षेत्र है। विदेशों में भी इस क्षेत्र में बहुत से अवसर हैं। सॉफ्टवेयर के क्षेत्र में वेतन अभ्यर्थी की योग्यता पर निर्भर करता है।

प्रशिक्षक या ट्रेनर

कंप्यूटर के क्षेत्र में आजकल प्रशिक्षकों का बोलबाला है। विभिन्न प्रशिक्षण संस्थान हजारों कंप्यूटर प्रशिक्षकों को नियुक्त कर रहे हैं।

योग्यता : बी.टेक., बी.ई. या एम.एस.सी. (कंप्यूटर विज्ञान में) या एम.फिल. या स्नातकोत्तर डिग्री गणित, सांख्यिकी तथा कंप्यूटर विज्ञान में एवं एक साल का अनुभव।

वेतन : लगभग 40,000-50,000 रुपए प्रति माह।

प्रशिक्षण के लिए विभिन्न संस्थान

1. **कंप्यूटर सोसाइटी ऑफ इंडिया :** इसकी शुरुआत 1965 में हुई थी तथा इसका मुख्यालय चेन्नई में है। इसकी राष्ट्रीय स्तर की परीक्षाएँ निम्न क्षेत्रों में आयोजित होती हैं–

    1. सिस्टम विश्लेषण व डिजाइन
    2. डाटा संचार व नेटवर्किंग
    3. सिस्टम संचालन
    4. डाटा बेस प्रबंधन

2. **सी.एम.सी. :** यह भारत सरकार का प्रतिष्ठान है तथा भारत की सबसे बड़ी सूचना व तकनीकी संस्था है। यह देश भर में विभिन्न प्रशिक्षण व प्रोत्साहन कार्यक्रमों का संचालन करती है। इस प्रतिष्ठान में सभी स्तरों पर सभी भाषाओं में आधुनिकतम प्रशिक्षण कोर्स उपलब्ध हैं। कोई भी इसमें प्रवेश पा सकता है। यह संस्था राष्ट्रीय स्तर पर 'कंपीटेंसी इन कंप्यूटिंग', परीक्षा का संचालन करती है।

3. **इलेक्ट्रॉनिक विभाग, भारत सरकार :** इस विभाग की भी कुछ संस्थाएँ हैं, जो प्रशिक्षण देकर या परीक्षा लेकर उपयुक्त प्रमाण-पत्र प्रदान कर सकती हैं। इसने विभिन्न स्थानों पर आई.टी. पार्कों की स्थापना करके सूचना प्रौद्योगिकी क्षेत्र को बढ़ावा दिया है।

अन्य सूचनाएँ

कंप्यूटर ऐसा क्षेत्र है, जिसमें सरकारी व निजी क्षेत्रों में नौकरियों के समान अवसर उपलब्ध हैं। भारत की निम्न कंपनियाँ कंप्यूटर के क्षेत्र में अहम स्थान रखती हैं। इनमें–विप्रो लिमिटेड (मुंबई, बेंगलुरु), अपट्रान (लखनऊ), वेबेल (कोलकाता), डी.सी.एम., टी.सी.एस. (मुंबई, दिल्ली, बेंगलुरु), इन्फोसिस (बेंगलुरु), एच.सी.एल. (नोएडा, उ.प्र.), टेक महेंद्रा (मुंबई, हैदराबाद), डाटा प्रोडक्ट्स लिमिटेड (नई दिल्ली), हिंदुस्तान कंप्यूटर लिमिटेड (दिल्ली),

इंटरनेशनल कंप्यूटर्स इलेक्ट्रॉनिक कॉरपोरेशन ऑफ इंडिया, इसेन इलेक्ट्रॉनिक्स, जेनिथ कंप्यूटर्स आदि कंपनियों का विस्तार पूरे भारत में है।

कंप्यूटर में प्रशिक्षण के लिए कई निजी कंपनियों ने देश के सभी छोटे-बड़े नगरों में प्रशिक्षण केंद्र खोले हैं जिनकी संख्या दिन-प्रतिदिन बढ़ती ही जा रही है। हालाँकि, इनमें प्रवेश लेने से पहले यह ध्यान रखना आवश्यक है कि क्या उनका प्रमाण-पत्र भारत सरकार से मान्यता प्राप्त है? यदि ऐसा नहीं है तो श्रम व धन दोनों बरबाद होगा। कुछ प्रमुख निजी प्रशिक्षण संस्थाएँ भी हैं, जो कई कंप्यूटर प्रशिक्षण कार्यक्रमों का संचालन करती हैं। आपको ऑनलाइन इन संस्थानों के नाम व पते आसानी से मिल जाएँगे।

यदि आपको कंप्यूटर के हार्डवेयर या सॉफ्टवेयर क्षेत्र में महारत हासिल हो जाए तो कई निजी कंपनियाँ नौकरी देने के लिए तैयार हैं। देश के कई विश्वविद्यालयों में पी.जी. डिप्लोमा तथा एम.सी.ए. यानी कंप्यूटर में स्नातकोत्तर डिग्री की सुविधा उपलब्ध है। पॉलीटेक्निक कॉलेजों की तो भरमार है। लगभग सभी इंजीनियरिंग कॉलेज कंप्यूटर में बी.टेक. की डिग्री देते हैं। इनमें देश के सभी आई.आई.टी. संस्थान प्रमुख हैं। हालाँकि, इन संस्थानों में सर्वश्रेष्ठ अभ्यर्थियों का ही चयन होता है। इन संस्थानों से डिग्री पानेवालों को देश एवं विदेश में सर्वश्रेष्ठ नौकरियाँ मिल रही हैं तथा उनका वेतन (पैकेज) करोड़ों में है, जिसके बारे में पढ़कर या सुनकर सामान्य वर्ग का भारतीय नागरिक आश्चर्यचकित हुए बिना नहीं रह पाता। इस क्षेत्र में कई शिक्षण संस्थाएँ विभिन्न कार्यक्रम व पत्राचार कोर्स भी चला रही हैं। यदि आपकी रुचि हो तो कंप्यूटर सीखने के साधनों का अभाव नहीं है। आनेवाले समय में कंप्यूटर दक्ष व्यक्ति ही भारत का नेतृत्व करेंगे।

***

15

कार्यालय की रीढ़ है लिपिक

क्लर्क या लिपिक किसी भी कार्यालय के तृतीय श्रेणी के कर्मचारी होते हैं, जो मुख्यत: डेस्क जॉब करते हैं। भारत के लगभग सभी सरकारी और निजी क्षेत्रों और कार्यालयों में क्लर्क के पद पर नियुक्ति की जाती है।

किसी भी कार्यालय में जाएँ, आपको लिपिकों के सहारे ही व्यवस्था चलती दिखेगी। कोई टाइप कर रहा है, तो कोई पत्र का ढाँचा तैयार कर रहा है। कोई कार्यालय में आवश्यक सूचनाएँ लिपिबद्ध कर रहा है, कोई 'डिक्टेशन' ले रहा है तो कोई पत्र को भेजने की व्यवस्था कर रहा है। किसी भी कार्यालय की फाइलें या रिकॉर्ड भी इन्हीं के पास सुरक्षित रहते है। हालाँकि, कंप्यूटर के बढ़ते प्रयोग के कारण अब कार्यालयों की सूचनाएँ कंप्यूटरों में या फ्लॉपी या प्लास्टिक की रीलों में इकट्ठी की जाने लगी हैं ताकि किसी भी सूचना की आवश्यकता पड़ने पर उसे तुरंत प्राप्त किया जा सके। साथ ही संबंधित लिपिक की गैर-हाजिरी से कार्यालय या अधिकारियों का समय भी नष्ट न हो। इन कंप्यूटरों को चलाने वाले क्लर्क ही हैं, लेकिन अब उन्हें कंप्यूटर ऑपरेटर कहा जाता है। उनका कार्यक्षेत्र वही है, केवल उन्हें आवश्यक प्रशिक्षण देकर कंप्यूटरों को चलाना सिखाया गया है। संक्षेप में, क्लर्क किसी भी संगठन/संस्थान के लिए अनिवार्य हैं। संगठन चाहे निजी हो या सरकारी, अपनी आवश्यकतानुसार व अपनी कार्य-प्रणाली के अनुरूप योग्य व्यक्तियों को क्लर्क के पदों पर नियुक्त करता ही है।

योग्यताएँ

क्लर्क पद के लिए अलग-अलग संस्थानों में अलग-अलग यानी हाई स्कूल या माध्यमिक से लेकर स्नातक तक की शैक्षणिक योग्यता चाहिए। जैसे सेना या कुछ राज्यों में कुछ तकनीकी योग्यता के साथ माध्यमिक उत्तीर्ण होना काफी है। आवेदन हेतु उम्र की बात की जाए तो सरकारी तथा निजी संस्थानों में यह अलग-अलग निर्धारित है। निजी संस्थानों व कारखानों के कार्यालयों में लिपिक पद के लिए कम-से-कम स्नातक होना आवश्यक है। इन पदों पर नियुक्ति के लिए ऑनलाइन व ऑफलाइन विज्ञापन निकलते हैं।

इसके अतिरिक्त समय-समय पर बैंकों, न्यायालयों, शासकीय विभागों, पोस्ट ऑफिस वगैरह में कार्यालय सहायक/क्लर्क के पदों पर भरतियाँ निकलती रहती हैं।

लिपिक (Clerk) का काम

किसी भी सरकारी/प्राइवेट कार्यालय या क्षेत्र में नियुक्त एक क्लर्क मुख्यत: निम्नलिखित कार्य करता है—

- कंप्यूटर टाइपिंग
- विभिन्न रिकॉर्ड या डेटा दर्ज करना
- विभिन्न रिपोर्ट बनाना
- डाक डायरी और प्रेषण
- अधिकारियों की मीटिंग आदि के लिए एजेंडा तैयार करना
- अधिकारियों तक विभिन्न रिपोर्ट/डेटा पहुँचाना
- फोन कॉल सुनना और उनको संबंधित अधिकारी को स्थानांतरित करना
- कंप्यूटर, प्रिंटर, कॉपियर, फैक्स मशीन आदि कार्यालय उपकरणों का संचालन और रख-रखाव
- कार्यालय/रिकॉर्डिंग आपूर्ति की एक सूची रखना आदि।

भारत के विभिन्न सरकारी/निजी विभागों में क्लर्क की नियुक्ति मुख्यत: निम्नलिखित पदों पर की जाती है—

- अवर श्रेणी लिपिक (Lower Division Clerk)
- अपर डिवीजन क्लर्क (Upper Division Clerk)

- लिपिक-सह-टाइपिस्ट (Clerk-cum-Typist)
- वाणिज्यिक क्लर्क (Commercial Clerk)
- कार्यालय सहायक (Office Assistant)
- लेखा लिपिक (Accounts Clerk)

क्लर्क की नियुक्ति कौन-से सरकारी विभागों में होती है—

भारत में क्लर्क के पद पर मुख्यत: निम्नलिखित सरकारी विभागों में और निम्नलिखित परीक्षाओं के माध्यम से नियुक्ति की जाती है—

विभाग	परीक्षा
रेलवे विभाग	R.R.B. N.T.P.C. परीक्षा
पुलिस अनुसंधान और विकास ब्यूरो	S.S.C. C.H.S.L. परीक्षा
कैंटीन स्टोर्स डिपार्टमेंट (रक्षा मंत्रालय)	S.S.C. C.H.S.L. परीक्षा
सी.बी.आई.	S.S.C. C.H.S.L. परीक्षा
केंद्रीय पासपोर्ट कार्यालय	S.S.C. C.H.S.L. परीक्षा
मत्स्य पालन विभाग, भारत सरकार	S.S.C. C.H.S.L. परीक्षा
भारतीय चुनाव आयोग	S.S.C. C.H.S.L. परीक्षा
सेंट्रल एडमिनिस्ट्रेटिव ट्रिब्यूनल (CAT)	S.S.C. C.H.S.L. परीक्षा
प्रवर्तन निदेशालय (ED)	S.S.C. C.H.S.L. परीक्षा
स्वास्थ्य विज्ञान महानिदेशालय	S.S.C. C.H.S.L. परीक्षा
कृषि विभाग, भारत सरकार	S.S.C. C.H.S.L. परीक्षा
वाणिज्य विभाग, भारत सरकार	S.S.C. C.H.S.L. परीक्षा
बैंक	I.B.P.S. क्लर्क परीक्षा/S.B.I. क्लर्क परीक्षा
यूनिवर्सिटी/ कॉलेज/स्कूल	संबंधित विश्वविद्यालय या राज्य लोक सेवा आयोग/कर्मचारी चयन आयोग

क्लर्क की नियुक्ति कौन-से प्राइवेट विभागों में होती है—

सरकारी विभागों के अलावा विभिन्न निजी विभागों/संस्थानों में भी क्लर्क के पद पर नियुक्तियाँ की जाती हैं। उनमें से कुछ प्रमुख निजी विभाग निम्नलिखित हैं—

- प्राइवेट बैंक
- प्राइवेट बीमा कंपनियाँ
- प्राइवेट यूनिवर्सिटी/ कॉलेज/स्कूल
- फैक्टरी आदि।

किसी भी उद्‌देश्य में सफलता के लिए सर्वप्रथम उपयुक्त रणनीति तय करना आवश्यक होता है। हर साल कर्मचारी चयन आयोग (स्टाफ सिलेक्शन कमीशन) के जरिए केंद्रीय सरकार के कार्यालयों में लिपिक श्रेणी की भरती की जाती है। इस परीक्षा में हर वर्ष लाखों की संख्या में अभ्यर्थी सम्मिलित होते हैं। स्पष्ट है कि कुल सम्मिलित होनेवाले अभ्यर्थियों में से सिर्फ एक प्रतिशत अभ्यर्थी ही अंतिम रूप से सफल होते हैं। अभ्यर्थियों के लिए यह जानना आवश्यक है कि इस परीक्षा के प्रकार, विषय-वस्तु, संपूर्ण परीक्षा का स्वरूप कैसा है? साथ-साथ परीक्षा के पैटर्न में परिवर्तन के कारण प्रत्येक नौकरी के लिए विज्ञापन को गंभीरता से पढ़ना भी आवश्यक है।

साधारणतः लिपिकीय परीक्षा में परीक्षार्थी की बोधात्मक, नामों व संख्याओं के मध्य समानता या असमानता की परख-शक्ति, भाषा, रचना, ज्ञान, कार्यालयी फाइलिंग व संक्षेपण योग्यता का परीक्षण किया जाता है।

लिपिक की जिम्मेदारी है कि वह अधिकारी से ठीक-ठीक समझकर फाइल या संबंधित रिकार्डों के आधार पर वस्तुस्थिति को संक्षेप में प्रस्तुत करे ताकि अधिकारी को निर्णय लेने में सुविधा हो। इसके अतिरिक्त लिपिकीय योग्यता के लिए टाइपिंग जानना या कंप्यूटर ज्ञान भी जरूरी है। जो अभ्यर्थी शॉर्टहैंड जानते हैं उनके लिए स्टेनोग्राफर के पद अलग से होते हैं। उनका वेतनमान लिपिक से अधिक होता है।

केंद्र व राज्य सरकारों द्वारा निर्गत पदों के लिए सामान्यतः लिखित परीक्षा, टाइपिंग परीक्षा व साक्षात्कार होता है। हालाँकि, कुछ परीक्षाओं में साक्षात्कार का

प्रावधान नहीं है। लिपिक पद की परीक्षाओं में सामान्यतः अंग्रेजी भाषा, तर्कशक्ति, गणित, संख्यात्मक योग्यता तथा सामान्य अध्ययन से संबंधित प्रश्न पूछे जाते हैं।

भाषा परीक्षण के लिए शब्द ज्ञान, व्याकरण, वाक्य गठन, पर्यायवाची, विलोम आदि को तैयार करें। गद्यांश संबंधी प्रश्न भी होता है। संख्यात्मक योग्यता के अंतर्गत पूर्णांक संख्याओं, दशमलवों और भिन्नों व संख्याओं के बीच संबंध के बारे में अंकगणितीय योग्यता को दोहरा लें, जो आपने हाई स्कूल या माध्यमिक स्तर तक की कक्षाओं में पढ़ी हैं। आजकल सभी परीक्षाएँ कंप्यूटर आधारित उत्तर-पुस्तिकाओं पर होने लगी हैं, जिनमें बहु-वैकल्पिक उत्तरों में से एक को चुनना होता है।

सामान्य अध्ययन के अंतर्गत अभ्यर्थी से पर्यावरण व समाज के बारे में ऐसे प्रश्न पूछे जाते हैं जिनमें नवीनतम घटनाओं व प्रतिदिन होनेवाले अनुभव की जानकारी तथा उनके वैज्ञानिक पहलू शामिल होते हैं। इसके अतिरिक्त कंप्यूटर की प्रारंभिक जानकारी के बारे में भी अभ्यर्थी के ज्ञान का आकलन किया जाता है। प्रश्न-पत्र में भारत व पड़ोसी देशों के इतिहास, संस्कृति, भूगोल, आर्थिक परिदृश्य, सामान्य राजनीति व वैज्ञानिक अनुसंधान से संबंधित प्रश्न भी शामिल हो सकते हैं।

इस पद के लिए सामान्यतः टाइपिंग का ज्ञान एवं कंप्यूटर चलाना आवश्यक है। यदि आवेदन-पत्र भरने के साथ ही टाइपिंग सीखना आरंभ कर दिया जाए तो उत्तम होगा। इसलिए यदि आपने क्लर्क बनने का निर्णय कर लिया है तो टाइपिंग या कंप्यूटर अवश्य सीखें, क्योंकि तभी आपको नियुक्ति के पश्चात् उत्तम जगह पर काम करने का अवसर मिलेगा।

टंकण ज्ञान की आवश्यकता

टंकण (Typing) ज्ञान उसी भाषा में अर्जित करें जिस पर आपको अधिकार हो, क्योंकि टाइप सीखने के बाद उसी भाषा की सामग्री टाइप करनी होगी। अतः उस भाषा का साधारण ज्ञान जैसे वर्तनी (स्पेलिंग, विराम चिह्न) आदि का ज्ञान अति आवश्यक है।

इस पद हेतु तैयारी करने के लिए ज्यादा विचार करने की आवश्यकता नहीं है, क्योंकि लिपिक पद की प्रतियोगिता पुस्तकों में ज्यादातर उन सभी

अध्यायों को शामिल किया जाता है जो क्लर्क ग्रेड परीक्षा के लिए आवश्यक हैं। सामान्यतः लिपिक परीक्षा के लिए किसी कोचिंग की आवश्यकता नहीं होती है, लेकिन अब इस परीक्षा के लिए भी जगह-जगह शिक्षण केंद्र (कोचिंग सेंटर) खुले हुए हैं। यदि आप कोचिंग लेना चाहें और संस्थान की फीस आपकी आर्थिक क्षमता में हो तो एक बार जाकर देख सकते हैं। सबसे महत्त्वपूर्ण बात यह है कि परीक्षा देते समय निर्धारित समय का ध्यान रखें। वैज्ञानिक पद्धति अपनाएँ व शीघ्रातिशीघ्र प्रश्नों के सही उत्तर देने का अभ्यास करें। गति सबसे महत्त्वपूर्ण बिंदु है, क्योंकि कम समय में अनेक प्रश्नों का उत्तर देना होता है।

लिखित परीक्षा के बाद टाइपिंग परीक्षा होती है। कई बार मेधावी अभ्यर्थी भी टाइपिंग में अच्छा प्रदर्शन न कर पाने के कारण इस परीक्षा में पिछड़ जाते हैं। इसलिए टाइपिंग का भली-भाँति अभ्यास करें। मात्र किसी संस्थान से टाइपिंग या कंप्यूटर सीखने से ही काम नहीं बन जाता, उसका अभ्यास बेहद जरूरी है।

साक्षात्कार

साक्षात्कार के समय लिपिकीय परीक्षार्थियों या अभ्यर्थियों से यह आशा की जाती है कि उनमें अधिकारियों की आज्ञा-पालन करने की प्रवीणता हो। वे तथ्यों को सही रूप में प्रस्तुत करने में सक्षम हों। यदि उन्हें किसी चीज का ज्ञान न भी हो तो भी उनमें ज्ञानार्जन की ललक हो और उनका व्यवहार सुरुचिपूर्ण हो। कई प्रतियोगी परीक्षाओं में साक्षात्कार नहीं होता है, बल्कि लिखित परीक्षा के माध्यम से ही उपर्युक्त गुणों की परीक्षा की जाती है।

***

16

भवन निर्माण उद्योग में रोजगार की संभावनाएँ

रोटी के बाद मनुष्य की सबसे बड़ी आवश्यकता है मकान। स्वाभाविक है कि भवन निर्माण उद्योग देश का दूसरा सबसे बड़ा क्षेत्र है। एक मोटे अनुमान के अंतर्गत योजना राशि का 35 प्रतिशत भवन निर्माण कार्य-कलापों पर व्यय किया जाता है। निजी क्षेत्र में भी भवन निर्माण क्षेत्र सबसे आगे है। गाँवों के मकान, शहर की गगनचुंबी इमारतें, औद्योगिक केंद्र, नहरें, सड़कें, कार्यालय और होटल इत्यादि इसी उद्योग के अंतर्गत आते हैं। 'नई राष्ट्रीय आवास नीति' के अंतर्गत इस क्षेत्र में निजी निवेश को भी बड़े पैमाने पर प्रोत्साहन दिया जा रहा है, जिसमें भूमि सामग्री, प्रौद्योगिकी और वित्त उपलब्ध कराने में सरकार सहायता पहुँचाती है। बढ़ती हुई जनसंख्या को देखते हुए आज प्रत्येक नागरिक अपनी संतानों के भविष्य को सुरक्षित रखने के लिए सर्वप्रथम आवास की व्यवस्था करता है। भवन निर्माण कार्य आजकल ठेकों पर होने लगा है, इसलिए इस क्षेत्र में बढ़ते हुए रोजगार अवसर निजी क्षेत्र में ही ज्यादा हैं। उच्च स्तर के उद्यमी से लेकर प्रौद्योगिकी विशेषज्ञों व अकुशल श्रमिकों तक करोड़ों लोग इस उद्योग से जुड़े हुए हैं। ऐसे कई सरकारी और स्वायत्त संगठन व निकाय हैं, जो भवन निर्माण उद्योग से संबद्ध हैं। निजी क्षेत्र में भवन निर्माण कंपनियों (रियल इस्टेट कंपनियों) ने देश का स्वरूप ही बदल दिया है। आज भारत की सड़कें, भवन, इमारतें किसी भी अन्य

देश से कम नहीं है। बचत करके छोटे-छोटे मकानों में रहने की आदत अब लगभग समाप्त हो गई है। यही कारण है कि निजी कंपनियों द्वारा तैयार भवनों, बहुमंजलीय इमारतों में अपने पूरे जीवन की गाढ़ी कमाई निवेश करके लोग आनंदपूर्वक जीवनयापन करने के सुनहरे सपने सँजोने लगे हैं। इसी आवश्यकता को पूरा करने के लिए यह क्षेत्र लाखों भवन निर्माताओं, बड़ी-बड़ी कंपनियों, लाखों इंजीनियरों, वास्तुकारों, करोड़ों मजदूरों को रोजगार प्रदान कर रहा है। स्थिति यह है कि बैंक एवं वित्तीय संस्थान भी इस क्षेत्र में निवेश करने से पीछे नहीं हैं।

शहरी विकास मंत्रालय

यह केंद्र सरकार की भूमि और संपत्ति का प्रबंधन करने के लिए उत्तरदायी है। इस मंत्रालय में लगभग 50 हजार कर्मचारी कार्यरत हैं।

इस मंत्रालय एवं ग्रामीण विकास मंत्रालय ने मिलकर प्रधानमंत्री आवास योजना के अंतर्गत करोड़ों आवास निर्धनों को उपलब्ध कराए हैं।

केंद्रीय लोक निर्माण विभाग

केंद्रीय लोक निर्माण विभाग (सी.पी.डब्ल्यू.डी.) में लगभग 8,400 से अधिक प्रशिक्षित इंजीनियर और 200 से अधिक वास्तुशिल्पी कार्यरत हैं। यह केंद्र सरकार की सभी परियोजनाओं का निर्माण और अनुरक्षण करनेवाली एक मुख्य एजेंसी है। इसके इंजीनियरों का चुनाव अखिल भारतीय इंजीनियरिंग परीक्षा के माध्यम से होता है, जो हर साल संघ लोक सेवा आयोग (यू.पी.एस.सी.) आयोजित करता है। इसमें निम्नतम आयु 21 साल व निम्नतम योग्यता सिविल इंजीनियरिंग से स्नातक की उपाधि है। आवश्यकतानुसार कुछ विद्युत व अभियांत्रिकी इंजीनियर भी नियुक्त किए जाते हैं। देश में यह इंजीनियरिंग की सर्वश्रेष्ठ परीक्षा मानी जाती है। इस परीक्षा में वे मेधावी छात्र ही भाग लेते हैं, जिन्होंने इंजीनियरिंग परीक्षा में अच्छे अंक प्राप्त किए हैं।

यह संगठन आवास प्रौद्योगिकी के क्षेत्र में नई प्रौद्योगिकीय खोजों और निम्न लागत निर्माण के क्षेत्र में इसका उपयोग करने के बीच समन्वय

बनाता है। इसमें तकनीकी व गैर-तकनीकी दोनों प्रकार के लोगों की नियुक्तियाँ की जाती हैं।

हुडको

आवास और शहरी विकास निगम की स्थापना सन् 1970 में हुई थी। वर्तमान में इस संगठन ने अपनी गतिविधियों को बहुआयामी बना लिया है। मुख्यत: यह सरकारी एजेंसियों को वित्त उपलब्ध करवाता है। हुडको के देश में लगभग 14 क्षेत्रीय कार्यालय हैं। देश के लगभग आठ सौ नगरों और हजारों ग्रामों में यह कार्यरत है, इसमें वित्तीय विशेषज्ञों से लेकर प्रबंधकीय व तकनीकी विशेषज्ञ कार्यरत हैं।

राष्ट्रीय भवन निर्माण निगम लिमिटेड

यह भारत और विदेशों में अनेक प्रकार के सिविल कार्यों का संपादन करता है, जैसे सड़कें, पुल, अपर पथ (फ्लाई ओवर), औद्योगिक संरचना, चल अभिक्रिया संयंत्र, दूरदर्शन मीनार, आवास, अस्पताल, होटल व वाणिज्यिक परिसर। इस निगम की भारत में 108 व विदेशों में सात यूनिट्स हैं। इसके कर्मचारियों की कुल संख्या लगभग 8,050 है। इसके अतिरिक्त भारत सरकार के अन्य केंद्रीय उपक्रम भी भवन निर्माण में संलग्न हैं। भारत सरकार के परिवहन मंत्रालय के अंतर्गत राष्ट्रीय राजमार्ग प्राधिकरण ने हजारों किलोमीटर अंतरराष्ट्रीय स्तर के राजमार्ग बनाकर देश में सड़क निर्माण क्षेत्र में क्रांति का आगाज किया है। इस क्षेत्र ने लाखों इंजीनियरों, डिप्लोमा होल्डरों तथा कुशल एवं अकुशल कारीगरों तथा मजदूरों को रोजगार उपलब्ध कराया है।

दिल्ली विकास प्राधिकरण व अन्य विकास प्राधिकरण

इन निगमों का कार्य शहर के लिए आवासीय योजना बनाना और आवासों व उपनगरों में निर्माण कार्य करना है। प्रत्येक राज्य में इस तरह के प्राधिकरण हैं, जिनका वार्षिक बजट काफी अधिक रहता है; जैसे गाजियाबाद विकास

प्राधिकरण का बजट लगभग एक हजार करोड़ है। इसी प्रकार नोएडा विकास प्राधिकरण, कोलकाता महानगर विकास प्रतिष्ठान (सी.एम.डी.ए.) इत्यादि का नाम भी इस सूची में शामिल है।

राज्यों में स्थिति

'लोक निर्माण विभाग' राज्य स्तर पर बिलकुल केंद्रीय लोक निर्माण विभाग की भाँति कार्य करता है, क्योंकि राज्य सरकार शहरी विकास के लिए स्वतंत्र है। लगभग सभी राज्यों में लोक निर्माण विभाग के अतिरिक्त कई अन्य राज्यस्तरीय उपक्रम या निगम भी कार्यरत हैं। आवास बोर्ड तो लगभग प्रत्येक राज्य में गठित हैं, जिनके पास करोड़ों में पूँजी उपलब्ध रहती है। प्राय: सभी विभागों में निर्माण उपविभाग होते हैं जिनमें कर्मचारियों की नियुक्तियाँ होती हैं। जनस्वास्थ्य विभाग (पी.एच.ई.) के कार्यकर्ता भी मुख्यत: सिविल इंजीनियरिंग उत्तीर्ण स्नातक या डिप्लोमाधारी कनिष्ठ इंजीनियर होते हैं। देश के प्रत्येक खंड (ब्लॉक) में भी एक कनिष्ठ इंजीनियर होता है। यहाँ तक कि पुलिस विभाग में भी भवन-निर्माण विभाग स्थापित हो गए हैं, जिनका संचालन यही इंजीनियर करते हैं।

शैक्षिक सुविधाएँ

भवन निर्माण विषय में डिग्री पाठ्यक्रम भारत के लगभग 31 विश्वविद्यालयों और संस्थानों में उपलब्ध है। 12वीं कक्षा (10+2) उत्तीर्ण छात्र/छात्राएँ इंजीनियरिंग संस्थान में प्रवेश की तरह इसमें भी प्रवेश ले सकते हैं। जिन अभ्यर्थियों की रुचि ड्रॉइंग और भवन निर्माण की रूपरेखा बनाने में है, उन्हें इस पाठ्यक्रम में प्रवेश के लिए वरीयता दी जाती है। भवन निर्माण विषय में स्नातक डिग्री प्राप्त किसी विशेषज्ञ के प्रमाणित किए बिना भवन निर्माण का कोई भी नक्शा पास नहीं होता। इसलिए, निजी क्षेत्र में भवन निर्माण विशेषज्ञों के लिए अनेक अवसर उपलब्ध हैं।

इंजीनियरिंग पाठ्यक्रम

सिविल इंजीनियरिंग के क्षेत्र में स्नातक स्तर की शिक्षा प्रदान करने के लिए संपूर्ण भारत में लगभग 4,000 इंजीनियरिंग कॉलेज हैं। यह पाठ्यक्रम चार साल का होता है। इसमें चयन मैरिट या प्रवेश परीक्षा के माध्यम से किया जाता है। सरकारी नियमों के अनुसार अनुसूचित जाति/अनुसूचित जनजाति के लिए सीटें आरक्षित रहती हैं। इसके अतिरिक्त देश में लगभग 17 क्षेत्रीय इंजीनियरिंग कॉलेज हैं। देश में 23 भारतीय प्रौद्योगिकी संस्थान (आई.आई.टी.) हैं, जिनमें कुछ प्रमुख आई.आई.टी. मुंबई, कानपुर, खड़गपुर, चेन्नई, दिल्ली व गुवाहाटी में स्थित हैं। यहाँ से स्नातक डिग्री प्राप्त छात्रों की निजी क्षेत्र व विदेशों में बड़ी माँग है। देश के मेधावी छात्र बड़ी संख्या में इन संस्थानों में शिक्षा पा रहे हैं। इन संस्थानों में प्रवेश के लिए प्रति वर्ष परीक्षा होती है। आई.आई.टी. सहित देश में कुछ अन्य विश्वविद्यालयों व इंजीनियरिंग कॉलेजों में स्नातकोत्तर व डॉक्टरेट स्तर के पाठ्यक्रम भी चलाए जाते हैं। इनके नाम हैं–अन्नामलाई विश्वविद्यालय (चेन्नई), कोलकाता विश्वविद्यालय, यादवपुर विश्वविद्यालय (कोलकाता), जवाहरलाल नेहरू प्रौद्योगिकी विश्वविद्यालय (हैदराबाद), नागपुर विश्वविद्यालय और रुड़की विश्वविद्यालय। रुड़की विश्वविद्यालय का सिविल इंजीनियरिंग पाठ्यक्रम देश में ही नहीं विदेशों में भी मान्यता प्राप्त है। यहाँ पर भवन निर्माण आदि पर उच्च श्रेणी का अनुसंधान होता है। बनारस हिंदू विश्वविद्यालय में डिग्रीधारकों के लिए भवन निर्माण विषय में एक वर्ष का डिप्लोमा पाठ्यक्रम चलता है। इस डिप्लोमा पाठ्यक्रम को पूरा करने के बाद ही छात्र एक्जीक्यूटिव इंजीनियर, अधीक्षण अभियंता व मुख्य अभियंता बनते हैं। कुछ राज्यों में ये सचिव के पदों पर भी आसीन हैं।

डिप्लोमा पाठ्यक्रम

देश में लगभग 450 पॉलिटेक्निक हैं (जिन्हें तकनीकी शिक्षा विभागों के अंतर्गत विभिन्न राज्य सरकारें और न्यास चलाते हैं)। दसवीं कक्षा में उत्तीर्ण छात्र डिप्लोमा पाठ्यक्रमों में प्रवेश ले सकते हैं। कुछ पॉलिटेक्निक तो केवल महिलाओं के लिए हैं। एक सहायक इंजीनियर के साथ चार या पाँच डिप्लोमाधारक रहते हैं।

डिप्लोमाधारी इंजीनियर ए.एम.आई.ई. (भारत) के भाग 'ए' और 'बी' में उत्तीर्ण होकर अपना अध्ययन आगे जारी रख सकते हैं।

प्रमाण-पत्र पाठ्यक्रम

निर्माण उद्योग से संबंधित विभिन्न व्यवसायों में प्रमाण-पत्र स्तर के पाठ्यक्रम चलाने के लिए संपूर्ण देश में 2,000 से अधिक औद्योगिक प्रशिक्षण संस्थानों का एक जाल फैला हुआ है। इसमें लगभग 863 संस्थान सरकारी हैं और लगभग 1,167 निजी। पाठ्यक्रमों की अवधि एक से दो वर्ष तक भिन्न-भिन्न है। शैक्षिक योग्यता भी व्यवसाय की प्रकृति के अनुरूप आठवीं कक्षा से मैट्रिक तक भिन्न-भिन्न है। औद्योगिक प्रशिक्षण संस्थानों में उपलब्ध निर्माण उद्योग से संबंधित कुछ व्यवसाय निम्नलिखित हैं–

क्र.सं.	व्यवसाय का नाम	समयावधि	आवश्यक योग्यता
1.	वेल्डर	एक वर्ष	आठवीं
2.	मोल्डर	एक वर्ष	आठवीं
3.	नलसाज (प्लंबर)	दो वर्ष	आठवीं
4.	पेंटर	दो वर्ष	आठवीं
5.	वायर मैन	दो वर्ष	आठवीं
6.	भवन निर्माण	दो वर्ष	आठवीं
7.	बढ़ई	दो वर्ष	आठवीं
8.	फिटर	दो वर्ष	मैट्रिक
9.	बिजली कारीगर	दो वर्ष	आठवीं
10	नक्शानवीस (ड्राफ्टमैन)	दो वर्ष	मैट्रिक
11.	सर्वेक्षक	दो वर्ष	आठवीं
12.	इलेक्ट्रॉनिक्स एवं कंप्यूटर	दो वर्ष	मैट्रिक

इसी प्रकार, भवन निर्माण कार्य में विद्युत इंजीनियर भी नियुक्त किए जाते हैं, जो बिजली फिटिंग के साथ-साथ उसकी मरम्मत व देख-रेख का कार्य

भी करते हैं। यदि भवन को वातानुकूलित बनाना है तो यांत्रिकी इंजीनियर व विद्युत इंजीनियर के डिजाइन की आवश्यकता होती है। भवनों में संयंत्रों के रख-रखाव के लिए भी यांत्रिकी इंजीनियरों की आवश्यकता होती है। इन दोनों शाखाओं में प्रोन्नति मुख्य अभियंता के पद पर होती है।

रोजगार संभावना

भारत में मकानों की भारी कमी है। राष्ट्रीय भवन निर्माण संगठन के एक अनुमान के अनुसार वर्तमान में हमारे देश में 250 लाख मकानों की कमी है। प्रति वर्ष इस संख्या में 26 लाख मकानों की आवश्यकता जनसंख्या बढ़ने पर और जुड़ जाती है। इस माँग को पूरा करने के लिए निर्माण कार्य में त्वरित गति से वृद्धि आवश्यक है। अतः इस क्षेत्र में विभिन्न व्यवसायों के कारीगरों के लिए रोजगार के अनेक अवसर उपलब्ध हैं। निर्माण उद्योग में कार्यरत कुल कारीगरों में से भवन निर्माण उद्योग में लगे कारीगरों का अनुपात लगभग 60 प्रतिशत ज्यादा है। अफ्रीका व खाड़ी देशों में भी इस क्षेत्र में रोजगार के काफी अवसर हैं। इन देशों में हजारों कारीगर, श्रमिक, नलसाज, बिजलीवाले, प्लास्टरकर्ता, राजमिस्त्री, बढ़ई, पेंटर और निर्माण कार्य से जुड़े दूसरे व्यवसायों में कार्य कर रहे हैं और देश में अरबों डॉलर प्रति वर्ष भेज रहे हैं। बड़े-बड़े शहरों में तो इन कारीगरों की आवश्यकता दिन-प्रतिदिन बढ़ती ही जा रही है। अतः भवन निर्माण एक ऐसा क्षेत्र है, जो दूसरे किसी भी क्षेत्र के मुकाबले कभी नहीं पिछड़ेगा। इस क्षेत्र में कुछ वर्ष पहले तक बेरोजगारों की संख्या अधिक हो गई थी, परंतु अब परिस्थिति एकदम बदल गई है।

***

17

कृषि एवं पशु-पालन विभाग में नौकरियाँ

भारत एक कृषि प्रधान देश है। आज भी देश की लगभग 60 प्रतिशत आबादी ग्रामों में निवास करती है एवं कृषि पर निर्भर है। भारत में इतनी प्राकृतिक संपदा है कि वह विश्व के अनेक देशों की खाद्य आवश्यकताओं की पूर्ति इस संपदा के पूर्णतया उपयोग द्वारा कर सकता है। यही कारण है कि हमारी लोकप्रिय सरकारें भूमि, जल सहित अनेक क्षेत्रों में और अधिक निवेश की ओर प्रवृत्त हुई हैं। भारत की कृषि व्यवस्था को आधुनिक बनाने के लिए भारतीय कृषि अनुसंधान परिषद् की स्थापना की गई थी। आज आई.सी.ए.आर. की सफलता को देखकर देश में विभिन्न कृषि अनुसंधान संस्थानों एवं कृषि विश्वविद्यालयों की स्थापना हो चुकी है एवं हो रही है। भारत में वर्तमान में भी अन्य देशों की तुलना में प्रति हेक्टेयर उत्पादन तथा प्रति व्यक्ति दूध का उत्पादन काफी कम है। देश में लगभग बीस प्रतिशत अनाज केवल अवैज्ञानिक भंडारण के कारण नष्ट हो जाता है। यही कारण है कि कृषि एवं पशु-पालन विभाग में नौकरियों के अवसर में सदैव वृद्धि दिखाई देती है। मांस उद्योग भी अनेक विकल्पों के द्वार खोलता है, परंतु भारत में मांस उद्योग यूरोप एवं अमेरिका जैसा विकसित नहीं है। प्रत्यक्ष एवं अप्रत्यक्ष रूप से कृषि क्षेत्र भारत में सबसे

अधिक लोगों को रोजगार प्रदान करनेवाला क्षेत्र है। यह भारत का सदाबहार क्षेत्र है जिसने भारत को सभी कठिनाइयों के बीच जीवंत रखा हुआ है। कृषि क्षेत्र राज्य सरकार का विभाग है। अतः सर्वप्रथम हम राज्य सरकार के स्तर पर कृषि क्षेत्र में रोजगार के अवसरों की समीक्षा करेंगे।

राज्य सरकार का कृषि विभाग

सचिवालय के अतिरिक्त राज्य सरकार में कृषि विभाग का अधिकर्ता निदेशक होता है। उसके अधीनस्थ कई संयुक्त निदेशक होते हैं, जो फसल, बीज, कृषि-संयंत्र, कृषि प्रसार, विपणन, प्रशिक्षण, कृषि शिक्षा, परती भूमि संरक्षण एवं विकास आदि का कार्य देखते हैं। प्रत्येक जिले में एक जिला कृषि अधिकारी होता है, उसके नीचे कृषि अधिकारी, खंड कृषि अधिकारी, कृषि विकास अधिकारी होते हैं। पर दुःख है कि ग्राम स्तर पर कार्य करनेवाले कृषि सहायकों के पद समाप्त कर दिये गए हैं।

उर्वरक उद्योग

उर्वरक उद्योग अभी भी कृषि जगत् की संपूर्ण आवश्यकताओं को पूर्ण करने में अक्षम है। आज भी विदेशों से उर्वरक आयात होता है। अतः इन कारखानों के लिए विभिन्न स्तरों पर कर्मचारियों की बड़ी संख्या में आवश्यकता होती है। ये कारखाने विभिन्न प्रकार के पदों पर नियुक्ति करते हैं; जैसे फील्ड डिमोंस्ट्रेटर, मृदा-विश्लेषक, फार्म-निरीक्षक आदि। अधिकारी संवर्ग में पद हैं—एग्रोनोमिस्ट, प्लांट पैथोलोजिस्ट, मृदा-वैज्ञानिक, फल-फूल विशेषज्ञ आदि। प्रचार एवं प्रसार के लिए भी सभी श्रेणी के कर्मचारियों की आवश्यकता होती है।

राष्ट्रीय एवं राज्य स्तर पर कुछ उपक्रम हैं, जिनमें कृषि स्नातकों को वरीयता दी जाती है—

राष्ट्रीय बीज निगम, भारतीय खाद्य निगम, भारतीय उर्वरक निगम, कृभको (इफको), नाबार्ड, कपार्ट, केंद्रीय एवं राज्य भंडार निगम, राज्य फार्मिंग निगम या उपक्रम आदि। इनमें विशेषज्ञों के अतिरिक्त प्रबंधन के विभिन्न स्तरों

पर कृषि क्षेत्र में प्रवीण स्नातकों को वरीयता दी जाती है। विभिन्न बैंक भी उनके द्वारा चलाए जानेवाले कृषि क्षेत्र के लेन-देन के लिए कृषि विशेषज्ञों की भरती करते हैं। राज्य स्तर पर भी विभिन्न एग्रो निगम हैं तथा अनेक एग्रो सर्विस केंद्र हैं, जिन्हें कृषि विशेषज्ञों की आवश्यकता होती है। विभिन्न कृषि विद्यालयों एवं विश्वविद्यालयों में शिक्षकों की आवश्यकता होती है।

भारतीय कृषि अनुसंधान संस्थान जैसे अनेक कृषि अनुसंधान संस्थान हैं, जिनमें सैकड़ों वैज्ञानिकों एवं तकनीकी विशेषज्ञों की नियुक्ति की जाती है। दिल्ली में पूसा स्थित संस्थान एक अंतरराष्ट्रीय शोध संस्थान है जहाँ नई-नई किस्मों की फसलों एवं बीजों पर प्रयोग एवं शोध चलता रहता है।

पशु-पालन एवं डेयरी (दुग्ध उत्पादन) क्षेत्र

यह विभाग भी राज्य सरकारों के अंतर्गत आता है। इसकी दो शाखाएँ हैं; पशु-पालन, पशु-चिकित्सा। ग्रामीण विकास के अंतर्गत ग्रामों में पशुओं की नस्लों को सुधारने एवं निर्धनों में पशु-वितरण की योजनाएँ कार्यान्वित करता है। पशु-पालन विभाग के अंतर्गत उसी प्रकार का प्रशासनिक ढाँचा रहता है जिस प्रकार का ढाँचा कृषि विभाग का रहता है—अर्थात् निदेशक, संयुक्त निदेशक, जिला पशु-पालन अधिकारी, खंड अधिकारी आदि। इसके समांतर ही निदेशक (पशु-चिकित्सा) एवं जिला सर्जन, पशु-चिकित्सा अधिकारी आदि रहते हैं। खंड स्तरों से नीचे भी पशुओं की चिकित्सा एवं देख-रेख के लिए पशु-चिकित्सा केंद्र स्थापित किए गए हैं, परंतु न तो डॉक्टर इन केंद्रों पर उपलब्ध होते हैं और न ही औषधि। सरकार की योजना है कि प्रत्येक ग्रामवासी को 5 मील या 8 कि.मी. की परिधि में पशु-चिकित्सा उपलब्ध होनी चाहिए। अतः इस प्रकार के अनेक केंद्र खोलने के भरसक प्रयत्न चल रहे हैं। पशुओं की नस्ल उन्नत करने के लिए कृत्रिम गर्भाधान का कार्यक्रम चल रहा है, जिसका ढाँचा निम्न स्तर तक है जिसे शीत-शृंखला भी कहते हैं ताकि गर्भाधान प्रक्रिया में बाधा न हो।

इसी प्रकार, दुग्ध उत्पादन में वृद्धि के लिए श्वेत क्रांति सारे देश में चल रही है। राज्य स्तर पर दुग्ध-आयुक्त के अंतर्गत जिला एवं खंड स्तर का प्रशासनिक तंत्र खड़ा है। दुग्ध खरीदने एवं एकत्रित करने के लिए जिला

स्तर पर अनेक अधिकारी होते हैं। कार्यक्रम को और गतिमान करने के लिए दुग्ध-निगमों की भी स्थापना हो रही है ताकि प्रशासनिक नियमों को पार करके शीघ्रातिशीघ्र इसे किसानों तक पहुँचाया जा सके तथा उन्हें दुग्ध उत्पादन का ठीक-ठीक मूल्य प्राप्त हो सके। ऊपर के स्तर पर अवश्य ही तकनीकी अधिकारी रहते हैं पर निचले स्तर पर वही पारंपरिक ढाँचा रहता है। इन सभी कार्यों के लिए विश्लेषकों, विषय विशेषज्ञों एवं कैमिस्ट्स की आवश्यकता होती है। इन्हें पशु-चिकित्सा एवं विज्ञान में स्नातक या स्नातकोत्तर डिग्रियाँ दी जाती हैं।

उद्यान विभाग में अवसर

वर्तमान में कृषि के साथ-साथ फल-फूल एवं सब्जी के क्षेत्र में भी विकास के उत्तम अवसर हैं। फल-फूल की अधिकांश किस्मों को सिंचाई की उतनी आवश्यकता नहीं होती है, जितनी कृषि फसलों को होती है। उदाहरणार्थ नीबू, अनार आदि की खेती बूँद-बूँद सिंचाई (ड्रिप इरीगेशन) के माध्यम से भी हो सकती है। इनमें दूसरे फलों की फसल की तुलना में लाभ अधिक मिलता है। फलों की खेती के साथ-साथ फूलों की खेती में भी रोजगार के अनेक अवसर उपलब्ध हैं। व्यावसायिक रूप से फूलों की खेती अत्यधिक लाभ देनेवाला क्षेत्र है। राज्यों में कई बड़े-बड़े उद्यान केंद्र होते हैं जहाँ श्रमिक से लेकर प्रबंधक तक विभिन्न कर्मचारी होते हैं। इसके अतिरिक्त, शहरों में रस, जूस, चटनी, मुरब्बा आदि बनाने के प्रशिक्षण केंद्र चलाए जाते हैं, जिनमें प्रायः महिलाओं की नियुक्तियाँ बड़े पैमाने पर होती हैं। अनेक स्थानों पर पौधशाला का संचालन भी किया जाता है, जिनमें मजदूर से लेकर निरीक्षक एवं प्रबंधक तक कार्यरत रहते हैं। वर्तमान में निजी क्षेत्र में भी पौधशालाओं के व्यापार ने जोर पकड़ लिया है एवं वे भी इस क्षेत्र में शिक्षित एवं प्रशिक्षित युवक एवं युवतियों को नौकरी प्रदान कर रहे हैं। इस क्षेत्र के स्नातक नगर-पालिकाओं में भी नौकरियाँ पाते हैं तथा सार्वजनिक निर्माण विभाग भी इन्हें अपनी इमारतों के रख-रखाव के लिए रखता है। इस विभाग में भी निदेशक, उपनिदेशक आदि राज्य स्तर पर रहते हैं। ऊँचे पदों पर जाने के लिए बी.एस.सी. (हार्टीकल्चर) करना आवश्यक है।

मत्स्य उत्पादक क्षेत्र

पश्चिमी बंगाल एवं केरल जैसे राज्यों में तो मत्स्य विभाग कृषि विभाग जैसा ही महत्त्वपूर्ण विभाग है, क्योंकि इन प्रदेशों के निवासियों के मुख्य भोजन में मछली शामिल है। इन राज्यों में मत्स्य विभाग का विकास कृषि विभाग की तरह ही हुआ है। मत्स्य प्रबंधन एवं विकास के लिए इन राज्यों में कई सरकारी उपक्रम एवं प्रतिष्ठान भी मौजूद हैं। मत्स्य उत्पादन एवं प्रबंधन में डिग्री मत्स्य अनुसंधान केंद्रों तथा कृषि विश्वविद्यालयों से प्राप्त की जा सकती है। इस क्षेत्र में निर्यात की भी अभूतपूर्व संभावना है, जिससे रोजगार के अनगिनत अवसर इस क्षेत्र में उपलब्ध हो सकते हैं।

शिक्षण संस्थान

भारत के प्रत्येक राज्य में कृषि विश्वविद्यालय हैं, जो कृषि, पशु-पालन, पशु-चिकित्सा, फल-फूल, सब्जी एवं मत्स्य जैसे विषयों में स्नातक, स्नातकोत्तर एवं डॉक्टरेट की डिग्रियाँ देते हैं। कुछ प्रमुख विश्वविद्यालय एवं संस्थान निम्न हैं–

आंध्र प्रदेश : बायतला, राजेंद्र नगर (हैदराबाद), तिरुपति

असम : जोरहाट, गुवाहाटी

बिहार : राँची, सबौर, जिला-भागलपुर, पटना, मुजफ्फरपुर

दिल्ली : भारतीय कृषि अनुसंधान संस्थान, पूसा, नई दिल्ली-12

गुजरात : आनंद जिला खेड़ा, जूनागढ़, सरदार कृषि नगर, जि. बनासकांठा, नवसारी जिला वलसाड

हरियाणा : हिसार, कुरुक्षेत्र, करनाल

हिमाचल प्रदेश : सोलन, पालमपुर

जम्मू और कश्मीर : श्रीनगर

कर्नाटक : कृषि नगर, धारवाड़, हेब्बल, बेंगलुरु

केरल : कोचीन, त्रिचूर, त्रिवेन्द्रम, पानांगड़

मध्य प्रदेश : जबलपुर, ग्वालियर, इंदौर, रायपुर, रीवाँ, म्हो, सीहोर

महाराष्ट्र : परेल (मुंबई), दपोली (रत्नागिरी), मुंबई, अहमद नगर, पुणे, राहुटी (4133722), पारमनी, अकोला, नागपुर, अमरावती

ओडिशा : भुवनेश्वर

पंजाब : अमृतसर, लुधियाना

राजस्थान : उदयपुर, बीकानेर, जोबनेर (303309)

तमिलनाडु : अन्नामलाई नगर (608002), कोयंबटूर, मदुरै, तूतीकोरिन, वेयरी (चेन्नई)

उत्तर प्रदेश : मैनपुरी, आगरा, अलीगढ़, प्रयागराज, वाराणसी, राठ (हमीरपुर), कानपुर, मथुरा, देवरिया, आजमगढ़, बलिया, पंतनगर, इज्जतनगर (बरेली), इटावा, बुलंदशहर, मेरठ, बरौट, सिम्पौली (गाजियाबाद), अयोध्या

पश्चिमी बंगाल : मोहनपुर (741246) जिला नदिया, बेलियाघाट (कोलकाता), बालीगंज (कोलकाता), आई.आई.टी. खड़गपुर, श्री निकेतन (शांति निकेतन) जिला वीरभूम-731236

उपर्युक्त विद्यालयों एवं विश्वविद्यालयों में कक्षा बारहवीं के अंकों अथवा प्रवेश-परीक्षा के आधार पर प्रवेश मिलता है।

दुग्ध उत्पादन में प्रशिक्षण हेतु संस्थान

1. डेयरी विज्ञान संस्थान, मुंबई-400005
2. राष्ट्रीय डेयरी अनुसंधान संस्थान, बेंगलुरु
3. राष्ट्रीय डेयरी अनुसंधान संस्थान, करनाल
4. ग्रामीण प्रबंधन संस्थान, आनंद, गुजरात (388001)

मत्स्य उत्पादन के लिए प्रशिक्षण संस्थान

1. केंद्रीय मत्स्य शिक्षा संस्थान, वरसोवा, मुंबई-400061
2. केंद्रीय सामुदायिक मत्स्य अनुसंधान संस्थान, कोचीन-682031

3. मत्स्य कॉलेज, बहरामपुर, तूतीकोरिन, पंतनगर, पासा (बिहार)
4. केंद्रीय मत्स्य अनुसंधान एवं प्रशिक्षण केंद्र, बैरकपुर, चौबीस परगना (उत्तरी), प. बंगाल

अतः सामान्य विश्वविद्यालयों के अतिरिक्त कृषि विश्वविद्यालयों तथा विशेष केंद्रों से उपर्युक्त विषयों में आवश्यक उपाधि हासिल की जा सकती है एवं संभावनाओं से भरे इस विशाल क्षेत्र में नौकरी प्राप्ति हेतु स्वयं को एक ठोस प्रत्याशी बनाया जा सकता है।

वर्तमान में कृषि एवं अन्य सहायक क्षेत्रों में भी यह उद्योग तेजी से पनप रहा है। अतः यह कहना ठीक न होगा कि इस क्षेत्र में निष्णांत स्नातक सरकारी नौकरियों के लिए ही प्रयत्न करें, वे निजी एवं अर्द्ध-सरकारी क्षेत्रों में भी नौकरी के अवसर खोज सकते हैं। कुछ नवयुवकों ने तो अपने पैतृक कृषि कार्य को सँभालकर उसे उन्नति की राह पर अग्रसर करके एक उदाहरण प्रस्तुत किया है। आशा है कि देश के नवयुवक केवल सफेद या नीले कॉलर की नौकरियों के सपने न देखकर देश को हरा-भरा बनाने के क्षेत्र में भी भविष्य तलाशेंगे। इस कर्म में युक्त होकर उन्हें भी संतोष प्राप्त होगा, क्योंकि वे देश के लिए किए जा रहे महायज्ञ में अपना अंशदान करेंगे। खाद्य के विषय में स्वावलंबी होना ही देश की स्वतंत्रता का आधार है।

***

18

फैशन टेक्नोलॉजी, आभूषण एवं वस्त्र-निर्माण क्षेत्र में अवसर

फैशन टेक्नोलॉजी विस्तृत संभावनाओं का क्षेत्र है। यह युवतियों एवं महिलाओं के सुडौल, सुगठित शरीर एवं कायिक सुंदरता का विशाल क्षेत्र है। इसके अंतर्गत फैशन प्रतियोगिताएँ, विज्ञापन, फिल्म उद्योग इत्यादि क्षेत्र आते हैं। वैसे यह भी एक परम सत्य है कि महिलाओं के सौंदर्य का पुरुषों पर अवश्य प्रभाव पड़ता है तथा आकर्षक महिलाओं से उनके आस-पास का वातावरण प्रसन्नचित्त बना रहता है। फैशन टेक्नोलॉजी क्षेत्र के अंतर्गत आभूषण और वस्त्र-निर्माण क्षेत्र के लिए सुंदर एवं नई-नई डिजाइंस तैयार की जाती हैं। आज भारत सूचना प्रौद्योगिकी के पश्चात् वस्त्र-निर्माण तथा वस्त्र निर्यात क्षेत्र में विश्व में अग्रणी है। आभूषण एवं हीरा-जवाहरात तराशने एवं उनका निर्यात करने में भारत विश्व में प्रथम प्रथम पाँच देशों में से एक है। इनका आधार भारत की जीवन-शैली, कला, सभ्यता, फैशन में विविधता है तथा यहाँ के कारीगर एवं शिल्पकार व्यक्तिगत तौर से ऐसी नई-नई डिजाइंस गढ़ते हैं, जिनके सामने मशीनों से बने वस्त्र एवं आभूषण भी नहीं ठहर पाते। इसका कारण यह भी है कि भारत में शिल्प कारीगरों का एक बड़ा वर्ग विद्यमान है, जो परंपरागत रूप से विविध एवं सुंदर डिजाइंस निर्मित करते हैं। भारत में भी आधुनिक फैशन ने जोर पकड़ा है और भारत से कई विश्व सुंदरियाँ

विश्व में अपना परचम फहरा चुकी हैं। देशकाल के हिसाब से फैशन की शैली बदलती रहती है, यही कारण है कि सौंदर्य क्षेत्र के उद्योग सदाबहार हैं।

1. सौंदर्य एवं प्रसाधन क्षेत्र

इसके लिए केवल हाई स्कूल अर्थात दसवीं कक्षा तक शिक्षा आवश्यक है, और इस क्षेत्र में डिप्लोमा के लिए 1 वर्ष से 3 वर्ष के पाठ्यक्रम निर्धारित हैं, जो निम्न संस्थानों में उपलब्ध हैं– राष्ट्रीय फैशन टेक्नोलॉजी संस्थान भारत सरकार, इंदिरा गांधी स्टेडियम, नई दिल्ली, इसमें फैशन डिजाइन, वस्त्र डिजाइन में 2 वर्ष और 3 वर्ष का डिप्लोमा होता है। फैशन डिजाइनिंग में डिग्री के लिए 12वीं कक्षा में कम-से-कम 50% अंक होने चाहिए जबकि वस्त्र डिजाइन एवं निर्माण में डिप्लोमा के लिए स्नातक योग्यता या इंजीनियरिंग डिग्री होनी चाहिए। इसी प्रकार, देश भर में निजी फैशन टेक्नोलॉजी संस्थान प्रत्येक राज्य में हैं। अधिकांश महिला पॉलिटेक्निक कॉलेजों में फैशन टेक्नोलॉजी में डिप्लोमा दिया जाता है। वर्ली, मुंबई में रेशम कला मिल्स अनुसंधान संघ है। इसी प्रकार वस्त्र-निर्माण के लिए भी डिजाइन अनुसंधान संस्थाएँ निजी एवं सरकारी क्षेत्रों में मौजूद हैं। अन्य प्रशिक्षण संस्थान हैं–

(1) फिल्म, टेलीविजन एवं नाटक का राष्ट्रीय संस्थान, नरीमन सर्किल, फोर्ट, मुंबई-400023

(2) मॉडलिंग की रिपिल्स अकादमी एवं संस्था, बांद्रा, मुंबई-90

(3) इंडिया इंटरनेशनल ट्रेड सेंटर, चर्चगेट, मुंबई-21

(4) डिजाइन का राष्ट्रीय संस्थान, पल्दी, अहमदाबाद-7

(5) उद्योग डिजाइन केंद्र, आई.आई.टी., मुंबई

(6) हथकरघा संस्थान, वाराणसी

राष्ट्रीय फैशन टेक्नोलॉजी संस्थान की शाखाएँ प्रायः सभी प्रमुख राज्यों में हैं।

2. आभूषण क्षेत्र

महिलाओं के आभूषण फैशन डिजाइनिंग का एक महत्त्वपूर्ण अंग हैं। भारत में यद्यपि हीरे, जवाहरात या नग आयात किए जाते हैं पर यहाँ के बने नगजड़ित

आभूषण फैशनपरस्त विदेशी महिलाओं में बहुत लोकप्रिय हैं। भारत में जहाँ परंपरागत शिल्पकार एवं कारीगर हैं, वहीं विदेशों की आवश्यकतानुसार आभूषणों की विभिन्न डिजाइनों तथा साज- श्रृंगार पर शोध का विशाल कारोबार भी है। भारत में सूरत, मुंबई, कोलकाता, हैदराबाद में आभूषण क्षेत्र में हजारों कारीगर काम कर रहे हैं। वर्तमान में तो आभूषणों में भी हॉलमार्क आवश्यक है तथा कई सरकारी प्रतिष्ठान आभूषण बिक्री का काम कर रहे हैं। अत: आभूषण निर्माण एवं बिक्री क्षेत्र में भी नौकरियों एवं रोजगार के बहुत से अवसर हैं। भारत विश्व में सबसे अधिक सोने का उपयोग करता है। अत: इस क्षेत्र में विकास की असीम संभावनाएँ हैं तथा इसमें शैक्षिक योग्यता भी केवल हाई स्कूल या बाहरवीं कक्षा तक ही है। वैसे पुरुषों को भी स्वर्ण एवं नगजड़ित आभूषण पहनने का शौक होता है।

3. वस्त्र-निर्माण क्षेत्र

वेश-भूषा, पोशाक फैशन तकनीकी के ही अंग हैं, इसीलिए फैशन तकनीकी प्रशिक्षण संस्थान पोशाक डिजाइन (ड्रेस डिजाइन) तथा वस्त्र-निर्माण में भी 2 वर्ष का डिप्लोमा देते हैं, जिसमें कम-से-कम योग्यता दसवीं पास ही है। इसके अतिरिक्त कपड़ा उद्योग में भी विराट संभावनाएँ हैं, क्योंकि व्यक्ति की तीन ही आधारभूत आवश्यकताएँ हैं—रोटी, कपड़ा और मकान। भारत में विभिन्न प्रकार के कपड़ों की उपलब्धता देखने को मिलती है। कपड़ा उद्योग का दूसरा चरण वस्त्र-निर्माण है, जो कपड़ा उद्योग का सहोदर भ्राता है। जब कपड़ा मिल से कपड़ा-निर्मित होगा तभी वस्त्र-निर्माण होगा। पर वस्त्र-निर्माण में विभिन्न प्रकार की मशीनें लगती हैं, जिनमें कटिंग मशीनें, सिलाई मशीनें, धुलाई तथा प्रेस मशीनें इत्यादि शामिल हैं। सिले हुए वस्त्रों का एशिया का सबसे बड़ा थोक बाजार गांधीनगर, नई दिल्ली में है जहाँ देश के कोने-कोने से वस्त्र विक्रेता आते हैं। कुछ अन्य प्रमुख केंद्र हैं—कोयंबटूर, कोलकाता, दमन-दीव, भिवंडी आदि। भारत सरकार की ओर से कपड़ा मंत्रालय के अंतर्गत कपड़ा आयुक्त, जूट आयुक्त, अखिल भारतीय हस्तशिल्प परिषद्, हथकरघा तकनीकी संस्थान आदि आते हैं जहाँ केंद्र सरकार की कार्य-विधि से नियुक्तियाँ होती हैं। कुछ राज्यों ने भी अपने सचिवालय में कपड़ा विभाग खोला है, जिसके माध्यम से कपड़ा उद्योग एवं वस्त्र-निर्माण उद्योग को प्रोत्साहन दिया जा

रहा है। राज्य सरकार के अंतर्गत नौकरियों में अभ्यर्थियों का चयन विज्ञापन के अनुसार होता है। खादी एवं ग्रामीण उद्योग आयोग के अंतर्गत भी केंद्र सरकार में प्रत्येक वर्ष हजारों नियुक्तियाँ होती हैं, क्योंकि खादी एवं ग्रामीण उद्योग भारत के गाँव-गाँव तक फैला हुआ है। देश में बहुत से टेक्सटाइल संस्थान हैं जहाँ डिग्री कोर्स उपलब्ध हैं, जैसे एम.एस. विश्वविद्यालय (बड़ौदा), एल.डी. कॉलेज ऑफ इंजीनियरिंग (अहमदाबाद), टेक्सटाइल तकनीकी संस्थान (भिवानी), पी.एस.जी. कॉलेज ऑफ टेक्नोलॉजी (कोयंबटूर), केंद्रीय टेक्सटाइल संस्थान (कानपुर), आई.आई.टी. (नई दिल्ली), मुंबई विश्वविद्यालय (रसायन तकनीकी विभाग) आदि। इसी प्रकार, टेक्सटाइल में संपूर्ण देश में डिप्लोमा करने के लिए टेक्सटाइल संस्थान, पॉलिटेक्निक संस्थान हैं जैसे: एस.एस.एस. कॉलेज ऑफ इंजीनियरिंग एंड टेक्नोलॉजी (सूरत), टेक्सटाइल कॉलेज (बरहामपुर प. बंगाल), शासकीय पॉलिटेक्निक कॉलेज, भीलवाड़ा, शासकीय टेक्सटाइल तकनीकी संस्थान, (गुंटूर), टेक्सटाइल तकनीकी संस्थान (चेन्नई), टेक्सटाइल तकनीकी संस्थान (चाँदवार, ओड़िशा), जी.आर.वी. पॉलिटेक्निक फॉर वुमेन (कोयंबटूर) इत्यादि। इन संस्थानों में कढ़ाई, बुनाई, ऊनी कपड़े की तकनीकी तथा हस्तशिल्प संबंधी शिक्षा दी जाती है। पॉलिटेक्निक से निकले अभ्यर्थियों को टेक्सटाइल उद्योग या वस्त्र-निर्माण के क्षेत्र में तुरंत नौकरियाँ मिल जाती हैं। तीन शताब्दी पूर्व तक जिस भारत में सूई का भी आयात करना पड़ता था, अब वही भारत वस्त्र-निर्माण के क्षेत्र में नई-नई मशीनें, तकनीकियाँ एवं डिजाइंस अन्य देशों को निर्यात कर रहा है तथा वस्त्र-उद्योग में लगनेवाली विभिन्न चीजों और उपकरणों का निर्यात कर रहा है।

इस क्षेत्र में भारत की शक्ति है उसका मानव-संसाधन, विविधता तथा फैशन तकनीकी क्षेत्र में कुशल कारीगर, शोध करनेवाले तथा कम लागत पर वस्तुओं का निर्माण।

***

19

पर्यटन-क्षेत्र में नौकरियाँ

इनसान का जीवन जैसे-जैसे मूलभूत आवश्यकताओं की पूर्ति होने के बाद समृद्धि की ओर बढ़ता है, उसके जीवन में परिवर्तन तथा आनंद लाने के लिए अपने दैनिक कार्य से अवकाश लेकर मौज-मस्ती की तलाश शुरू हो जाती है और यहीं से पर्यटन-क्षेत्र का काम आरंभ हो जाता है। भारत में भव्य प्राचीन तथा ऐतिहासिक इमारतों, मंदिरों, मकबरों की बहुलता है भारत की विरासत को देखने वर्ष 2019 में 1.8 करोड़ विदेशी पर्यटक भारत आए थे और कोविड महामारी के पश्चात् अब यह संख्या पुनः बढ़ रही है। भारत को प्राय: 10 प्रतिशत विदेशी मुद्रा पर्यटन-क्षेत्र से ही प्राप्त होती है। भारत का विश्व में पर्यटन-क्षेत्र में 12वाँ स्थान है। वर्तमान में भारत की आर्थिक स्थिति सुदृढ़ होने के कारण देशी पर्यटन में अभूतपूर्व वृद्धि हो रही है। भारत में ऐतिहासिक एवं पुरातत्त्व महत्त्व की इमारतों की देखरेख तथा रख-रखाव के क्षेत्र में भी सेवाओं में वृद्धि हो रही है। पर्यटन-क्षेत्र सेवा क्षेत्र का एक प्रमुख अंग है। इसमें यातायात के साधनों, होटलों तथा मार्गदर्शकों के पदों पर नौकरियाँ मिलती हैं। आर्थिक दृष्टि से यह भारत का तीसरे या चौथे स्थान पर अग्रणी क्षेत्र है। इस क्षेत्र की विशेषता यह है कि कार चालकों, होटल में कर्मचारियों तथा मार्गदर्शकों के लिए कम-से-कम योग्यता हाई स्कूल पास है तथा 12वीं पास युवाओं के लिए तो पर्यटन तथा यात्रा-क्षेत्र में सभी नौकरियाँ खुली हैं। उनमें कुछ इस प्रकार हैं-

1. होटलों में नौकरियाँ

होटलों में नौकरियाँ स्वागत-कक्ष से शुरू होकर रसोई घर तक उपलब्ध हैं। होटलों की साफ-सफाई, खाना बनाना तथा परोसना, सुरक्षा कमरों एवं इमारत के रख-रखाव तथा सजावट में काफी कर्मचारी लगते हैं। अधिकांश तीन सितारा से सात सितारा होटल प्रबंधन इस क्षेत्र के विभिन्न संस्थानों से निकले अभ्यर्थियों को ही प्राथमिकता देते हैं तथा इन संस्थानों से ही लड़के-लड़कियों का चुनाव करके उन्हें नौकरियाँ प्रदान करते हैं। होटल तथा खान-पान प्रबंधन का प्रशिक्षण विभिन्न संस्थानों द्वारा दिया जाता है, जो भारत भर में फैले हुए हैं। परंतु प्रशिक्षण लेने से पहले यह देखना आवश्यक है कि इन संस्थानों को सरकार से मान्यता प्राप्त हो। होटल प्रबंधन पाठ्यक्रमों के प्रवेश के लिए चार प्रकार की परीक्षाएँ होती हैं—राष्ट्रीय स्तर पर, विश्वविद्यालयी स्तर पर, राज्य स्तर पर तथा होटल विशिष्ट द्वारा। एन.सी.एच.एम.सी.टी., ए.आई.एम.ए., यू.जी.ए.टी., आई.आई.एच.एम.-ईचैट, आई.पी.यू. पुथेट, ओबेरॉय कदम, आई. एच.एम.ए.ई.ई. आदि। होटल की इमारत, सुविधाओं एवं रख-रखाव के आधार पर ही होटलों को तारांकित किया जाता है। जो अभ्यर्थी होटल प्रबंधन के क्षेत्र में नौकरी की तलाश कर रहे हैं, वे पूना, जयपुर, पटना, नई दिल्ली, अलीगढ़, शिमला, चंडीगढ़, तिरुचिरापल्ली, अलवी (केरल), गुवाहाटी, ग्वालियर, भोपाल, भुवनेश्वर, बेंगलुरु, कोलकाता, मुंबई, वाल्टेयर, औरंगाबाद (महाराष्ट्र) में होटल प्रबंधन या खान-पान प्रबंधन में डिग्री या डिप्लोमा प्राप्त कर सकते हैं। भारत में होटलों की बेतहाशा वृद्धि हो रही है, क्योंकि हाथ में पैसा होने की स्थिति में लोग आजकल होटल में निवास के दौरान बेहतर बिस्तर, टी.वी., सोफा, विशुद्ध जल तथा विभिन्न प्रकार की खाद्य सामग्री की आशा करते हैं, फलतः होटलों का किराया आसमान छू रहा है। उसी अनुपात में होटल में नौकरियों में भी अप्रत्याशित वृद्धि हो रही है। स्थायी नौकरी न देकर आजकल होटल प्रबंधन ठेकेदार के द्वारा अपने कर्मचारियों एवं सुरक्षा कर्मियों को भरती करते हैं। ठेके पर दी जानेवाली नौकरियों में काफी वृद्धि हो रही है। इसके अतिरिक्त होटल प्रबंधन स्वागत-कक्ष से लेकर भोजन-कक्ष

तक अपने कर्मचारियों को विनम्र रहने तथा उनके काम को परिश्रम और लगन से करने का भी निरंतर प्रशिक्षण देते रहते हैं। डॉलर के मुकाबले रुपया कमजोर होने के कारण विदेशी यात्रियों का भारत के पाँच सितारा होटलों में अपने देश के होटलों की तुलना में काफी कम खर्च आता है। यही कारण है कि गोवा, आगरा के ताजमहल, दिल्ली, जयपुर, मुंबई आदि स्थानों पर पर्यटकों की भीड़ जमी रहती है। भारत में 'अतिथि देवो भव:' की परंपरा के अनुसार विदेशी पर्यटकों से सौहार्दपूर्ण एवं सहानुभूतिपूर्ण व्यवहार किया जाता रहा है। परंतु शोचनीय बात है कि शनैः शनैः इस मूल भारतीय परंपरा को हम भारतीय भूलते जा रहे हैं, जो देशी एवं विदेशी पर्यटन के लिए खतरे की घंटी है। आजकल तीर्थ स्थानों पर भी लोग निजी धर्मशालाओं के स्थान पर होटलों में रहना पसंद करते हैं। इस कारण भारत में होटल-निर्माण क्षेत्र में अभूतपूर्व प्रगति हो रही है। पाँच सितारा होटलों में तरण-ताल, स्वास्थ्य सेवाएँ, सौंदर्य-कक्ष तथा व्यावसायिक दुकानें या केंद्र उपलब्ध होते हैं जहाँ होटलों के अधिवासियों के अतिरिक्त बाहरी लोग भी इन सुविधाओं का भरपूर लाभ उठा सकते हैं।

2. कार चालकों एवं यात्रा-संचालकों की नौकरियाँ

आजकल उबर तथा ओला जैसी कार कंपनियों ने पर्यटन या लंबी व छोटी दूरी की यात्रा की परेशानी को काफी हद तक कम कर दिया है। आप मोबाइल ऐप के जरिये टैक्सी बुलाकर इच्छित स्थान पर जा सकते हैं। टूर-ऑपरेटर इस क्षेत्र में अपना अहम योगदान दे रहे हैं। वे ग्राहक की इच्छानुसार उसकी यात्रा या पर्यटन की विशेष व्यवस्था कर देते हैं, जिससे पर्यटक के साथ धोखाधड़ी की संभावना कम हो जाती है तथा व्यक्ति परेशान नहीं होता। वह घर से ही सभी व्यवस्था करके निकलता है। आजकल छोटी कारों एवं बड़ी बसों के स्थान पर मँझोली यात्री गाड़ियों से यात्रा के चलन में बहुत वृद्धि हो रही है तथा लाखों चालकों (ड्राइवरों) के पद सृजित हो रहे हैं, जो बैंक से ऋण लेकर अपनी गाड़ी चला सकते हैं या ओला व उबर जैसी कार कंपनियों के साथ रहकर भी धन-अर्जन कर सकते हैं।

3. खान-पान सेवाएँ

बढ़ते हुए उपभोक्तावाद ने खान-पान में विशाल परिवर्तन कर दिया है। लोग जगह-जगह विभिन्न प्रकार के व्यंजनों का लुत्फ लेते हुए दिखते हैं जबकि भारत की संस्कृति थी—साधारण रहन-सहन तथा ऊँची सोच यानी हम जीने के लिए खाएँ न कि खाने के लिए जिएँ। लेकिन, आज वैश्वीकरण के प्रभाव में भारत में खान-पान सेवाओं में विभिन्नता के नए आयाम विकसित हुए हैं, जिनमें विदेशी खान-पान, विदेशी खाना पकाने की शैली आदि को प्रमुखता मिली है। आधुनिक काल में राजनीति तथा फिल्म की भाँति रसोइया (कुक या शेफ) भी समाज का नायक बन सकता है। इस क्षेत्र में कम पढ़े-लिखे युवाओं के लिए भी अनेक नौकरियाँ उपलब्ध हैं। होटल के विभिन्न विभागों के अध्यक्ष या प्रबंधक राष्ट्रीय एवं अंतरराष्ट्रीय स्तर के होटल या खान-पान प्रबंध संस्थानों के डिग्री या डिप्लोमाधारी होते हैं। साथ ही, होटल के शीर्ष प्रबंधक प्रबंधन क्षेत्र में मास्टर्स डिग्रीधारी होते हैं।

इस प्रकार, भारत में पर्यटन एवं यात्रा क्षेत्र एक सशक्त सेवा क्षेत्र के रूप में उभर रहा है। वह दिन दूर नहीं, जब भारत पर्यटन के क्षेत्र में अंतरराष्ट्रीय स्तर पर 12वें पायदान से छलाँग लगाकर फ्रांस, स्विट्जरलैंड तथा चीन जैसे शीर्षस्थ देशों को टक्कर देने लगेगा, क्योंकि भारत का घरेलू पर्यटन तथा यात्रा क्षेत्र भी समय की आवश्यकतानुसार अंतरराष्ट्रीय स्तर पर विकसित हो रहा है। निकट भविष्य में यह सेवा-क्षेत्र का एक अग्रणी क्षेत्र होगा, जहाँ लाखों-करोड़ों नौकरियाँ युवाओं के लिए उपलब्ध होंगी।

***

20

लेखा-क्षेत्र और नौकरियाँ

इसमें कोई शक नहीं कि भारत आर्थिक महाशक्ति के रूप में उभर रहा है। अत: जहाँ देश के वित्तीय संसाधनों का लेखा-जोखा रखना आवश्यक है, वहीं निजी क्षेत्र के उद्योग एवं व्यापार भी हिसाब-किताब के आधार पर ही खड़े हुए हैं। बड़े-बड़े उद्योगपति प्रतिदिन अपने कार्यालय में उत्पादन, वित्तीय लेन-देन तथा पूँजी की स्थिति पर पैनी दृष्टि रखते हैं। अत: वित्तीय क्षेत्र में नौकरियों का अप्रत्याशित रूप से विस्तार हुआ है। कहा जाता है कि लेखाकार का धर्म है कि वह तराजू की भाँति पारदर्शी ढंग से हिसाब-किताब का विवरण तैयार करे और उसके कार्य में न्यायालय की भाँति किसी तरह का कोई हस्तक्षेप न हो। विभिन्न अधिनियमों तथा नियमों के अनुसार फर्मों, कंपनियों एवं अन्य वाणिज्यिक प्रतिष्ठानों का वित्तीय हिसाब-किताब भी पेशेवर एवं सरकारी मान्यता प्राप्त लेखाकारों या चार्टर्ड एकाउंटेंट के प्रमाण-पत्र के बिना स्वीकृत नहीं होता है। इसी प्रकार जनता के राजस्व द्वारा अर्जित राजकोष के लिए भी संविधान से मान्यता प्राप्त एक संगठन की संरचना की गई है, जो केंद्र एवं राज्य स्तरों पर विद्यमान है, जिसमें प्रतिवर्ष हजारों नौकरियाँ निकलती हैं तथा विभिन्न पदों पर भरतियाँ होती हैं।

सरकारी क्षेत्र में अवसर

सभी राज्यों एवं केंद्र सरकार के लेखाओं का नियंत्रण भारत के नियंत्रक-महालेखापरीक्षक (सी.ए.जी.) में निहित है, उसके प्रशासनिक नियंत्रण

में प्रत्येक राज्य के मुख्य लेखा परीक्षक हैं। ये संघ और राज्यों के लेखा संबंधी प्रतिवेदनों को संसद एवं संबंधित राज्यों के विधान मंडलों के समक्ष प्रस्तुत करते हैं। इन सभी कार्यों को संपादित करने के लिए अधिकारियों एवं कर्मचारियों की विशाल फौज मौजूद होती है। केंद्र में मंत्रालयों एवं राज्यों में विभागीय स्तर पर भी ये नियुक्त रहते हैं तथा रेल एवं रक्षा मंत्रालय में भी इनका पृथक ठोस प्रशासनिक ढाँचा होता है, जिसमें निम्न पदों पर भरतियाँ होती हैं–

संघ लोक सेवा आयोग द्वारा ली जाने वाली परीक्षा से भारतीय ऑडिट एवं एकाउंट सेवा, भारतीय डाक एकाउंट्स एवं वित्तीय सेवा, भारतीय रक्षा एकाउंट्स सेवा तथा भारतीय रेलवे एकाउंट्स सेवा में चयन।

केंद्र सरकार का संघ कर्मचारी चयन आयोग (नई दिल्ली) लेखा परीक्षक एवं लेखाकार के लिए प्रतियोगितात्मक परीक्षा का आयोजन करता है, जिसकी न्यूनतम अर्हता स्नातक डिग्री है तथा उम्र 18 से 25 वर्ष। ये अधिकारी ही लेखा एवं लेखा परीक्षण तंत्र की रीढ़ हैं।

लेखा परीक्षक (ऑडिटर), निम्न श्रेणी के लिपिक, मंडलीय लेखाकार, उच्च श्रेणी के लिपिक, लेखा निरीक्षक, लेखापरीक्षा-निरीक्षक आदि पदों के लिए राज्य लोक सेवा आयोग द्वारा परीक्षा ली जाती है तथा राज्य के विभिन्न विभागों में लेखाकार एवं लेखा परीक्षक की नियुक्त की जाती है, जो राज्य सरकार के विभिन्न विभागों का हिसाब-किताब रखने में सहायता करते हैं और उनकी जाँच/परीक्षण (ऑडिट) करते हैं।

चार्टर्ड एकाउंटेंट

निजी उद्योगों तथा व्यापारिक प्रतिष्ठानों में चार्टर्ड एकाउंटेंट पदासीन रहते हैं, जो लेखा-कार्य विशेषज्ञ होते हैं। सरकार ने अधिनियम बनाकर मँझोले एवं बड़े उद्योगों में चार्टर्ड एकाउंटेंट की आवश्यकता को अनिवार्य कर दिया है। उनके प्रमाण-पत्र के बिना कंपनी का वार्षिक हिसाब-किताब स्वीकृत नहीं होगा। आयकर का रिटर्न दाखिल करने के पूर्व कंपनी, फर्म एवं अन्य विशेष परिस्थितियों में चार्टर्ड एकाउंटेंट का प्रमाण-पत्र या लेखा-जोखा आवश्यक

है। वैसे भी आजकल ऑनलाइन वस्तु एवं सेवा कर, उत्पाद कर एवं सीमा शुल्क संबंधी प्रपत्र इतने विस्तृत एवं जटिल हो गए हैं कि चार्टर्ड एकाउंटेंट्स अथवा कर अधिवक्ताओं की आवश्यकता होती है। चार्टर्ड एकाउंटेंट आजकल कर अधिवक्ताओं का कार्य सफलतापूर्वक कर रहे हैं। भारत के नियंत्रक महालेखा परीक्षक को हाल ही में संयुक्त राष्ट्र संघ की विभिन्न संस्थाओं की आय-व्यय की संपरीक्षा का भार सौंपा गया था। विदेशों में भी भारतीय चार्टर्ड एकाउंटेंट्स की माँग बढ़ रही है, परंतु चार्टर्ड एकाउंटेंट की परीक्षा उत्तीर्ण करना आसान नहीं है। इसमें वाणिज्य स्नातक (50%) एवं अन्य स्नातक (55%) सम्मिलित हो सकते हैं। इस परीक्षा को उत्तीर्ण करने पर इंटरमीडिएट परीक्षा के लिए बैठ सकते हैं, जिसमें लेखा, अंग्रेजी, प्रारंभिक वाणिज्यिक गणित, सामान्य वाणिज्यिक ज्ञान एवं अर्थशास्त्र विषयों में परीक्षा होती है। इसके पश्चात् किसी चार्टर्ड एकाउंटेंट के अंतर्गत तीन से चार वर्ष का प्रशिक्षण एवं फाइनल परीक्षा उत्तीर्ण करनी होती है।

यह परीक्षा नई दिल्ली स्थित चार्टर्ड एकाउंटेंट संस्थान द्वारा आयोजित की जाती है, जिसके संपूर्ण भारत में क्षेत्रीय कार्यालय हैं अर्थात् पश्चिमी, दक्षिणी, पूर्वी, केंद्रीय एवं उत्तरी भारत की शाखाएँ।

इसी प्रकार कॉस्ट एवं वर्क्स एकाउंटेंट के पद की भी तीन परीक्षाएँ होती हैं। ये विभिन्न उत्पादन-इकाइयों या बड़े-बड़े कारखानों की कार्यविधि का परीक्षण करने तथा उसमें सुधार करने के लिए अपने तकनीकी सुझाव देते हैं। इनके बिना उत्पादन इकाइयों का लेखा-जोखा या विवरण स्वीकृत नहीं होते हैं।

इस प्रकार लेखा-क्षेत्र एक विशाल सेवा क्षेत्र है, जो भारत की आर्थिक प्रगति के साथ-साथ और भी विस्तृत होता जा रहा है। आजकल तो राज्य के महालेखा परीक्षक को पंचायतों तथा नगरपालिकाओं की आय-व्यय की संपरीक्षा का अधिकार भी मिल गया है तथा नियंत्रक-महालेखा परीक्षक अब केवल लेखाकार की भाँति आय-व्यय का विवरण ही तैयार नहीं करते, वे केंद्र एवं राज्य सरकार के प्रशासनिक निर्णयों पर भी उँगली उठा सकते हैं

तथा राजस्व की हानि प्रकाश में ला सकते हैं। आशा है कि नियंत्रक-महालेखा परीक्षक संगठन तथा चार्टर्ड एकाउंटेंट संगठन मिलकर देश में कालाबाजारी एवं समांतर अवैध कारोबार एवं प्रक्रियाओं में भागीदार न होकर उन्हें रोकेंगे, उन पर नियंत्रण करेंगे ताकि सूचना प्रौद्योगिकी क्षेत्र की भाँति इस क्षेत्र का भी अंतरराष्ट्रीय स्तर पर विस्तार हो और भारत के युवाओं के लिए इस नए क्षेत्र में लाखों नौकरियाँ एवं स्व-रोजगार सृजित हों तथा युवाओं का अन्य क्षेत्रों की भाँति इस क्षेत्र में भी स्वर्णिम भविष्य हो।

* * *

21

पटवारी/लेखपाल संयुक्त भरती परीक्षा

पटवारी/लेखपाल राजस्व प्रशासन की रीढ़ है जबकि राजस्व प्रशासन भारत के प्रशासन की रीढ़ है। पटवारी या लेखपाल ग्राम स्तर पर नियुक्त किया जाता है तथा विभिन्न प्रांतों में उसे विभिन्न नामों से जाना जाता है; जैसे म.प्र. में पटवारी, उ.प्र. में लेखपाल, महाराष्ट्र, गुजरात तथा कर्नाटक में तलाटी, आंध्रप्रदेश में करनाम, उड़ीसा में पटनायक तथा तमिलनाडु में अधिकारी। पश्चिम बंगाल में पटवारियों में फैले भ्रष्टाचार के कारण उनके पद समाप्त कर दिये गए हैं।

मध्य प्रदेश कर्मचारी चयन मंडल, भोपाल द्वारा पटवारी, सहायक समनिरीक्षक, सहायक नगर निवेक्षक, सहायक राजस्व अधिकारी, सहायक अग्निशमन अधिकारी एवं समकक्ष पदों के लिए एक संयुक्त परीक्षा आयोजित की जाती है। अन्य राज्यों में भी इस प्रकार के कर्मचारी चयन मंडल मौजूद हैं, जो अब लिपिक स्तर की भी परीक्षाएँ आयोजित करने लगे हैं जैसे पश्चिम बंगाल में। अतः इस स्तर की नौकरियों के लिए अभ्यर्थियों को संबंधित चयन मंडलों के विज्ञापनों पर दृष्टि रखनी होगी। उनसे संबंधित विज्ञापनों में ही परीक्षा का प्रारूप भी परिलक्षित हो जाता है।

इसी प्रकार, राजस्थान कर्मचारी चयन बोर्ड सामान्यतः ऐसी भरतियों के लिए दो दिनों में चार चरणों में लिखित परीक्षा का आयोजन करता है।

राजस्थान पटवारी भरती परीक्षा, 2021 के लिए 15 लाख 63 हजार अभ्यर्थियों ने आवेदन किए थे जिनमें 5 लाख 2 हजार महिला प्रत्याशी थीं।

परीक्षा में निबंध प्रकार के प्रश्नोत्तरों के साथ-साथ बहु-विकल्पीय प्रश्न भी होते हैं; जो प्रत्येक राज्य के अलग-अलग होते हैं तथा प्रति वर्ष इन प्रश्नों में भिन्नता आ जाती है। परीक्षा में सामान्य हिंदी या प्रादेशिक भाषा, सामान्य अंग्रेजी, सामान्य ज्ञान, गणित, ऐच्छिक विषयों पर गंभीर प्रश्न, प्रबंध, नियोजन, भारतीय संविधान, शासन-व्यवस्था, पर्यावरण, मानव-संसाधन, वैश्वीकरण, वित्तीय बाजार संस्थाएँ, विपणन, उपभोक्ता संरक्षण एवं व्यवसाय के प्रमुख आधार और स्वरूप से संबंधित प्रश्न शामिल होते हैं। परीक्षा का स्तर राज्य की सिविल सेवा परीक्षा से निचले स्तर का होता है तथा सी.बी.एस.सी. की कक्षा 9, 10 तथा 11, 12 की विभिन्न विषयों की पुस्तकें मनस्थ करना अभ्यर्थी के लिए कारगर सिद्ध होता है। परंतु ध्यान रहे कि नौकरी के लिए आयोजित ये परीक्षाएँ पास या फेल के लिए नहीं, अपितु अभ्यर्थियों की विशाल भीड़ में से कुछ का चयन करने हेतु आयोजित होती हैं, अतः सभी अभ्यर्थी अपने सर्वश्रेष्ठ प्रदर्शन का प्रयास करें। चूँकि इन छोटी-छोटी सरकारी नौकरियों की प्रतियोगितात्मक परीक्षाओं में बैठनेवाले अभ्यर्थियों की संख्या निरंतर बढ़ती जा रही है अतः चयन मंडलों को परीक्षाओं का आयोजन करने में अच्छी-खासी मशक्कत करनी पड़ती है। सभी परीक्षाओं में प्रतियोगिता का स्तर भी दिन-प्रतिदिन बढ़ता जा रहा है। इनमें निम्नतम शैक्षिक योग्यता का प्रावधान है पर उच्चतम का नहीं, अतः इनमें स्नातक एवं स्नातकोत्तर उत्तीर्ण अभ्यर्थी भी भाग ले सकते हैं। आजकल बी.टेक. इंजीनियर भी इन परीक्षाओं में बैठने लगे हैं, जो लगन एवं वैज्ञानिक तरीके से परीक्षा की तैयारी करते हैं। अतः इन परीक्षाओं का स्तर मात्र स्नातक स्तर का नहीं रह गया है।

इन सभी परीक्षाओं के लिए विभिन्न कोचिंग संस्थानों तथा जाने-माने प्रकाशकों द्वारा परीक्षा पूर्व परीक्षा के पाठ्यक्रम के अनुसार पथ-प्रदर्शक पुस्तकें भी प्रकाशित की जाती हैं। उन्हें आत्मसात् करने पर कोचिंग संस्थाओं के चक्कर लगाने की आवश्यकता नहीं रह जाती। इसके अतिरिक्त, यदि किसी ने अपना इंटरमीडिएट तक का पाठ्यक्रम सर्वांगीण रूप से पढ़ा या मनन किया है तो उसकी सफलता अवश्यंभावी है।

***

22

विमानन-क्षेत्र में नए अवसर

भारत में विमानन एक वृहद् संभावनाओं वाला क्षेत्र है। निजी क्षेत्र के प्रयासों एवं सरकार के समर्थन से भारत में वर्ष 2018 तथा 2019 यानी कोविड के पूर्व हवाई यात्रियों की संख्या क्रमशः 13.9 करोड़ तथा 14.4 करोड़ थी, जो कोविड के बाद फिर से विस्फोटक रूप में बढ़ रही है। गत वर्ष 8.4 करोड़ यात्रियों ने हवाई यात्रा की। 4 लाख यात्री प्रतिदिन हवाई यात्रा करते हैं तथा 2,900 हवाई उड़ानें प्रतिदिन भरी जाती हैं। इससे अंदाजा लगाया जा सकता है कि वर्ष 2030 तक हवाई यात्रियों की संख्या दोगुनी हो जाएगी। इस तरह, भविष्य में हवाई उड़ानों से संबंधित नौकरियों जैसे पायलट (विमान चालक) तथा विमान परिचारिकाओं, खान-पान सेवाओं की नौकरियों में अप्रत्याशित वृद्धि होगी अर्थात् विमान की गति की भाँति तीव्र रफ्तार से। इसके साथ-साथ विमान पत्तनों का प्रबंधन, व्यापार, व्यवसाय, विमानों की मरम्मत, परीक्षण तथा विमान पत्तनों पर यात्रियों के आवागमन एवं आराम की व्यवस्था के लिए तकनीकी एवं अन्य कर्मचारियों एवं अधिकारियों की आवश्यकता होगी। विमानन-क्षेत्र में नौकरियों के बहुत से अवसर उपलब्ध हैं, जिनके लिए लंबे एवं परिपक्व प्रशिक्षण तथा उत्तम स्वास्थ्य की आवश्यकता होगी। इसके साथ-साथ ये प्रशिक्षित एवं प्रमाण-पत्र प्राप्त अभ्यर्थी अंतरराष्ट्रीय विमानन कंपनियों में नौकरियाँ पा सकते हैं, जैसे अंतरराष्ट्रीय व्यावसायिक नौकायन क्षेत्र में भारतीयों का अच्छा-खासा प्रतिशत है तथा विमानन-क्षेत्र में भी निरंतर बढ़ रहा है। चूँकि भारतीय प्रशिक्षु या अभ्यर्थी तकनीकी दृष्टि से पूर्णतः

प्रशिक्षित होने के साथ-साथ विनम्र एवं अंग्रेजी का विशुद्ध उच्चारण करने वाले होते हैं, जो अंतरराष्ट्रीय विमानन-क्षेत्र में अति आवश्यक है, इसलिए यह क्षेत्र भारतीय युवाओं को नौकरी के बेहतर अवसर प्रदान कर रहा है। विमान चालक की समझने में अल्प भूल या बोलने में अल्प त्रुटि बड़े विमान हादसे का कारण बन सकती है; जैसाकि भूतकाल में कई बड़ी हवाई दुर्घटनाओं के कारणों में पाया गया है।

1. विमान चालक (पायलट)

पायलट बनने के लिए फिजिक्स, केमिस्ट्री और मैथ के साथ 50 प्रतिशत नंबरों से इंटरमीडिएट (10+2) उत्तीर्ण होना अनिवार्य है। अभ्यर्थी की उम्र कम-से-कम 16 वर्ष होनी चाहिए, उसको अंग्रेजी का सम्यक ज्ञान होना चाहिए तथा अभ्यर्थी की ऊँचाई 5 फीट होनी चाहिए। स्टूडेंट पायलट लाइसेंस के लिए एप्लाई करते समय उम्र 16 वर्ष, प्राइवेट पायलट लाइसेंस के लिए 17 वर्ष तथा कमर्शियल लाइसेंस के लिए 18 वर्ष होनी चाहिए। विदेश जाकर भी पायलट की ट्रेनिंग ली जा सकती है। विभिन्न उड्डयन क्लबों द्वारा आठ महीने के प्रशिक्षण के पश्चात् विद्यार्थी को पायलट या निजी पायलट का लाइसेंस दिया जाता है जिसकी फीस 15 से 20 लाख रुपए हो सकती है। लाइसेंसधारी पायलट को 3.5 लाख रुपए से 5 लाख रुपए प्रति मास वेतन मिलता है। इंडियन एयरफोर्स में पायलट बनने के लिए NDA परीक्षा पास करनी होती है। 3 वर्ष के कोर्स के बाद आपको फ्लाइंग ट्रेनिंग में भाग लेना होता है। इसके बाद आप स्थायी कमीशन अधिकारी के रूप में काम कर सकते हैं।

केंद्र सरकार की ओर से संचालित इंदिरा गांधी राष्ट्रीय उड़ान अकादमी, रायबरेली की प्रवेश परीक्षा पास करने पर तीन-चौथाई फीस सरकार की ओर से दी जाती है, लेकिन पायलट होने के लिए मेडिकल परीक्षण बहुत कठिन है तथा इस पर कोई समझौता नहीं होता है।

देश के प्रायः सभी भागों में पायलट प्रशिक्षण केंद्र हैं, जिनमें कुछ प्रसिद्ध केंद्र इस प्रकार हैं—मुंबई फ्लाइंग क्लब, जूहु विमानपत्तन, मुंबई; दिल्ली फ्लाइंग क्लब, सिविल विमान पत्तन, सफदरजंग विमानपत्तन, नई दिल्ली, चेन्नई फ्लाइंग क्लब, चेन्नई विमानपत्तन, चेन्नई।

प्रशिक्षण के दौरान विमान उड़ाने का खर्च भी अभ्यर्थी को वहन करना पड़ता है। भारत में प्रशिक्षित पायलटों की भारत के बाहर भी काफी माँग है।

2. हवाई परिचारिका

हवाई परिचारिका की नौकरी के लिए महिला अभ्यर्थियों का सुंदर एवं सुडौल होना आवश्यक है। इसके अतिरिक्त उड़ान के दौरान साहस एवं उत्तम स्वास्थ्य भी आवश्यक है। साथ-साथ अभ्यर्थी के पास डिग्री हो या 10+2 के बाद हाउस कीपिंग या खान-पान सेवा (केटरिंग) में डिप्लोमा हो। इस पद के लिए प्राय: अविवाहित लड़कियों को प्राथमिकता दी जाती है। आयु सीमा 21 से 25 वर्ष के बीच होती है व अंग्रेजी का उत्तम ज्ञान अनिवार्य शर्त है।

अभ्यर्थियों का अंग्रेजी, गणित, सामान्य ज्ञान एवं मनोविज्ञान में परीक्षण होता है तथा उन्हें संबंधित विमानन कंपनी में छह महीने का प्रशिक्षण दिया जाता है, जिसमें तीन महीने हवाई अड्डे पर तथा तीन महीने विमान में प्रशिक्षण शामिल है। उड़ान के दौरान उनका भोजन नि:शुल्क होता है तथा उनके रहने का प्रबंध भी विमानन कंपनी करती है। उनके लिए ड्यूटी अधिकतम दस घंटे की होती है। 35 वर्ष की उम्र तक वे विभिन्न उड़ानों के लिए भेजी जाती हैं तथा इसके पश्चात् विमानन-कंपनी के कार्यालय या विमान-पत्तन पर अपने काम को जारी रखती हैं। केवल एयर इंडिया में लगभग दो हजार हवाई परिचारिकाएँ कार्यरत हैं।

3. खान-पान सेवा

विमानों में खान-पान सेवा इस क्षेत्र का अनिवार्य एवं महत्त्वपूर्ण अंग है। विमान उड़ने के पूर्व सभी हवाई-अड्डों पर यात्री खाने-पीने में व्यस्त रहते हैं तथा विमान में भी उनके नाश्ते, खाने, चाय एवं पेय की व्यवस्था की जाती है। अंतरराष्ट्रीय उड़ानों के दौरान मदिरा भी परोसी जाती है। इस व्यवस्था के लिए अब पुरुष हवाई सेवक नियुक्त किए गए हैं।

इसके अतिरिक्त, विमानों को तकनीकी रूप से ठीक रखने के लिए प्रमुख हवाई अड्डों पर इंजीनियर तथा तकनीकी स्टाफ नियुक्त रहता है। अब

तो हवाई जहाजों द्वारा माल ढुलाई का नया क्षेत्र भी खुल चुका है। सरकारी तथा निजी क्षेत्र के विमान-पत्तनों की व्यवस्था एवं प्रबंधन में भी हजारों कर्मी तैनात किए जाते हैं। वर्तमान में विमान-पत्तन व्यापार के बड़े केंद्र के रूप में उभर रहे हैं जहाँ प्रतीक्षारत यात्री काफी सामान खरीदते हैं। विमान-पत्तनों तथा विमानों की सुरक्षा में प्रशिक्षित पुलिस एवं अर्द्धसैनिक बल के जवान भी तैनात रहते हैं। इस प्रकार, संभावनाओं से भरपूर विमानन-क्षेत्र नौकरियों का नया विशाल क्षेत्र है।

* * *

23

देश की रक्षा-सेवा में योगदान दें

यदि भारत की सीमा सुरक्षित रहेगी तो हम सभी सुख, शांति और समृद्धि से जीवन-यापन कर सकेंगे। अतः रक्षा-सेवाओं में जाने से जहाँ युवाओं का जीवन बेहतर होगा, वहीं वे सभी देशवासियों के सुरक्षित जीवन-यापन में योगदान कर सकेंगे। अनुच्छेद 23 में भारत का संविधान राज्य को सेना में अनिवार्य सेवा अर्थात् जबरदस्ती सेना में भरती करने की अनुमति देता है, किंतु भारत में ऐसी कभी आवश्यकता नहीं पड़ी क्योंकि युवा समूह स्वयं बड़ी संख्या में सेना में भरती के लिए आवेदन करता है।

14 जून, 2022 को केंद्र सरकार द्वारा थल सेना, वायु सेना एवं नौसेना में आरंभ की गई 'अग्निपथ योजना' के अनुसार युवा 4 वर्ष के लिए सेना में भरती होंगे, जिन्हें 'अग्निवीर' कहा जाएगा। उनके सेवानिवृत्त होने पर उन्हें 'सेवा निधि' दी जाएगी, जिसका मासिक ब्यौरा इस प्रकार है—

वर्ष	कुल वेतन ₹	हाथ में (70%)	अग्निवीर फंड	भारत सरकार का योगदान
प्रथम वर्ष	30,000	21,000	9,000	9,000
द्वितीय वर्ष	33,000	23,100	9,900	9,900
तृतीय वर्ष	36,500	25,580	10,550	10,550
चतुर्थ वर्ष	40,000	28,000	12,000	12,000

दिये गए विवरण के अनुसार प्रत्येक अग्निवीर को लगभग 11.71 लाख रुपए सेवानिधि के रूप में प्राप्त होंगे। सेना से सेवानिवृत्त होने के बाद इन अग्निवीरों को केंद्र एवं राज्य सरकारों की विभिन्न नौकरियों में भी आरक्षण प्राप्त होगा। इस व्यवस्था से देश में विभिन्न सुरक्षा बलों एवं राज्य पुलिस को सेना के प्रशिक्षित जवान नौकरी के लिए मिल जाएँगे।

थल सेना अग्निवीर के लिए आवश्यक योग्यता–10वीं कक्षा 45% अंक, उम्र 17–21 वर्ष।

अग्निवीर वायु एवं नौसेना के लिए शैक्षिक योग्यता–10+2 भौतिक, गणित, अंग्रेजी विषयों के साथ है। नौसेना के लिए भी 10+2 योग्यता होनी चाहिए।

अग्निवीर के लिए कड़े शारीरिक मानक तय किए गए हैं, जिनको पार करना आवश्यक है। अधिकारी स्तर के लिए एन.डी.ए. तथा टी.ई.एस. हैं, जिनके प्रशिक्षण के लिए जून और दिसंबर में संघ लोक सेवा आयोग की ओर से विज्ञापन निकाला जाता है। एन.डी.ए. का प्रशिक्षण 5 वर्ष का है, जिसमें तीन वर्ष खड़गवासला, पुणे तथा 1 वर्ष ओ.टी.ए. गोवा तथा 1 वर्ष आई.एम.ए. देहरादून में ट्रेनिंग होती है। एन.डी.ए. के लिए 10+2 परीक्षा उत्तीर्ण करना अनिवार्य है तथा उम्र 16½ से 19½ वर्ष होनी चाहिए। इसी प्रकार, टी.ई.एस. के लिए भौतिक, रसायन शास्त्र तथा गणित में कम-से-कम 70% अंक होने चाहिए।

भारतीय मिलिट्री अकादमी में प्रवेश

एन.डी.ए. के अतिरिक्त कला, विज्ञान, वाणिज्य के स्नातक सीधे सी.डी.एस.ई. और एस.एस.बी. के माध्यम से प्रवेश पा सकते हैं। यह भारत की सबसे गौरवान्वित रक्षा अकादमी है। लगभग सभी थल सेनाध्यक्ष इसी अकादमी से प्रशिक्षण प्राप्त हैं।

इसमें प्रवेश की आयु 15 से 24 वर्ष है। इसका प्रशिक्षण 1½ वर्ष का है। इसमें नियुक्ति CDS परीक्षा के द्वारा संघ लोक सेवा आयोग करता है। इस परीक्षा में शारीरिक मानक उच्च स्तर का होता है। यह रक्षा सेवा की उच्चतम सेवा है, जैसे सिविल सेवा में आई.ए.एस. की सेवा।

थल सेना, वायु सेना तथा नौ सेना में डॉक्टर, इंजीनियर, सिग्नल मिलिट्री पुलिस, परिचारिकाओं, खाना बनानेवालों यहाँ तक कि पुजारियों की श्रेणी में भी बहुत-सी नौकरियाँ निकलती हैं तथा प्रति वर्ष हजारों सैनिक भरती किए जाते हैं इस भरती प्रक्रिया में देश के चारों कोनों से अभ्यर्थी भाग ले सकते हैं। सेना भर्ती केंद्र संपूर्ण देश में फैले हुए हैं।

इसी प्रकार, टेरिटोरियल सेना में भी भरतियाँ होती हैं। अतः सेना के तीनों अंगों में प्रायः समान रूप से अग्निवीर की श्रेणी में युवाओं को नौकरियाँ प्राप्त हो सकती हैं। एन.सी.सी. प्रशिक्षित तथा खेलों में श्रेष्ठ युवाओं को प्राथमिकता दी जाती है।

रक्षा सेवा में प्रवेश के पूर्व देश के लिए बलिदान होने का मन बना लेना चाहिए। ऐसा नहीं है कि युद्ध हर समय होते रहते हैं लेकिन फिर भी आज जब परमाणु व अणु बम का युग है तथा प्रक्षेपास्त्रों से युद्ध हो रहे हैं, सैनिक में सर्वस्व बलिदान की भावना होना अनिवार्य है। यूँ तो जीवन का खतरा अन्य नौकरियों में भी होता है किंतु रक्षा-सेवा में आतंकवादियों के साथ मुकाबला करते हुए एक-दो जवान नियमित शहीद होते रहते हैं। राष्ट्र द्वारा उन्हें श्रद्धांजलि देकर उनके प्रति कृतज्ञता का प्रदर्शन किया जाता है तथा प्रोत्साहनस्वरूप उन्हें मेडल व पुरस्कार आदि से भी सम्मानित किया जाता है। लेकिन, इन सबसे ऊपर शहीद जवान के प्रति राष्ट्र को जो गौरव महसूस होता है, उसकी तुलना किसी अन्य कार्यक्षेत्र से कभी नहीं की जा सकती।

***

24

महिलाओं के लिए घर पर नौकरी

सामान्यत: रोजगार के अवसरों में लैंगिक आधार पर समानता सुनिश्चित करने के संदर्भ में नीतिगत स्तर पर अनेक कदम उठाए गए हैं, लेकिन करियर बनाने की कोशिश करनेवाली भारतीय महिलाओं के समक्ष काम-काज और घरेलू जीवन के बीच संतुलन के अभाव की कमी निरंतर बनी रहती है। अकसर महिलाओं से बच्चों की देखभाल और घरेलू कामों सहित अधिकांश पारिवारिक जिम्मेदारियों को निभाने की अपेक्षा की जाती है, जिससे अपने निजी और व्यावसायिक जीवन को संतुलित करना उनके लिए चुनौतीपूर्ण हो जाता है। यह उन महिलाओं के लिए विशेष रूप से कठिन हो सकता है, जो ऐसी नौकरियाँ करती हैं जिनमें लंबे समय तक काम करना पड़ता है और घर आने-जाने का कोई निश्चित समय नहीं होता।

कार्यस्थल से संबद्ध नवीन प्रवृत्तियाँ

घर से कार्य (Work from Home) : कोरोना महामारी के दौरान तथा उसके पश्चात् दूर अर्थात् घर पर ही रहकर अथवा किसी दूर स्थान पर रहकर कंपनियों का कार्य करने का चलन बढ़ा है तथा कई कंपनियों के अनेक कर्मचारी अब पूर्णकालिक या अंशकालिक आधार पर घर से ही काम कर रहे हैं।

कार्य-व्यवस्था में लचीलापन : महामारी की चुनौतियों से निपटने के लिए कई व्यावसायिक प्रतिष्ठानों या संस्थानों ने अंशकालिक कार्यक्रम, नौकरी या कार्य की शुरुआत और समाप्ति के समय में लचीलापन जैसी

अधिक लचीली कार्य-व्यवस्थाओं को भी अपनाया है। नई व्यवस्था से कार्य के साथ-साथ परिवार के बच्चों या बुजुर्ग सदस्यों की देखभाल जैसी अन्य जिम्मेदारियों को सँभालनेवाली महिला कर्मचारियों का तनाव कम करने में भी मदद मिली है।

डिजिटल परिवर्तन पर बल : महामारी ने कई उद्योगों में डिजिटल परिवर्तन की गति तेज कर दी, तथा व्यवसायों द्वारा दूरस्थ कार्य और ऑनलाइन विचार-विनिमय की नई वास्तविकता को तेजी से अपनाया गया। साथ ही कर्मचारियों और ग्राहकों की बदलती जरूरतों को पूरा करने के लिए नई तकनीकों, नए डिजिटल उत्पादों और सेवाओं का विकास हुआ, कर्मचारियों से जुड़ने के लिए जूम मीटिंग, वीडियो कॉन्फ्रेंसिंग तथा अन्य प्रकार की वेब मीटिंग्स इत्यादि का प्रयोग आरंभ हुआ। इसके अतिरिक्त, ग्राहकों से जुड़ने के लिए विभिन्न सोशल मीडिया प्लेटफॉर्म्स का प्रयोग किया गया तथा ऑनलाइन खरीदारी को प्रोत्साहित किया गया।

घर से काम करने (Work from Home) के लाभ

अधिक लचीलापन : वर्क फ्रॉम होम से महिलाएँ अपने कार्य की योजना में अधिक लचीलापन ला पाती हैं। यह उन महिलाओं के लिए विशेष रूप से सहायक है, जिन पर परिवार के बच्चों या बुजुर्ग सदस्यों की देखभाल करने जैसी जिम्मेदारियाँ हैं।

आवागमन के समय की बचत : वास्तविक कार्य-स्थल पर जाने की आवश्यकता न रहने पर महिलाएँ आवागमन में लगनेवाले समय और धन की बचत कर सकती हैं तथा इससे उनके पास गृहकार्य या अन्य गतिविधियों के लिए अधिक समय उपलब्ध होता है।

नौकरी के अवसरों में वृद्धि : वर्क फ्रॉम होम ने नौकरी के नए अवसरों के द्वार खोले हैं विशेषकर प्रौद्योगिकी या दूरस्थ ग्राहक सेवा जैसे उद्योगों में, जो पहले महिलाओं के लिए ज्यादा सुलभ नहीं थे।

वंचितों के लिए अवसर : कंपनियों में दूर रहकर कार्य के अवसर शुरू होने के कारण पृथक भौगोलिक स्थानों में रहनेवाले व्यक्तियों के साथ सहयोग की संभावनाएँ बढ़ गई हैं। यह नया परिप्रेक्ष्य, आभासी कार्य-स्थल

के भीतर व्यापक विविधता और समझ-बूझ के लिए संभावनाओं के मार्ग प्रस्तुत करता है, क्योंकि ऐतिहासिक रूप से हाशिए पर मौजूद वर्गों के पास अब अधिक समतावादी और समावेशी वातावरण में फलने-फूलने का सामर्थ्य उपलब्ध है।

समानता को प्रोत्साहन : आपकी निजी पृष्ठभूमि या रहने की व्यवस्था चाहे कैसी भी हो, इन कारकों के आपके कार्य प्रदर्शन या समग्र उत्पाद को प्रभावित नहीं करने की स्थिति में, उक्त अंतर से आपके व्यावसायिक सहकर्मियों के दृष्टिकोण प्रभावित नहीं होंगे। साथी कर्मचारियों के बीच समान समझी जाने की यह नई क्षमता एक महत्त्वपूर्ण उपलब्धि है।

काम-काज और जीवन के बीच संतुलन में सुधार : घर से कार्य करने से महिलाओं का अपने काम-काज और घरेलू जीवन के बीच संतुलन पर अधिक नियंत्रण संभव हो पाता है, जिससे उनके तनाव में कमी आती है और सेहत में सुधार होता है।

नौकरी से संतुष्टि में वृद्धि : अध्ययनों से ज्ञात हुआ है कि घर से काम करने के प्रचलन से नौकरी में मिलनेवाली संतुष्टि में वृद्धि हुई। यह बात उन महिलाओं के लिए विशेष रूप से सही है, जिनको करियर में तरक्की पाने के लिए भेद-भाव या पूर्वग्रह जैसी अतिरिक्त समस्याओं का सामना करना पड़ता है।

महिलाओं के लिए वर्क फ्रॉम होम के अवसर

विभिन्न क्षेत्रों में बहुत कम क्षेत्र ऐसे हैं जहाँ महिलाओं को अनुपयुक्त माना जाता है। इसके विपरीत, अन्य सभी क्षेत्रों में महिलाओं की भागीदारी को पूर्ण रूप से स्वीकार्य न सही, लेकिन सीमित अवश्य माना जाता है। इसका कारण वे अनेक बाधाएँ हैं, जिनका सामना काम की तलाश में घर से बाहर निकलने पर महिलाओं को करना पड़ता है। इसलिए, महिलाओं के लिए वर्क फ्रॉम होम का प्रचलन अपने आप में बुरा नहीं है, लेकिन इष्टतम अवसरों की उपलब्धता व्यक्तिगत कौशल, अनुभव और पसंद पर निर्भर करती है। हालाँकि, कुछ क्षेत्र ऐसे हैं, जिनमें महिलाएँ वर्क फ्रॉम होम के अवसरों की जानकारी प्राप्त कर उनका लाभ उठा सकती हैं। ऐसे कुछ अवसरों की जानकारी इस प्रकार है—

फ्रीलांसिंग (स्वतंत्र रूप से कार्य करना) : फ्रीलांसिंग बहुत अधिक लचीलेपन के साथ काम करने का अवसर प्रदान करती है। महिलाएँ लेखन, ग्राफिक डिजाइनिंग, वेब डेवलपमेंट, सोशल मीडिया प्रबंधन और कई अन्य क्षेत्रों में फ्रीलांसिंग के अवसर पा सकती हैं।

वर्चुअल असिस्टेंट (आभासी सहायक) : वर्चुअल असिस्टेंट व्यवसायों और व्यक्तियों को दूर से काम करके प्रशासनिक सहायता प्रदान करता है। इनमें अपॉइंटमेंट शेड्यूल करना, ईमेल मैनेज करना और डाटा एंट्री जैसे कार्य शामिल हो सकते हैं।

अध्यापन और ट्यूशन पढ़ाना : ऑनलाइन शिक्षा के उदय के साथ ही महिलाएँ विभिन्न विषयों में दुनिया भर के छात्रों को पढ़ाने या ट्यूशन देने के अवसर का लाभ उठा सकती हैं।

बिक्री और विपणन : अनेक कंपनियाँ अपने उत्पादों और सेवाओं के ऑनलाइन प्रचार में सहायता के लिए दूरस्थ बिक्री और विपणन व्यवसायियों को भरती कर रही हैं।

आई.टी. और तकनीकी भूमिकाएँ : तकनीकी कौशलों से संपन्न महिलाएँ सॉफ्टवेयर डेवलपमेंट, डाटाबेस मैनेजमेंट, नेटवर्क एडमिनिस्ट्रेशन और अन्य तकनीकी भूमिकाओं में दूर रहकर भी अवसर पा सकती हैं।

परामर्श : किसी क्षेत्र-विशेष में विशेषज्ञता रखनेवाली महिलाएँ घर से भी व्यवसायों को अपनी परामर्श सेवाएँ प्रदान कर सकती हैं।

लेखन और संपादन : लेखन या संपादन में रुचि रखनेवाली महिलाएँ विषय सामग्री के सृजन, कॉपी राइटिंग और प्रूफरीडिंग में वर्क फ्रॉम होम के अवसर पा सकती हैं।

होम बेस्ड चाइल्ड केयर : महिलाएँ अपने समुदाय में काम-काजी माता-पिता को होम बेस्ड चाइल्ड केयर सेवाएँ भी प्रदान कर सकती हैं।

वर्क फ्रॉम होम के अवसर केवल शहरी ढाँचे तक ही सीमित नहीं हैं। ग्रामीण भारत की महिलाओं ने भी इस क्षेत्र में प्रवेश किया है, लेकिन विडंबना यह है कि अकसर उनकी अनदेखी की जाती है और उन्हें ज्यादा महत्त्व नहीं दिया जाता है। हालाँकि, पहले की अपेक्षा ग्रामीण भारत में

महिलाओं की शिक्षा में उल्लेखनीय प्रगति हुई है। ग्रामीण महिलाओं हेतु घर से कार्य करने के कुछ अवसर इस प्रकार हैं–

हस्तशिल्प और कारीगरी के कार्य : भारत के ग्रामीण अंचल में महिलाओं द्वारा सुंदर हस्तशिल्प, चित्रकारी, मिट्टी के बरतन, कढ़ाई, बुनाई और टोकरी बनाने जैसी कारीगरी का एक लंबा इतिहास रहा है। आज के संचार-क्रांति के दौर में यह महिलाएँ ई-कॉमर्स प्लेटफॉर्म के माध्यम से अपने उत्पादों को स्थानीय स्तर पर या विश्व बाजार में बेच सकती हैं, जो उनके लिए अवसर के द्वार खोलता है।

खाद्य प्रसंस्करण : ग्रामीण महिलाएँ अचार, मुरब्बा और चटनी जैसे उत्पाद बनाने के लिए घर पर ही छोटे पैमाने पर खाद्य प्रसंस्करण इकाइयाँ लगा सकती हैं और फिर इन उत्पादों को स्थानीय स्तर पर या ऑनलाइन-मार्केट प्लेस के माध्यम से विस्तृत क्षेत्र में बेच सकती हैं।

कृषि व्यवसाय : ग्रामीण क्षेत्र की महिलाएँ छोटे पैमाने पर मशरूम की खेती, शहद उत्पादन जैसे कृषि से संबंधित व्यवसाय शुरू करके भी आय अर्जित कर सकती हैं।

सिलाई : महिलाएँ घर पर सिलाई या टेलरिंग का व्यवसाय शुरू कर सकती हैं और अपने समुदाय या ऑनलाइन ग्राहकों को अपनी सेवाएँ दे सकती हैं।

ब्यूटी और वेलनेस सेवाएँ : शहरी महिलाओं के साथ-साथ इस क्षेत्र में ग्रामीण महिलाएँ भी अपने घर से ही हेयर कटिंग, मसाज तथा ब्यूटी ट्रीटमेंट जैसी ब्यूटी और वेलनेस सेवाएँ प्रदान कर सकती हैं।

ऑनलाइन फ्रीलांसिंग : ग्रामीण क्षेत्रों की महिलाएँ, जो शिक्षित होने के बावजूद पूर्णकालिक नौकरी करने में असमर्थ हैं, ऑनलाइन ट्यूशन पढ़ाने, विषय-सामग्री का लेखन (Content writing), व्यावसायिक परामर्श, स्वतंत्र लेखन आदि कार्यों में सफल करियर बना सकती हैं।

स्व-रोजगार और लघु उद्योग

स्व-रोजगार और छोटे पैमाने के व्यवसाय भी काम-काज तथा जीवन के बीच स्वस्थ संतुलन बनाए रखते हुए आमदनी के पर्याप्त अवसर प्रदान करते

हैं। लचीलापन स्व-रोजगार द्वारा प्रदान किए जानेवाले सबसे बड़े लाभों में से एक है। स्व-रोजगार वाली महिलाएँ अपने काम का समय स्वयं निर्धारित कर सकती हैं और कहीं से भी काम कर सकती हैं। जब महिलाएँ स्व-रोजगार करती हैं तो करियर पर उनका अधिक नियंत्रण होता है। वे अपने मुताबिक काम को व्यवस्थित कर सकती हैं। इससे काम-काज और जीवन के बीच संतुलन बेहतर होता है और तनाव घटता है। इतना ही नहीं, कई महिलाओं को लगता है कि किसी दूसरे के लिए काम करने की तुलना में स्व-रोजगार करना अधिक संतुष्टिदायक है। अपने स्वयं के कारोबार लगाकर वे कुछ सार्थक काम कर सकती हैं तथा निजी एवं व्यावसायिक तरक्की हासिल कर सकती हैं। एक स्व-नियोजित महिला के रूप में आपके पास अपने काम के संबंध में अधिक स्वायत्तता और नियंत्रण होता है। वे अपने फैसले स्वयं लेकर अपनी मालिक स्वयं बन सकती हैं। इसके अतिरिक्त, यह उनके जुनून और रुचियों को आगे बढ़ाने का अवसर प्रदान करता है। वे अपने शौक और रुचियों को व्यवसाय में बदल सकती हैं और अपना मनपसंद काम करके आजीविका चला सकती हैं।

भारत सरकार की अनेक योजनाएँ और कार्यक्रम हैं, जिनका उद्देश्य ग्रामीण महिलाओं को सशक्त बनाना और उन्हें अपना कारोबार शुरू करने के लिए प्रशिक्षण एवं सहायता प्रदान करना है। ये कार्यक्रम महिलाओं को उनके चुने हुए क्षेत्र में सफलता हासिल करने में सहायता देने के लिए वित्तीय सहायता, प्रशिक्षण और नेटवर्किंग के अवसर प्रदान करते हैं। ऐसे कार्यक्रमों के कुछ उदाहरण इस प्रकार हैं—

प्रधानमंत्री कौशल विकास योजना (पी.एम.के.वी.वाई.) : यह योजना महिलाओं को उनकी रोजगार क्षमता और आमदनी में सुधार लाने के लिए कौशल या प्रशिक्षण प्रदान करती है।

महिला कॉयर (नारियल से प्राप्त रेशे) योजना : यह योजना नारियल उद्योग में महिलाओं को प्रशिक्षण और रोजगार के अवसर प्रदान करती है। इसका उद्देश्य कॉयर उत्पादों (इसके अंतर्गत कालीन, डोरमेंट, प्लांट पॉट्स, हैंगिंग बास्केट, बागवानी सामग्री और मृदा क्षरण को नियंत्रित करने हेतु जाली शीट आदि का निर्माण शामिल होता है।) के उपयोग को बढ़ावा देते हुए महिलाओं की सामाजिक-आर्थिक स्थिति में सुधार लाना है।

उद्योगिनी : यह योजना महिलाओं को अपना व्यवसाय शुरू और प्रबंधित करने में सक्षम बनाने के लिए उद्यमिता प्रशिक्षण और सहायता प्रदान करती है। इसका उद्‍देश्य महिलाओं के आर्थिक सशक्तीकरण को बढ़ावा देना और उनके आर्थिक विकास में सहायता करना है।

प्रधानमंत्री मुद्रा योजना : यह योजना महिलाओं के स्वामित्व वाले सूक्ष्म और लघु उद्यमों को कम रियायती दरों पर ऋण प्रदान करती है। इसका उद्‍देश्य महिलाओं को अपना व्यवसाय शुरू करने और उन्हें आत्मनिर्भर बनने में सक्षम करना है।

वित्तीय सहायता योजनाएँ : महिला उद्यमिता को बढ़ावा देने के उद्‍देश्य से बैंकों और वित्तीय संस्थानों द्वारा चलाई जानेवाली अन्य लोकप्रिय योजनाओं में बैंक ऑफ बड़ौदा की शक्ति योजना, देना शक्ति योजना, भारतीय महिला बैंक की अन्नपूर्णा या श्रृंगार योजना, महिला उद्यम निधि योजना, ओरिएंट महिला विकास योजना, सेंट्रल बैंक की कल्याणी योजना, केनरा बैंक की सिंड महिला शक्ति योजना आदि शामिल हैं।

स्वयं सहायता समूह : गाँवों में 10-15 महिलाएँ मिलकर स्वयं सहायता समूह बना लेती हैं। भारत में ऐसे कई लाख समूह हैं। उन्हें बैंकों, पंचायतों तथा सरकारों से भी सहायता प्राप्त हो जाती है। इन समूहों के द्वारा महिलाएँ कुटीर एवं हस्त उत्पादों का निर्माण करती हैं तथा उनकी बिक्री भी करती हैं। यह भारत में नई क्रांति है।

सफल वर्क फ्रॉम होम करियर कैसे बनाएँ

अपना कौशल बढ़ाने तथा वर्क फ्रॉम होम के अच्छे और अधिक भुगतानवाले अवसरों का पात्र बनने के लिए महिलाएँ निम्नलिखित चरणों का अनुसरण कर सकती हैं–

माँग वाले कौशलों को पहचानें : नौकरी बाजार के मौजूदा रुझानों पर शोध करें और ऐसे कौशलों की पहचान करें जिनकी वर्क फ्रॉम होम वाली नौकरियों में बहुत अधिक माँग है। इसके कुछ उदाहरणों में डिजिटल मार्केटिंग, डाटा एनालिसिस, वेब डेवलपमेंट और प्रोग्रामिंग शामिल हो सकते हैं।

अपने वर्तमान कौशल का आकलन करें : अपनी सामर्थ्य और कमजोरियों की पहचान करने के लिए अपने वर्तमान कौशल और ज्ञान का मूल्यांकन करें। इस मूल्यांकन से महिलाओं को यह समझने में मदद मिल सकती है कि नौकरी के बाजार में अधिक प्रतिस्पर्धी बनने के लिए आपको किन कौशलों पर अधिक काम करने की आवश्यकता है।

कमियों की पहचान करें : अपने कौशल का आकलन करने के बाद, अपनी कुशलता और बाजार की कुशलता माँग के अंतर की पहचान करें। इससे उन्हें उन कौशलों पर ध्यान केंद्रित करने में मदद मिल सकती है, जिन्हें सुधारने की आवश्यकता है।

ऑनलाइन पाठ्यक्रम और प्रमाण-पत्र लें : ऐसे ऑनलाइन पाठ्यक्रम और प्रमाण-पत्र की तलाश करें, जो आपको आवश्यक कौशल हासिल करने में मदद कर सकते हैं।

पोर्टफोलियो तैयार करें : संभावित नियोक्ताओं को अपने कौशल से अवगत कराने के लिए ऐसा पोर्टफोलियो तैयार करें, जो आपकी क्षमताओं को प्रदर्शित करता हो। इसमें आपके द्वारा किए गए कार्यों के उदाहरण जैसे आपकी बनाई वेबसाइट, लिखे लेख या प्रबंधित किए गए सोशल मीडिया अभियान शामिल हो सकते हैं।

नेटवर्क : महिलाएँ उपयुक्त ऑनलाइन ग्रुप्स में शामिल होकर, वर्चुअल इवेंट्स में भाग लेकर और अपने उद्योग के पेशेवरों (Professionals) से जुड़कर एक पेशेवर नेटवर्क बना सकती हैं। यह उद्योग के नए रुझानों से अवगत रहने और संभावित नियोक्ताओं से जुड़ने में मदद कर सकता है।

उपयुक्त नौकरियों के लिए आवेदन करें : आवश्यक कौशल प्राप्त करने और अपना पोर्टफोलियो तैयार के बाद अपने कौशल और रुचियों के अनुरूप वर्क फ्रॉम होम वाली नौकरियों के लिए आवेदन करना शुरू करें। शुरुआत प्राथमिक स्तर के पदों से करें और काम करने से न घबराएँ।

***

25

ऑनलाइन सेवाएँ : नौकरियों के खुले दरवाजे

यह कहना अतिशयोक्ति नहीं होगा कि आजकल डिजिटलीकरण का बोलबाला है। हमारे दैनिक जीवन में सुबह उठने से लेकर रात्रि सोने तक मोबाइल या इंटरनेट का उपयोग होता है। भारत ऑनलाइन सेवा में विश्व में अग्रणी है। ऑनलाइन वित्तीय लेन-देन भी भारत में अन्य देशों की तुलना में अधिक हो रहा है, जिसका मुख्य कारण भारत का विश्व में सूचना प्रौद्योगिकी क्षेत्र में अग्रणी होना है। विभिन्न आई.टी. कंपनियाँ देश में सूचना प्रौद्योगिकी के उपयोग में बढ़ोतरी करने में संलग्न हैं। पूर्व में सूचना प्रौद्योगिकी अर्थात् इंटरनेट या मोबाइल के उपयोग को अधिक महँगा बताकर सरकारी प्रतिष्ठानों में इसकी उपेक्षा की जाती थी। परंतु जब यह बात सामने आई कि इसके उपयोग से हुए समय एवं परिश्रम की बचत से उस पर हुए खर्च की भरपाई तो शुरुआती स्तर पर ही हो जाती है तो इसके प्रयोग को बढ़ावा मिला। इससे सरकारी एवं निजी कंपनियों या प्रतिष्ठानों के काम-काज में भी अप्रत्याशित गुणवत्ता का समावेश हुआ है एवं विलंब का निराकरण हुआ है। इसके परिणामस्वरूप भारत अब एक दक्ष एवं तेज प्रगति करनेवाले राष्ट्र के रूप में विकसित हो रहा है। साथ-साथ भारत की मुख्य समस्या भ्रष्टाचार पर भी लगाम लग रही है। यहाँ हम कुछ ऑनलाइन दी जानेवाली सेवाओं का आकलन कर रहे हैं—

1. पुस्तकों एवं वस्तुओं की खरीद-फरोख्त

आजकल अमेजॉन, फ्लिपकार्ट, गूगल आदि अनेक स्थानीय, राष्ट्रीय एवं अंतरराष्ट्रीय ऑनलाइन प्लेटफॉर्म हैं जिन पर आप मनचाही पुस्तक या वस्तु खरीद सकते हैं। ये ऑनलाइन प्लेटफॉर्म प्रारंभ में पुस्तकों की बिक्री और खरीद से शुरू हुए, बाद में उन पर सभी प्रकार की वस्तुएँ मिलने लगीं। इन प्लेटफॉर्म का एक लाभ यह भी हुआ है कि ये सामान की आपूर्ति शीघ्र एवं बाजार से सस्ते दामों पर करती हैं, अतः ऑनलाइन खरीद-बिक्री दिन-प्रतिदिन बढ़ती जा रही है। इन प्लेटफॉर्म्स पर सभी तरह के उत्पाद मौजूद रहते हैं। कई प्रतिष्ठित ऑनलाइन सेवाप्रदाता कंपनियाँ वस्तु पसंद न आने या ठीक साइज की वस्तु या वस्त्र प्राप्त न होने पर वापसी की व्यवस्था भी करती हैं। परिण ाामस्वरूप, इन ऑनलाइन बाजारों के माल को पहुँचाने एवं वापिस लाने के लिए कर्मचारियों की लंबी फौज संलग्न है, जिसमें लाखों लोगों को नौकरियाँ मिली हैं और इन नौकरियों की संख्या निरंतर बढ़ रही है। आज 'पेटीएम' तथा 'भीम एप' द्वारा केवल बटन दबाकर सैकड़ों किलोमीटर दूर बैठे व्यक्ति या प्रतिष्ठान के पास पैसा हस्तांतरित हो सकता है, जो किसी जादू या क्रांति से कम नहीं है। इन सभी कामों के संपादन के लिए विभिन्न अधिकारी एवं कर्मचारी तैनात हैं ताकि तकनीकी का आशानुकूल उपयोग किया जा सके। सरकारी कार्यालयों में अपरिहार्य रूप से कंप्यूटरचालकों की नई-नई नौकरियाँ निकल रही हैं। सामानवाहकों अथवा वितरणकर्ताओं की नई फौज तैयार हुई है, जिन्हें 'डिलीवरी बॉय' कहते हैं। ये घर बैठे, कम मूल्य पर घर आकर इच्छित वस्तु, पत्र, पैकेट आदि उपलब्ध कराते हैं। यहाँ तक कि खान-पान सेवाओं में भी विभिन्न सेवा प्रदाता सम्मिलित हो रहे हैं जैसे जोमेटो इत्यादि, जो घर बैठे अपनी दोपहिया वाहनों पर बड़े-बड़े थैलों में भरकर खाद्य-पदार्थ, भोजन, मिठाइयाँ इत्यादि पहुँचाते हैं। आज वांछित पुस्तकों को प्राप्त करने के लिए भी कई किलोमीटर दूर जाकर पुस्तकों की सूची को नहीं खोजना पड़ता, बल्कि घर बैठे इंटरनेट पर चुनकर ऑर्डर बुक करने पर दो-तीन दिन में चुनी हुई पुस्तक कम दामों पर प्राप्त हो जाती है। ऑनलाइन प्लेटफॉर्म्स पर जहाँ लेखक के नाम से पुस्तकों की खोज की जा सकती है, वहीं विषय के अनुसार भी मोबाइल, लैपटॉप या कंप्यूटर पर पुस्तकों की सूची उनके बारे में विवरण सहित प्रकट हो जाती है और पुस्तक-प्रेमी अपनी चयनित पुस्तक

घर बैठे प्राप्त कर सकता है। इसी प्रकार, पुस्तक लिखने तथा छापने की तकनीकी में भी आमूलचूल सुधार हुआ है। स्वास्थ्य सेवाएँ भी इस क्रांति से अछूती नहीं हैं आजकल डॉक्टर जहाँ ऑनलाइन परामर्श दे रहे हैं,वहीं रोबोट या कंप्यूटर द्वारा ऑपरेशन किए जा रहे हैं।

2. ऑनलाइन टैक्सी सेवा

ऑनलाइन टैक्सी बुकिंग सेवा के प्रचलन ने (जैसे ओला, उबर आदि टैक्सी सेवा प्रदाता) यात्री को टैक्सी चालक से किराये के लिए किए जानेवाले विवाद से छुटकारा दिला दिया है। आप टैक्सी में बैठिए, टैक्सी चालक के पास जी.पी.एस. (G.P.S.) होगा, जो आपको कम समय तथा कम दाम में आपके गंतव्य तक पहुँचा देगा। यह सिस्टम आपके टैक्सी में बैठने के पूर्व ही कुल लगनेवाला समय तथा किराया भी इंगित कर देगा, ताकि आप उसी के अनुसार अपना अगला कार्यक्रम तय कर सकें। ऑनलाइन जी.पी.एस. यह भी बता देगा कि रास्ते में कहाँ-कहाँ यातायात में बाधा (Traffic Jam) मिल सकती है। आप अपने मोबाइल पर मिनटों में टैक्सी बुक कर सकते हैं तथा टैक्सी हर हालत में कम-से-कम समय (कुछ कंपनियाँ एक निश्चित समय के भीतर टैक्सी भेजने का वायदा-हर हाल में दस मिनट में करती हैं।) में आपके पास पहुँच जाएगी। इस सेवा के शुरुआती दौर में टैक्सी चालकों ने कहा कि उन्हें कम दाम मिलते हैं, पर अंततः जब उन्हें काफी सवारियाँ मिलने लगीं तो वे इससे संतुष्ट दिखाई दिए।

3. अन्य विभिन्न क्षेत्र

सरकारी कार्यालयों में भी कंप्यूटर या लैपटॉप की जानकारी आवश्यक हो गई है। यह एक क्रांतिकारी कदम है, जिसका शुरू में तो विरोध हुआ, किंतु बाद में लोग कंप्यूटर के उपयोग की भूरि-भूरि प्रशंसा करने लगे।

यही कारण है कि प्रत्येक कार्यालय में लिपिक से लेकर कंप्यूटर ऑपरेटर, विश्लेषक आदि कई पद सृजित हो रहे हैं। आवश्यकता है कि उन पदों से संबंधित विज्ञापन ठीक तरह से पढ़े जाएँ एवं उसके अनुसार आवेदन किया जाए। आजकल ग्राम पंचायत स्तर पर भी कॉमन सर्विस सेंटर (सामान्य सेवा केंद्र) स्थापित हो गए हैं जहाँ जन्म, निवास, आय, भूमि स्वामित्व आदि

प्रमाण–पत्रों के लिए आवेदन कर सकते हैं तथा विभिन्न नौकरियों के लिए आवेदन–पत्र भरे जा सकते हैं, सरकार के पास शिकायतें भेजी जा सकती हैं, बैंक से ए.टी.एम. के द्वारा चंद मिनटों में धनराशि निकाली जा सकती है या जमा की जा सकती है, ट्रेन या हवाई जहाज का टिकट बुक कराया जा सकता है तथा ट्रेन की स्थिति जानी जा सकती है। आज हर कार्यालय में कंप्यूटर ऑपरेटर उपलब्ध हैं, जो उन व्यापारियों तथा गृहस्थों की सेवा करने के लिए तत्पर हैं जो कंप्यूटर या लैपटॉप चलाने में दक्ष नहीं हैं। इस प्रकार प्रत्येक स्तर पर हजारों नौकरियाँ सृजित हो रही हैं। कंप्यूटर में डिप्लोमा तथा बी.सी.ए. (कंप्यूटर प्रयोग में स्नातक), एम.सी.ए. (मास्टर ऑफ कंप्यूटर एप्लीकेशन) की डिग्री प्राप्त करने के लिए आजकल शहरों तथा कस्बों में विभिन्न प्रशिक्षण केंद्र या संस्थान खुल गए हैं, जो सरकारी मान्यता प्राप्त हैं। बदलते हुए समय को देखते हुए यह अनुमान लगाया जा सकता है कि भविष्य में जो व्यक्ति मोबाइल या लैपटॉप चलाना नहीं जानेगा, उसका जीना दूभर हो जाएगा। उसके साथ धोखाधड़ी की संभावना भी बहुत अधिक होगी। अतः हमें स्वयं को कृत्रिम बुद्धि (A.I.) के लिए तैयार करना होगा, क्योंकि भविष्य में कई स्थानों पर कंप्यूटर या इंटरनेट चालित रोबोट या उपकरण ही काम करेंगे।

अतः आवश्यकता है कि हम समाज के प्रत्येक स्तर पर ऑनलाइन व्यवस्था से जुड़ें, सीखें तथा कंप्यूटर, इंटरनेट तथा मोबाइल को अपने जीवन का एक अपरिहार्य अंग बना लें। जो देश या समाज इस आधुनिक तकनीकी दौड़ में सम्मिलित नहीं होगा, वह पिछड़ जाएगा। अतः बुद्धिमान वही है, जो समय की नाड़ी पहचाने, उसके साथ चले तथा आगे बढ़कर उसका नेतृत्व करे।

❋❋❋

26

महत्त्वपूर्ण वेबसाइट्स

S.No.	Web address	Name of Institute
1.	www.nta.ac.in email:genaadmin@nta.ac.in	National Testing Agency, Ministry of Education, Govt. of India, New Delhi
2.	www.neet.nta.nic.in	For All India Entrance Test for MBBS/BOsQ
3.	www.aicte.ernet.in	All India Council of Technical Education (AICTE)
3A.	www.aieee.nic.in	All India Engineering Entrance Examination (AIEEE)
4.	www.allduniv.edu/hrdm	Allahabad University
5.	www.aadu.org	Allahabad Agricultural Institute (Deemed University)
6.	www.asiapacific.edu	Asia Pacific Institute of Management
7.	www.asianmedia.org	Asian College of Journalism, Chennai

8.	www.ansalinstitute.org	Ansal Institute of Technology
9.	www.amity.edu	Amity Business School
10.	www.ametindia.com	Academy of Maritime Education and Training
11.	www.aima-ind.org	All India Management Association(AIMA)
12.	www.aiimas.com	All India Institute of Management Studies
13.	www.aimetindia.com	All India Management Entrance Test
14.	www.allayurveda.com	All About Ayurvedic Education
15.	www.aaft.com	Asian Academy of Film & TV
16.	www.aiuweb.org	Association of Indian Universities
17.	www.atma-aims.org	Association of Indian Management Schools
18.	www.aiims.ac.in	AIIMS, New Delhi
19.	www.aiims.edu	AIIMS, New Delhi
20.	www.afmcpune.com	AFMC, Pune
21.	www.afmc.com	AFMC, Pune
22.	www.armedforces.nic.in	AFMC, Pune
23.	www.amu.ac.in	Aligarh Muslim University
24.	www.annauniv.edu/ptme.html	Anna University, Chennai
25.	www.annauniv.ac.in	Anna University
26.	www.apsche.org	Andhra University
27.	www.assamuniversity.tripod.com	Assam University, Silchar
28.	www.aec.educations.net	Assam Engineering College, Guwahati

29.	www.aakashinstitute.com	Aakash Institute for IIT & PMT Coaching
30.	www.airhostessacademy.org	Air Hostess Academy (AHA)
31.	www.armyinstituteoflaw.com	Army Institute of Law
32.	www.act.org	ACT Details (For US Admission)
33.	www.becollege.org	Bengal Engineering College
34.	www.multiplegroup.com	Bengal Institute of Hotel Management
35.	www.banasthali.org	Banasthali Vidyapith, Rajasthan
36.	www.bharathiaruni.org	Bharathiar University, Coimbatore
37.	www.bhavans.ac.in	Bhartiya Vidya Bhavan's College
38.	www.engg.bharatividyapeeth.edu	Bharati Vidyapeeth's College of Engineering
39.	www.bhavans.ac.in	Bhavan's College, Mumbai
40.	www.bits-pilani.ac.in	Birla Institute of Science & Technology, Pilani
41.	www.bitmesra.ac.in	BIT Mesra, Ranchi
42.	www.bhu.ac.in	Banaras Hindu University
43.	www.britishcouncil.org/India	British Council
44.	www.britishcouncil.org.in	British Council (For Scholarships in UK)
45.	www.bbclearning.com	BBC Worldwide Learning
46.	www.bundelkhanduniversity.com	Bundelkhand University, Jhansi

47.	www.bundelkhandeducation.org	Bundelkhand University
48.	www.bimtechindia.org	Birla Institute of Management Technology, Noida
49.	www.indiaBSchools.com	Business Schools Rating in India
50.	www.indianmba.com	Business School Admission Help
51.	www.cbse.nic.in	Central Board of Secondary Education (CBSE)
52.	www.cbseresults.nic.in	CBSE Results
53.	www.results.nic.in	CBSE Results
54.	www.ciefl.ac.in	Central Institute of English & Foreign Languages
55.	www.clri.org	Central Leather Research Institute
56.	http://kar.nic.in/cet	Common Entrance Test (CET) Cell, Bengaluru (Karnataka)
57.	www.comedk.org	COMEDK(Private Engg/ Med College Entrance), Karnatka
58.	www.chanakya-iasacademy.com	Chanakya IAS Academy, New Delhi
59.	www.cmch-vellore.edu	CMC, Vellore
60.	www.corvc@rurkiu.ernet.in	College of Engineering, Roorkee
61.	www.ceptindia.org	Centre for Environmental Planning & Technology

62.	www.cmd.edu	Centre for Management Development
63.	www.cimindia.com	Centre for International Management
64.	www.ccrhindia.org	Central Council for Research in Homeopathy
65.	www.dcindia.org	Dental Council of India
66.	www.mst.nic.in/osQt	Department of Science & Technology(OsQT), Govt. of India
67.	www.yas.nic.in	Department of Youth Affairs & Sports, Govt. of India
68.	www.du.ac.in	Delhi University
69.	www.admissionshelp.com	Delhi University Admission Help
70.	www.nitj.ac.in	Dr. B.R. Ambedkar NIT, Jalandhar
71.	www.commosQedu.org	Department of Commerce, Delhi School of Economics
72.	www.da-iict.org	Dhirubhai Ambani Institute of Information Technology
73.	www.educationuk.in.org	Education in UK
74.	www.fitjee.com	FIIT JEE
75.	www.ferguson.edu	Ferguson College, Pune
76.	www.fms.edu	Faculty of Management Studies, University of Delhi
77.	www.mib.nic.in/FTII.htm	Film & Television Institute of India, Pune

78.	www.gu.ac.in	Gauwahati University
79.	www.goacom.com	Goa University
80.	www.gnlu.ac.in	Gujarat National Law University
81.	www.giepc.org	Gem & Jewellery Export Promotion Council
82.	www.campus-germany.de	Germany Education Help
83.	www.iitd.ac.in/gate	GATE Detail
84.	www.elite-academy.com	GATE Coaching (Elite Academy)
85.	www.mba.co	GMAT Detail
86.	www.gre.org	GRE Detail
87.	www.homeo.net	Homeopathic Education Detail
88.	www.indiaparenting.com	Help Line for Parents
89.	www.askmeyourproblem.com	Help Line for Students
90.	www.provenresumes.com	Help for resume writing
91.	www.easymaths.com	Help Line for Mathematics
92.	www.gcsephysics.com	Help for Physics
93.	www.chem4kiosQ.com	Help for Chemistry
94.	www.compusbox.com	Help for +2 Exam (Coaching Web Site)
95.	www.schoolcircle.com	Help for +2 Exam (Model Question & Answer)
96.	www.iimb.ernet.in	Indian Institute of Management, Bengaluru
97.	www.iimcal.ac.in	Indian Institute of Management, Calcutta
98.	www.iimidr.ac.in	Indian Institute of Management, Indore
99.	www.iimk.ac.in	Indian Institute of Management, Kozhikode

100.	www.iiml.ac.in	Indian Institute of Management, Lucknow
101.	www.iita.com	Indian Institute of Information Technology, Allahabad
102.	www.iiitb.com	Indian Institute of Information Technology, Bengaluru
103.	www.iiit-c.org	Indian Institute of Information Technology, Kolkata
104.	www.iisc.ernet.in	Indian Institute of Science, Bengaluru
105.	www.iimc.ac.in	Indian Institute of Mass Communication
106.	www.iijnm.org	Indian Institute of Journalism & New Media, Bengaluru
107.	www.iihmc.aiol.com	Indian Institute of Hotel Management & Catering
108.	www.iift.edu	Indian Institute of Foreign Trade
109.	www.iif.edu	Indian Institute of Finance
110.	www.isical.ac.in	Indian Statistical Institute, Kolkata
111.	www.icmr.nic.in	Indian Council of Medical Research, New Delhi
112.	www.ilidelhi.org	Indian Law Institute, Delhi
113.	www.armedforces.nic.in	Indian Army
114.	www.joinindianarmy.nic.in	Indian Army (Careers in Indian Army)

115.	www.nausena-bharti.mil.in	Indian Navy (Recruitment Career)
116.	www.careerairforce.nic.in	Indian Air Force (Recruitment/Career)
117.	www.imt.edudlp	Institute of Management Technology(IMT), Ghaziabad
118.	www.iitb.ac.in	IIT Bombay
119.	www.iitd.ernet.in	IIT Delhi
120.	www.iitkgp.ernet.in	IIT Kharagpur
121.	www.iitm.ac.in	IIT Madras
122.	www.iitg.ernet.in	IIT Guwahati
123.	www.iitk.ac.in	IIT Kanpur
124.	www.iitr.ernet.in	IIT Roorkee
125.	www.iitr.ac.in	IIT Roorkee
126.	www.itbhu.ac.in	Institute of Technology, BHU
127.	www.irm.ernet.in	Institute of Rural Management, Anand
128.	www.irma.ac.in	Institute of Rural Management, Anand
129.	www.icai.org	Institute of Chartered Accountants of India
130.	www.icsi.edu	Institute of Company Secretaries of India
131.	www.infy.com	Infosys
132.	www.iimm-delhi.com	International Institute of Mass Media, New Delhi
133.	www.iiswbm.edu	IISWBM, Kolkata
133A.	www.isro.gov.in	Indian Space Research Organisation (ISRO)

134.	www.jnu.ac.in	Jawaharlal Nehru University (JNU)
135.	www.jadavpur.edu	Jadavpur University, Kolkata
136.	www.jbmis.edu	Jamnalal Bajaj Institute of Management Studies
137.	www.jmi.nic.in	Jamia Millia Islamia
138.	www.jamiahamdard.edu	Jamia Hamdard
139.	www.jiitindia.org	Jaypee Institute of Information Technology (JIIT)
140.	www.jdtindia.com	Jewellery Design & Technology Institute
141.	www.jamboreeindia.com	GMAT, GRE, SAT Coaching
142.	www.simsr.com	K.J. Somaiya Institute of Management Studies & Research
143.	www.kgmcindia.edu	King George's Medical University College, Lucknow
144.	www.lsrcollege.org	Lady Shri Ram College, Delhi
145.	www.primetutor.com	Law Entrance Coaching
146.	www.lse.ac.uk	London School Of Economics
147.	www.mit.edu	Massachusetts Institute of Technology, USA
147.	www.indianmba.com	MB.A. Institutions & Admission Details
149.	www.justcolleges.com	MB.A. Admission (Abroad) Details

150.	www.mmcindia.edu	Madras Medical College, Chennai
151.	www.mdi.ac.in	Management Development Institute (MDI)
152.	www.mbs.edu/info/india	Melbourne Business School
153.	www.mamc.ac.in	Maulana Azad Medical College, Delhi
154.	www.mciindia.org	Medical Council of India
155.	www.nls.ac.in	National Law School of India University, Bengaluru
155A.	www.lawentrance.com	National Law School Entrance Guidance
156.	www.nujs.edu	National University of Juridical Sciences, Kolkata
157.	www.nalsarlawuniv.org	NALSAR University of Law, Hyderabad
158.	www.nlujodhpur.ac.in	National Law University, Jodhpur
159.	www.nliu.edu	National Law Institute University, Bhopal
160.	www.india-future.com/nioh	National Institute of Orthopedically Handicapped
161.	www.school of drama india.com	National School of Drama, New Delhi
162.	www.nsbindia.com	National School of Banking, Mumbai

163.	www.ncert.nic.in	NCERT
164.	www.niit.com	NIIT
165.	www.nim.ac.in	Nirma Institute of Management, Ahmedabad
166.	www.pci.nic.in	Pharmacy Council of India
167.	www.rcsm.com	Rashtriya Computer Saksharata Mission
168.	www.rauias.com	Rau's IAS Study Circle
169.	www.rurkiu.ernet.in	Roorkee University
170.	www.saha.ernet.in	Saha Institute of Nuclear Physics, Kolkata
171.	www.smu.edu.sg	Singapore Management University
172.	www.symlaw.ac.in	Symbiosis Law College
173.	www.indiawatch.org/spa	School of Planning & Architecture, New Delhi
174.	www.ststephens.edu	St. Stephen's College, Delhi
175.	www.xaviers.edu	St. Xavier's College, Mumbai
176.	www.sxccal.com	St. Xavier College, Kolkata
177.	www.spjimr.org	SP Jain Institute of Management & Research, Mumbai
178.	www.speechandhearing.com	Speech & Hearing Courses
179.	www.xlri.edu	XLRI, Jamshedpur

नौकरी के लिए विविध वेबसाइटें

1. www.jobsahead.com
2. www.naukri.com
3. www.careerfinance.com
4. www.careerbuilder.com
5. www.monsterindia.com
6. www.careerspan.com
7. www.careerplanning.com
8. www.groovyjobs.com

***